Uma noite com
Audrey Hepburn

LUCY HOLLIDAY

Uma noite com Audrey Hepburn

Tradução
Thalita Uba

HarperCollins*Brasil*

Título original: A NIGHT IN WITH AUDREY HEPBURN

First published in Great Britain by HarperCollinsPublishers 2015

A catalogue record for this book is available from the British Library

CIP-BRASIL. CATALOGAÇÃO NA PUBLICAÇÃO
SINDICATO NACIONAL DOS EDITORES DE LIVROS, RJ

H685u

Holliday, Lucy
Uma noite com Audrey Hepburn / Lucy Holliday ; tradução Thalita Uba. - 1. ed. - Rio de Janeiro : HarperCollinsBrasil, 2016.
272 p. ; 23 cm

Tradução de: A night in with Audrey Hepburn
ISBN 978.85.6980.906-7

1. Ficção americana. I. Uba, Thalita. II. Título.

16-29943 CDD: 813
CDU: 821.111(73)-3

Agradecimentos

Meus sinceros agradecimentos a Kate Bradley, Kate Elton e toda equipe da HarperFiction, sem quem este livro simplesmente não existiria. Obrigada, também, a Clare Alexander pela sabedoria, além das funções de agenciamento, a Lana Bonacic, por me contar como é trabalhar como figurante em um *set* de filmagem, e, se eu puder ser ousada a esse ponto, a Audrey Hepburn, por ser Audrey Hepburn.

Junho de 1999

Não vou conseguir esse papel de jeito nenhum. Para começar, o espetáculo, *A noviça rebelde*, é um musical, e eu sou tão afinada quanto um abridor de latas enferrujado. É sério, mal consigo cantar no tom. Se o diretor e a produtora de elenco tivessem uma mudança repentina de ideia e resolvessem testar as cento e poucas crianças reunidas aqui esta tarde para um musical completamente novo chamado *A noviça que parecia um abridor enferrujado*... Bom, aí eu já estaria no elenco. Até lá, contudo, eu estimo que minhas chances de conseguir o papel de Louisa Von Trapp são próximas de zero.

Ah, e tem outra coisa: todas as outras meninas aqui no teatro New Wimbledon com uma etiqueta que diz "LOUISA" grudada no peito são baixinhas, loiras e superfofas. Já eu sou um pouco desengonçada, meu cabelo tem cor de café expresso e, mesmo que eu não ache que preciso andar por aí com um saco de papel na cabeça, essa beleza fofa não é realmente o meu forte.

Na verdade, o diretor e a produtora de elenco com certeza vão questionar seriamente por que estou aqui, afinal. Mas essa é uma pergunta com uma resposta bastante direta: minha mãe. E ela está aqui agora, correndo até mim e minha irmã Cass, logo depois de ter passado cinco minutos discutindo com a assistente do diretor de elenco.

— Consegui!

Minha mãe praticamente berrou, fazendo um movimento com o punho que indicava triunfo.

— Mãe! Dá para falar mais baixo?

Digo, já é vergonhoso o suficiente que ela tenha forçado Cass e eu a vir às audições usando *dirndls* iguais, cor de gema de ovo (apesar de Cass, uma menininha fofa de oito anos, estar, na verdade, bastante encantadora no dela, enquanto eu, uma adolescente desajeitada de treze anos, pareço uma boneca de pano com pouco enchimento, usando um vestido de outra boneca bem menor, depois de ter comido uma pizza inteira); mas agora ela está chamando ainda mais atenção para nós três.

— Eles concordaram em adiantar a sua audição em meia hora, Cass — continuou minha mãe, me ignorando —, porque temos que ir para aquela nossa emergência familiar.

— Que emergência familiar? — pergunta Cass.

— *Você sabe*. Aquela importante — responde minha mãe, mentindo. — Enfim — acrescenta ela, abaixando o tom de voz para que só eu e Cass pudéssemos ouvi-la —, a questão é que isso vai fazer com que seu teste seja antes da Walker mais nova, então eu ficaria perfeitamente feliz em dizer que seus avós estavam pegando fogo se isso desse certo.

"A Walker mais nova" é a nêmesis de minha mãe e de Cass: uma ameaça tripla (que atua, canta e dança), de nove anos de idade, de uma linhagem aparentemente interminável de Walkers espetaculosos. Ela desbancou Cass nas audições de três papéis grandes nos últimos tempos: Annie, na produção do teatro de Aylesbury Waterside de *Annie*; Cosette, na produção do Secombe, dos Teatros Sutton, de *Os miseráveis*; e, o mais irritante de todos, de Bielke, a filha mais nova de Tevye, em uma nova produção de *Um violinista no telhado*, que iria excursionar por todo o país. Para falar a verdade, ela está lá no canto do saguão agora, praticando alguns arpejos maravilhosos e, ocasionalmente, sem nenhum bom motivo, fazendo uns espacates impressionantes (eu não sei se espacates são requeridos em *A noviça rebelde*; Na realidade, não me *lembro* de ter visto nenhum na versão cinematográfica com a Julie Andrews, mas ela certamente está fazendo um bom trabalho assustando as outras possíveis Brigittas). A última exibição dos espacates fez com que três delas caíssem no choro ao mesmo tempo e saíssem correndo das audições antes mesmo de serem chamadas para o teste. Apesar disso, a jovem Walker acabou ganhando uma bela de uma bronca de sua irmã mais velha, mais uma da geração de Walkers espetaculosos, que evidentemente estava ali para tentar o papel de Louisa e parecia quase tão sem entusiasmo com relação a isso quanto eu.

— Eles só precisam de uma chance de ver *você* antes *dela*, minha querida — minha mãe está dizendo a Cass —, e esse papel é seu. Agora, você precisa que eu repasse a letra daquela música dos pastos de cabras de novo ou acha que agora já sabe de cor?

— Eu *sei*, mãe! — Cass pode ser cinco anos mais nova que eu, mas tem quase cinco vezes mais audácia. — Pelo *amor* de Deus! Enfim, se eu esquecer qualquer uma das palavras mais importantes, eu simplesmente pulo o mais rápido possível para a parte do *Star Wars*.

Eu e minha mãe ficamos olhando para ela, confusas.

— Vocês *sabem*, aquela parte em que eu canto "Yoda, Yoda, Yoda, Yoda"... Eu só não entendo — acrescenta Cass, queixosamente — o que o Yoda tem a ver com *A noviça rebelde*.

Acho que preciso de um pouco de ar fresco.

— Aonde você vai? — surta minha mãe quando pego a mochila em uma das cadeiras plástica alaranjadas. — E a sua audição?

— É só às 15h10, mãe. Ainda faltam três horas. Enfim, pensei que podia procurar um lugar silencioso para ensaiar.

"Encontrar um lugar silencioso para ensaiar" frequentemente significa que eu posso ficar em paz por um tempo, sem minha mãe encher o saco para ajudar Cass a aprender as falas de qualquer que seja a audição ou o show que está na agenda dela neste momento, e sem Cass me enchendo o saco para que faça uma "transformação" nela para que fique parecida com a Sabrina, a aprendiz de feiticeira.

Sinceramente, se eu estivesse ensaiando tanto quanto eu digo que estou, eu provavelmente tiraria essa audição de letra, exatamente como uma das Walkers.

— Isso parece ser uma boa ideia — concorda minha mãe, porque mesmo que ela saiba que não tenho chance alguma de conseguir esse papel, ao menos eu estarei bem ensaiada e não vou acabar envergonhando-a. — Ah, e Libby... — Ela procura o celular na bolsa e o entrega a mim. — Você pode, *por favor*, ligar para o seu pai e lembrá-lo de pegar você *aqui* às quatro horas, não em casa? Eu já deixei duas mensagens de voz para ele, não vou ligar de novo. Por que ele pensa que eu não tenho nada melhor para fazer com meu tempo do que ficar correndo atrás dele, tentando convencê-lo a cumprir seus raros compromissos com a única filha? Eu não entendo.

— Ele tem estado ocupado — digo a ela — com o livro.

— E o Papa — responde minha mãe — é católico.

O que significa que é hora de eu dar o fora daqui, antes que minha mãe possa começar a falar do livro do meu pai de novo. E a última coisa de que esta sala de espera pavorosa realmente precisa é da minha mãe se exaltando por causa do livro do meu pai de um jeito que faria você pensar que eles se divorciaram há apenas dez minutos em vez de quase dez anos. Quero dizer, ela só se separou do pai de Cass, Michael, há seis meses, mas ainda consegue se manter calma — até agradável — em todos os assuntos com *ele*.

— Está bem, está bem — digo, já me dirigindo à porta que leva ao auditório principal. — Vejo você mais tarde. Quebre a perna lá, Cass!

Mas Cass tinha começado a borrifar um spray de água no rosto e não estava prestando atenção alguma.

Eu já conhecia o auditório do teatro New Wimbledon razoavelmente bem, por causa dos incontáveis dias que tinha passado esperando ali, em novembro passado, enquanto Cass ensaiava *Babes in the Wood*, a pantomima da temporada de festas, baseada na tradicional fábula inglesa. É gigantesco e perfeitamente fácil se esconder lá em cima, no balcão superior, bem lá no fundo, e ninguém vai saber onde você está para incomodá-lo, mesmo se quisesse. Então é exatamente para lá que estou indo agora, para ter um pouco de paz e silêncio. E é, na verdade, muito, muito legal lá em cima — isto é, depois que você se recupera da subida de meio bilhão de degraus. Fileira F, era ali que eu sempre costumava ficar. Acabei me sentindo bastante em casa lá, em todos aqueles dias frios de novembro, com um bom livro, meu discman e um sanduíche chique de Caesar Salad com frango, de uma lanchonete cara que detonava minha mesada semanal.

Me acomodei no assento 23, perfeitamente situado no meio da fileira, e remexi a mochila em busca do meu livro. Para falar a verdade, meus *livros*. Três deles, um pedido especial meu à nossa biblioteca local em Kensal Rise e que tinham chegado ontem:

Humphrey Bogart: Uma biografia.

O homem, o dançarino: A vida de Fred Astaire.

Audrey Hepburn: A biografia.

Hummm. Agora que eu os tenho comigo, aqui nas minhas mãos, não estou tão animada para mergulhar de cabeça neles quanto eu pensava. Eles parecem um pouco… Bom, não quero, na verdade, pensar na palavra *chatos,* porque são todos livros que meu pai me recomendou — livros que ele recomenda para seus alunos de cinema —, e eu duvido que ele os teria sugerido se fossem realmente tão sem graça quanto parecem. Tenho certeza de que não serão nem um pouco sem graça depois que eu realmente começar a ler.

É que são os filmes em si que eu adoro, e não (como minha mãe, com bastante indiferença, costuma chamar) todo dogma em torno deles. O que é uma coisa que meu pai não faz. Ser dogmático, digo, mesmo que ser dogmático seja o trabalho dele; então ele não estaria errado se, afinal, *fosse* assim.

Às vezes, eu realmente acho que é uma pena, contudo, que ele não pareça conseguir realmente curtir mais os filmes em si. Especialmente sendo ele quem me apresentou tudo isso, nas noites que eu costumava passar na casa dele. E ele os escolhia a dedo, começando com as coisas mais leves — *Quanto mais quente melhor, A felicidade não se compra, A princesa e o plebeu* — quando eu tinha uns sete, oito anos, e passando para as produções mais adultas — *Casablanca, Crepúsculo dos deuses* — quando eu estava com uns dez, onze anos. Talvez eu não entendesse tudo que estava assistindo (francamente, no caso de *Cidadão Kane*, por exemplo, eu não entendi absolutamente *nada* do que estava assistindo), mas isso nunca me impediu de ficar maravilhada. Digo, todo aquele *brilho* hollywoodiano. E meu pai fazia pipoca — bom, ele fez pipoca uma vez ou outra — e desligava todas as luzes de modo que, com sua TV enorme, era quase como se estivéssemos em um cinema de verdade, e as lendas das telas simplesmente pareciam ganhar vida. Marilyn Monroe. Ingrid Bergman. Grace Kelly. Lauren Bacall. Audrey Hepburn — acima de tudo, Audrey Hepburn.

Não, tenho bastante certeza de que um livro sobre Audrey Hepburn não vai ser chato. Como poderia? Minha preferida das preferidas, a estrela de cinema que eu idolatrei desde o momento em que a vi pela primeira vez.

Vou começar com esse — e deixar Bogart e Fred Astaire para outro dia — para que eu possa conversar sobre isso com meu pai quando o vir hoje à noite. Ele provavelmente já leu todos eles; está escrevendo um livro não apenas sobre Audrey Hepburn e Humphrey Bogart, mas uma... Espere, como foi mesmo que ele chamou na última vez em que tocou nesse assunto? *Uma história definitiva, totalmente atualizada e sem papas na língua da época mais excitante de Hollywood.* Então, vai ser bem legal, durante o jantar, conversar sobre tudo que ando lendo e espero...

— É bom?

É um menino.

Sentado duas fileiras atrás de mim, na fileira H.

Bom, estou dizendo "menino" pela voz — e pela aparência, agora que me virei para olhar para ele —. Deve ter uns catorze ou quinze anos, mas talvez "rapaz" seja uma descrição mais precisa. Ele é alto, talvez tenha mais que 1,80 metro, se as pernas dependuradas no assento da fileira G forem um bom indicativo, e está usando um moletom marrom-claro que combina com seu cabelo e, como é largo demais nos ombros, faz com que ele pareça um tanto magricelo.

— O livro, digo — continua ele. — É bom? — Aí, provavelmente porque eu simplesmente fiquei olhando para ele com uma cara de peixinho dourado assustado, ele acrescenta, rapidamente: — Eu não segui você até aqui nem nada desse tipo, por sinal. Eu só estava sentado aqui dando um tempo quando você chegou.

— Um tempo das audições? — pergunto, com aquele tom de voz indiferente e aparentemente entediado que se deve usar com garotos (e não sou muito boa nisso; sempre acabo parecendo um robô deprimido).

— Jesus, não! Não estou aqui para uma audição, na real. Só estou aqui com minhas irmãs. Minha mãe teve que levar uma das minhas outras irmãs para uma audição na Escola do Balé Real hoje, e não queria que elas viessem até Wimbledon de ônibus sozinhas.

Irmãs — plural — participando de testes para este show e uma outra fazendo uma audição para a Escola do Balé Real...

— Você não é um dos Walkers espetaculosos, é? — pergunto.

Ele parece surpreso, por um instante, e depois ri.

— Caraca! É *assim* que a minha família é conhecida?

— Desculpe... Desculpe mesmo... Isso soou esquisito. Só eu chamo vocês assim. E só na minha cabeça, não falo para mais ninguém.

— Tudo bem. Quer um sanduíche?

Foi minha vez de ficar um pouco surpresa, porque isso não tem nada a ver com o que estamos falando, mas ele não parece perceber. Está ocupado abrindo um pote grande de plástico que está na poltrona ao seu lado e tirando uma fatia larga de algo embrulhado em papel manteiga, com umas rodelas de tomate, folhas de alface fresco e um pequeno canivete.

— Sempre trago minha própria comida quando sei que vou ficar preso e sem nada para fazer nessas audições idiotas — diz ele, se enfiando debaixo da poltrona e ressurgindo, como um mágico, com uma baguete inteira enrolada em um saco de papel. — E este cheddar é fantástico! Sou irlandês. Minhas irmãs me deram de aniversário.

— Elas te deram *queijo* de aniversário?

— Não, desculpe, isso parece esquisito. Elas me deram uma filiação em um clube de queijo. Você recebe um queijo diferente pelo correio todo mês. — Ele usa o canivete para, cheio de entusiasmo, cortar o cheddar. — Então? Vai querer um sanduíche ou não?

— Sim. Por favor. Quero um sanduíche.

— É pra já! Sou Olly, por sinal. Olly Espetaculoso Walker.

Sorri para ele.

— Sou Libby. Libby Lomax.

— Então, *você* vai participar da audição?

Estou, para falar a verdade, surpresa por ele ter que perguntar, já que estou vestindo um *dirndl* amarelo-gema e tudo mais. Mas é simplesmente possível que ele ache que eu me vista assim de verdade. Pego minha mochila e tiro rapidamente o moletom cinza de capuz que sei que está ali, colocando-o para disfarçar o pior daquela imitação austríaca.

— Sim. — confesso. — Mas só por causa da *minha* irmã mais nova. Ela é a espetaculosa na nossa família. Eu só acabei meio que sugada para esse meio por causa dela.

— Ah... Você parece bem ligada nessa coisa de espetáculos. — Como eu obviamente fico um pouco confusa, ele aponta para o livro que estou segurando. — Audrey Hepburn — acrescenta ele. — Você é fã?

— E quem não é?

Ele dá de ombros.

— Eu não sou. Não entendo por que todo mundo baba por ela.

Fiquei olhando para ele.

— Nem mesmo em *Bonequinha de luxo*?

— Nunca vi. Nunca vi nenhum dos filmes dela, pensando bem.

— Bom, então você não tem como dizer que não gosta dela! E você realmente deveria assistir a um dos filmes. Tem uma... — Tenho que fazer uma pausa por um momento, porque sempre erro esta palavra —... *retrospectiva* da Audrey Hepburn em cartaz agora, no cinema Prince Charles, na praça Leicester. Um negócio comemorativo, porque ela completaria setenta anos este ano. Vou lá com meu pai hoje à noite, na verdade.

— Hummm. Você sabe que está passando *Matrix* na praça Leicester, não sabe?

— *Matrix* — respondo, com bastante arrogância — *não é Bonequinha de luxo.*

— Certo. OK. Bom, você obviamente é fanática por Audrey Hepburn — diz Olly Walker alegremente. — Estou vendo que não vai ter como argumentar com você.

— Não sou fanática por Audrey Hepburn! — protesto.

Por outro lado…

Bom, não conto isso a muitas pessoas. Sinceramente, nunca contei a ninguém, mas, às vezes, eu tenho essa… Bom, não sei como chamar. Visão? Fantasia? Na qual eu imagino que sou a melhor amiga da Audrey Hepburn; que ela e eu passamos um tempo juntas em lugares incríveis por todo lado em Nova York e Paris; que olhamos as vitrines na Quinta Avenida e tomamos chá no Ritz. Acima de tudo, ela sempre está lá para conversar comigo, para me ouvir desabafar sobre as coisas que estão dando errado na minha vida, para me transmitir calma, sabedoria e conselhos perfeitamente sensatos, ao mesmo tempo em que está maravilhosamente chique com sua roupa Givenchy de alta costura e radiando sua aura de serenidade delicada. Porque não sei se você já notou, mas calma, sabedoria e serenidade delicada não são coisas muito presentes na minha vida real e não fantasiosa. Nem roupas da Givenchy, por sinal.

E eu sei que pode parecer um pouco estranho — tá, eu sei que definitivamente parece totalmente estranho —, mas, francamente, quem é que *não* iria querer uma melhor amiga como Audrey Hepburn? Doce, estilosa e completamente adorável em todos os sentidos possíveis? Quem melhor para conversar, nos seus momentos de ócio, sobre tudo e qualquer coisa que esteja incomodando você? Desde o surto infeliz de espinhas em toda extensão do seu maxilar na noite anterior da festa de final de semestre até o fato de sua mãe se recusar a aceitar que talvez você não seja adequada para uma carreira no palco; até se preocupar, ocasionalmente, se seu pai gosta mais de passar o tempo com estrelas de cinema mortas há muito tempo do que com você.

— Libby?

Olly Walker está olhando diretamente para mim, uma expressão preocupada em seu rosto.

É um rosto bastante bonito, agora que estou reparando. Ele tem esses olhos cinza realmente interessantes e um pouquinho tortos e — espere aí, o que está acontecendo aqui? Ele está se esticando por cima da minha poltrona e pegando minha mão e abrindo meus dedos delicadamente com a própria mão e…

Enrolando-os em um grande sanduíche de queijo que ele acabou de fazer.

— Parece que você está precisando disso — diz ele gentilmente.

Que ridículo da minha parte! Como é que eu sequer pude pensar que ele iria… O quê? Segurar minha mão? Me beijar?

— Ah, não, não — digo, empurrando o sanduíche de volta na direção dele. — Você deveria ficar com o primeiro!

— Estou bem. Vou fazer outro.

E, então, o celular da minha mãe começa a tocar, bem no fundo da minha mochila. Irritantemente, não consigo atender antes de parar de tocar.

— Você tem seu próprio celular?

Olly Walker ergue os olhos do sanduíche que está fazendo, parecendo impressionado.

— Céus, não! É da minha mãe. — Dou uma olhada para a tela, que está mostrando o número do meu pai como última ligação perdida. — Melhor eu retornar a ligação do meu pai, se você não se importar. Ele vem me buscar depois da minha audição.

— É claro. Para a retrospectiva da Audrey Hepburn.

— Isso. E — acrescento, porque tenho a leve impressão de que Olly Walker acha que a retrospectiva da Audrey Hepburn é um tanto pomposa — para comer alguma coisa em Chinatown.

— Ah, legal! Onde? — Ele parece bem mais interessado na comida chinesa do que na retrospectiva. — Conheço alguns restaurantes chineses realmente incríveis no Soho, se você estiver interessada. Trabalhei um tempo lá, em um bistrô, no verão passado — vou fazer um curso de *catering* quando acabar o colégio — e depois que terminávamos nossos turnos, todos os funcionários da cozinha sempre iam para esse restaurante chinês fantástico na rua Lisle…

— Não precisa. Meu pai já fez uma reserva no restaurante preferido dele. O The Jade Dragon, na rua Gerrard. Ele é freguês de lá.

— Ah, tudo bem.

Ele parece um pouco frustrado e me ocorre, um pouco tarde demais, que — talvez? — ele estivesse tentando me impressionar com sua experiência profissional.

— É bom? — pergunta ele.

Não posso dizer se é ou não porque, para falar a verdade, nunca fui ao The Jade Dragon antes. Meu pai planejou me levar lá várias vezes, mas nunca deu certo. Ele tem estado muito, muito ocupado nos últimos meses — bom, anos, suponho — e muitos dos nossos planos de sair para jantar em um lugar bacana, juntos, depois de ver um filme, acabam sendo cancelados na última hora.

Ah, o celular está tocando de novo. Atendo rapidamente dessa vez.

— Marilyn, oi — diz meu pai assim que atendo. — Olha, você vai ter que dizer à Libby que não vou conseguir...

— Pai! Oi! — Me lembro, tarde demais, que ele prefere ser chamado pelo primeiro nome, Eddie, em vez de ser o velho e chato *pai*. — Digo, Eddie, desculpe. Não é a minha mãe, sou eu.

— Libby! — Ele parece surpreso. — Eu não esperava que você atendesse.

— Não, a minha mãe me deu o celular. Era para eu ter ligado para você, na verdade, para lembrá-lo de que é para vir me buscar na frente do teatro, em Wimbledon, não em casa.

— Pois é, é por isso que estou ligando, querida. Não vou poder ir.

— Você não vai... — Paro. Respiro fundo. — Mas eu achava que íamos comemorar o meu aniversário.

— Humm. É mesmo. Mas faremos isso uma outra hora, querida, prometo.

Você disse isso, quase falo, *da última vez. E da penúltima.*

— Estou me esforçando muito mesmo para cumprir esse novo prazo, e a faculdade não está mais me dando nenhuma folga das aulas como eles disseram que fariam.

— Está tudo bem. — Uso meu tom de voz mais calmo e maduro, porque quero que meu pai saiba que não vou agir como um bebê chorão por causa disso. — É claro que você precisa de tempo e espaço para escrever, pai. Digo, Eddie. Não tem problema nenhum. Fazemos isso outro dia, como você disse.

— Exatamente. Sempre posso contar com você para entender, Libby. Vou ligar para marcar algumas datas, tá?

— Bom, estou livre no próximo fim de semana e no outro depois desse ou...

— Ótimo! Eu ligo, então. E nos vemos logo, logo, OK?

— Está bem, Eddie, é só me falar quan...

— Tchau, querida.

Ele desliga.

Largo o celular casualmente de volta na mochila e me ocupo mordiscando a beirada do sanduíche.

— Está muito bom. — digo, sem olhar nos olhos de Olly.

— É seu aniversário? — pergunta ele, depois de um tempo, em seu tom de voz esquisito — tipo, uma voz supergentil, do nada, como se ele pensasse que eu fosse desabar ou algo assim.

— Não, não! Meu aniversário foi semanas atrás. Bom, meses, na verdade, em fevereiro.

— Mas você disse, no telefone...

— Ah, é só porque não pude ver meu pai no dia do meu aniversário mesmo. Ele estava... Nós dois estávamos bem ocupados naquela época. Então hoje ia ser uma comemoração de aniversário atrasada. Não é nada de mais. Comemoramos daqui a algumas semanas ou quando der.

— Certo. — Ele fica em silêncio por um instante, então limpa a garganta e diz: — Ei, quer saber? Se você quiser ver um filme e jantar hoje à noite mesmo assim, eu posso levar você para ver *Matrix* e comer em um restaurante chinês. Se sua mãe deixar, claro.

— Ah! — Olho de verdade para ele agora, surpresa. Isto é... Um menino está me chamando para *um encontro*, pela primeira vez na vida?

— Eu... Eu não...

— Vou chamar minha irmã, Nora, para ir também! — diz ele rapidamente. — Então não vai ser, tipo, só nós dois nem nada assim.

Ah. Certo. Não era um encontro, então. É claro que não. De repente — não sei por quê, porque não é como se eu nunca tivesse ficado decepcionada com alguma coisa que um menino disse ou fez antes —, sinto essas lágrimas terríveis e cortantes cutucando atrás dos meus olhos. Sem se demorar mais, três delas — posso sentir cada uma delas individualmente — param de cutucar meus olhos e escorrem pelas minhas bochechas.

— Oh, Deus! — Olly Walker, que não conseguiu não reparar nas lágrimas, parece angustiado, como se quisesse nunca ter mencionado filmes ou comida chinesa como se nunca tivesse *ouvido falar* de filmes ou comida chinesa; ou — acima de tudo — como se nunca tivesse me conhecido. — Eu não quis... Olha, nem precisa ser *Matrix*! Vou lá ver a sua retro-alguma-coisa da Audrey Hepburn, se você quiser. Tenho certeza de que Nora iria preferir, de qualquer forma... Ah, aqui está ela!

Ele praticamente ofega de alívio, acenando como um homem à deriva na direção da entrada do balcão superior, algumas fileiras abaixo, onde uma menina acaba de aparecer.

Nora é, obviamente, a linda e loira candidata à Louisa, que deu uma bronca na Walker espetaculosa mais nova por estar se exibindo fazendo espacates lá embaixo.

— Olly, oi! — Ela começa a subir o corredor na nossa direção, piscando por conta do escuro, enquanto eu seco as lágrimas com a mão. — Só vim avisar que eles adiaram a audição da Kitty em 15 minutos — alguma coisa com relação à outra menina ter uma emergência de família, então... ah! — Ela para perto da fileira F, reparando em mim. — Oi!

— Oi! — Engulo seco. — Sou Libby.

— Sou Nora. Sou irmã... — Ela para. — Você está *chorando*?

— Não! Nada a ver! — minto, estampando um sorriso largo e brilhante que, juntamente com as bochechas molhadas e o nariz escorrendo, provavelmente me faz parecer um tanto maluca, além de mentirosa.

— Olly! — Ela se vira para ele. — O que foi que você fez?

— Não fiz nada! — protesta Olly. — Ela ia ver o pai hoje à noite e ele teve que cancelar.

— Não tem nada a ver com o meu pai. Enfim, estou bem. Não estou chorando! Na verdade, é melhor eu voltar lá para baixo, tenho uma audição em... Bom, umas três horas.

— Oh, Deus, você também? — Nora Walker faz uma cara empática que a deixa, por um instante, bem parecida com o irmão mais velho. — Falando sério, esta é a última dessas coisas horrorosas de que eu concordo em participar só para deixar minha mãe feliz. Você parece tão animada com relação a isso quanto eu.

Estou dividida entre parecer uma otária que não consegue bater de frente com a mãe e parecer o tipo de pessoa que realmente *quer* estrelar *A noviça rebelde* no teatro New Wimbledon.

— Quer ir pegar algo para beber ou algo assim? — pergunta Nora Espetaculosa Walker, com uma voz que soa realmente madura, em vez do tom que eu estava tentando usar com meu pai antes. — Tem um café na Broadway que faz uns *smoothies* realmente incríveis.

— Ah, eu sei qual é — intromete-se Olly. — Eles fazem um bolo de limão bem gostoso também.

Estou começando a pensar se eles não deveriam ser os Walkers loucos--por-comida, ao invés de Walkers espetaculosos.

— Posso deixar minha irmã mais nova enchendo o saco de todo mundo lá embaixo por um tempo... — acrescenta Nora. — Ou você pode descer lá e ficar com ela, Olly.

— Ah. Eu estava pensando em ir junto tomar um *smoothie* e comer um pedaço de bolo — diz Olly, parecendo um labrador que queria um biscoito, mas não ganhou. — Ainda faltam horas pra gente poder sair daqui.

— Está bem — diz Nora, suspirando. — Vou pedir para uma das mães ficar de olho nela. Isso se você quiser ir beber alguma coisa, Libby.

— Sim, eu adoraria.

— Ótimo! Por que você não vai indo com a Libby para lá, Olly, enquanto eu vou encontrar uma mãe aleatória para cuidar da Kitty?

Não vou sugerir que ela peça para a *minha* mãe, a não ser que ela queira que a irmã acabe sofrendo algum acidente terrível e suspeito que a faça parar de concorrer ao papel de Brigitta e, potencialmente, a qualquer outro papel pelo resto de sua vida de atriz-mirim.

Olly parece hesitar por um instante — presumivelmente com medo que, se ficar sozinho comigo, eu vá abrir um berreiro como um bebezão de novo — mas aí Nora acrescenta, animadamente:

— E peça alguma coisa com muito abacaxi e coisas assim para mim! Menos kiwi. Odeio kiwi!

E começa a descer novamente pelo corredor, na direção das portas.

Então ele realmente não tem muita escolha com relação à parte de ficar sozinho comigo. Mesmo assim, ele é um guerreiro, pois simplesmente começou a juntar suas coisas para sair, enquanto eu faço o mesmo, e então nós dois também começamos a descer na direção das portas de saída do balcão superior.

— Você está errada com relação a *Matrix*, por sinal — diz ele quando chegamos às portas e ele segura uma delas aberta para mim. — Digo, pode não ser Palhacinha de Ouro ou seja lá qual for o nome daquela coisa da Audrey Hepburn...

— Não é Palhacinha de Ouro!

Fico indignada, até ver o sorriso dele e perceber que ele está brincando.

— Princesinha de Veludo, então? — arrisca ele.

— Donzelinha de Seda? — sugiro.

— Fantochezinho de Prata?

— Estatuazinha de Açúcar?

— Ah, *esse* é um filme que eu com certeza iria ver — diz ele, soltando uma risada satisfeita.

Quando começamos a descer o meio bilhão de degraus, fecho o zíper do moletom até em cima. Parcialmente para esconder meu sorriso satisfeito — porque acho que nunca fiz um menino rir daquele jeito antes — e parcialmente porque não quero que ninguém no café se afogue com seu *smoothie* quando uma menina de treze anos aparecer usando um *dirndl* amarelo-gema.

1

Todo mundo no *set* está suspeitamente maravilhoso esta manhã.

O ônibus onde o pessoal faz as refeições estava ficando cheio rapidinho em nossa locação perto da estação de King's Cross esta manhã, com membros da equipe já comendo seu segundo (ou terceiro) sanduíche de bacon, e atores e atrizes bebericando devotamente grandes canecas de chá com mel. Em todo o ônibus, as pessoas parecem estar de saída para uma festa incrível. Há penteados recém-feitos, pernas recém-bronzeadas artificialmente e mais camadas de rímel do que se possa imaginar. Todo mundo está deslumbrante.

E aí, tem eu.

Hoje é o primeiro dia em minha mais nova ponta em um programa, depois de meses sendo uma figurante aleatória e silenciosa.

Infelizmente, o papel que estou interpretando é o de Alienígena Verruguento. Então, hoje, estou usando a fantasia mais grotesca que já vi na vida.

Dou uma última geral com Frankie, a assistente de figurino, quando ela passa pela minha mesa só para checar se poderia haver algum tipo de problema.

— Você tem certeza absoluta — pergunto — de que estou aí na sua lista como Alienígena *Verruguento*? Digo, não pode ter sido um erro na hora de anotar? Não poderia ser... Sei lá... Alienígena *Baladeiro*?

Veja, isso não seria *tão* ruim assim. Especialmente se eu pudesse usar uma das fantasias de alienígena que nem a da minha irmã Cass, em seu papel como uma das Pessoas-Gato. São, na verdade, bastante sexies — collant prateado justíssimo, máscara de olhos misteriosa, botas de cano alto e salto —. E mesmo se eu tivesse que usar acessórios, como, digamos, um chapéu de papelão estúpido e uma saia havaiana, eu ainda ficaria mais ou menos decente. *Especialmente* se tivesse que usar uma saia havaiana, na real, porque ela esconderia quaisquer horrores que o collant prateado revelaria na região do meu bumbum. Dois coelhos com uma cajadada só!

— Lamento, Libby. Não há nenhum erro. De qualquer forma, o papel, na verdade, não se *chama* Alienígena Verruguento, você sabe. Você está aqui na minha lista como... — Frankie olha para o bloco de notas que nunca larga a mais que cinco centímetros do seu campo de visão — ... Técnico de Espaçonaves Extraterrestre.

(Isso significa, basicamente, que vou interpretar uma versão alienígena de um mecânico e explica por que minha única fala — minha grande estreia! Em rede nacional! — é: "Mas consertar o módulo de acoplagem pode levar dias, capitão, talvez até semanas!" Ei, eu nunca disse que era uma *boa* fala.)

— Está bem, então você tem certeza de que esta é definitivamente a fantasia que o Técnico de Espaçonaves Extraterrestre tem que usar? — pergunto, desesperada.

— Bom, fique totalmente à vontade para discutir isso com a Comandante Suprema. Porque se *houver* algum tipo de erro, seria um erro *dela*.

A Comandante Suprema, também chamada (não com muita frequência) de Vanessa, é a gerente de produção. É provavelmente óbvio, dado o apelido, que ela não é o tipo de pessoa que você vai querer acusar de cometer erros. Especialmente quando você é uma humilde figurante de um programa de TV que foi um sucesso inesperado e quando há milhares de atores desempregados e prontos para matar a própria avó para roubar o seu emprego.

— Enfim, não sei por que você está reclamando — acrescenta Frankie, olhando para trás, enquanto desfila em seus saltos de dez centímetros nada práticos na direção da saída do ônibus. — Em termos técnicos, essa fantasia é uma obra de arte, você sabe.

Fico olhando para o traje de látex verde-vômito que está me fazendo suar desde as sete da manhã e pego a cabeça alienígena destacável que está na cadeira ao meu lado. A cabeça tem uma ferida nojenta particularmente gigante bem no meio dos olhos. Não parece uma obra de arte.

— Meu Deus, Libby! Esta é a sua fantasia?

É Cass, se espremendo na cadeira à minha frente.

E falo "se espremendo" literalmente, porque ela, de alguma forma, conseguiu aumentar ainda mais seu busto, já bastante grande, uns dois números, além de estar usando o penteado mais volumoso deste canto do país. Ela ainda não colocou a fantasia de Pessoa-Gato, então, seu busto de chamar a atenção (mal) está contido em um agasalho rosa minúsculo, com o zíper escandalosamente baixo e tenho bastante certeza de que foi ela quem planejou isso, como sempre faz quando está querendo impressionar, seja com um short jeans igualmente minúsculo ou com uma microssaia atrevida de plush.

(Somos meias-irmãs, por sinal. Pais diferentes. A ironia está no fato de que, na verdade, meu pai é o mais bonito dos dois; o pai dela, Michael, é um geólogo bacana, mas meio nerd, ao passo que o meu pai é tão bonito quanto é cabeça oca. De qualquer forma, Cass é, com bastante certeza, a mais bonita de *nós* duas: loira, olhos azuis e curvilínea; enquanto meu cabelo e meus olhos são de uma paleta nada inspirada de castanhos, meus seios são praticamente inexistentes, e o único motivo pelo qual você um dia me chamaria de "curvilínea" é porque tenho um traseiro reforçado que aparentemente é imune a todas as formas de exercícios.)

— Sim, é a minha fantasia — digo a Cass, com tanta dignidade quanto consigo juntar sob essas circunstâncias. — É, tecnicamente, uma obra de arte, por sinal.

Mas Cass já tinha perdido o interesse.

— Então, estou bonita? Mais do que a Melody? Você acha que ele vai reparar em mim?

Melody é a protagonista do nosso programa de TV (de ficção científica, caso você ainda não tenha concluído), *Os Guardiões do Tempo.*

O *ele* a quem Cass se refere é Dillon O'Hara, nosso mais novo astro, cujo primeiro dia no *set* é hoje e que é — caso você já esteja se perguntando — o motivo pelo qual todo mundo apareceu para trabalhar com seus melhores looks de sábado à noite.

— Tenho certeza de que ele vai reparar em você, Cass. Você está chamando bastante atenção.

— Tem certeza? Porque você conhece, né, os tipos de meninas com quem o Dillon costuma sair... — Para embasar seu argumento, Cass remexe em sua bolsa e pega um exemplar de revista, coloca na mesa ao lado do roteiro que me entregaram esta manhã e aponta com seu dedo de unha feita para a capa. — *Esta* é a concorrência.

É uma foto de uma modelo loira da Victoria's Secret — não consigo me lembrar do nome dela, mas ela tem cabelos loiros platinados e seios fartos, com pernas de quase um quilômetro — saindo de uma boate com o sr. O'Hara.

Eu me odeio por achar isso, visto que o mala está fazendo todo um elenco e mais o pessoal da produção esperar por ele na locação esta manhã enquanto decide se vai se dar ao trabalho de aparecer ou não, mas o cara é irritantemente lindo. Isso é, se você, por acaso, for uma fã de peitos esculturais, ombros musculosos e maçãs do rosto angelicais. O cabelo dele é superpreto, os olhos são quase da mesma cor e ele é forte e musculoso de um jeito que não denota um tempão gasto puxando ferro enquanto se olha no espelho da academia, mas longos verões adolescentes construindo casas. Sem camisa, provavelmente. Bronzeando todo aquele peito talhado...

— Rhea Haverstock-Harley — vomita Cass, olhando para a modelo da Victoria's Secret com desprezo. — Sabia que ela foi eleita a Mulher Mais Gostosa da Estratosfera *de novo*, pela lista das Cem Mais Gostosas deste ano, da revista *Made Man*?

Ah, bom, agora que Cass me lembrou do nome, eu me lembro, sim, vagamente, disso. E eu também lembro que, como um reflexo (deliberado? Em busca de publicidade?) de todo aquele episódio da Naomi Campbell jogando o celular na empregada, essa tal Rhea Algum-Sobrenome-Composto tinha se dado muito mal, alguns anos atrás, por ter batido na cabeleireira com o celular. O que, agora que me lembrei do caso, me fez perder um pouco do encanto por Dillon O'Hara, apesar de eu não achar que ele estava namorando Rhea na época.

— Ah, essa *Made Man*... — falo, bufando, com um ar de desdém. (Cass não tinha entrado na última votação das Cem Mais. Eu ainda não me recuperei bem das ligações entre lágrimas, às três da madrugada, que recebi dela na semana passada, por quatro noites seguidas.) — Eles não sabem de nada. E, de qualquer forma, há mais coisas na vida do que receber umas secadas no seu decote de um monte de pervertidos babões, sabia?

— Você tem *toda* razão, Libby. Vou mostrar a eles amanhã à noite, por sinal.

(Amanhã à noite é a festa da *Made Man* de celebração dessa votação patética, e Cass vai participar. Talvez ela não seja suficiente para entrar na lista das Cem Mais, mas é ousada, loira e está na TV, o que é, claro, o suficiente para ganhar um convite.)

— Esse é o espírito, Cass! — Tiro uma das minhas luvas de Alienígena Verruguento, estico o braço por cima da mesa e faço um carinho na mão dela. — Vá lá e mostre tudo a eles!

— Foi para isso que comprei o vestido que vou usar. Tem um decote gigantesco na frente e é totalmente *nude* nas costas, então meio que dá para ver a minha bunda — mas através da renda, então é superclassudo.

— Cass, não, não foi isso que eu quis dizer com *mostre tudo* a eles...

— E vou precisar que você arrume aquela coisinha de pendente vermelho. Fica linda com o vestido, mas lembra que eu disse que prefiro mais comprida, para que a parte da pedra fique encostada bem na parte de cima do meu busto?

"Aquela coisinha de pendente vermelho", na verdade, é um colar de granada que fiz para o aniversário de 25 anos de Cass. Eu trabalhosamente dilapidei, para ser mais precisa, de um cabochão de granada (que é a pedra zodiacal dela) maravilhoso e um berloque vintage de cristal Swarovski em formato de gota, ambos dependurados em uma corrente banhada a ouro que eu customizei com cristais pequeninos cor de granada em intervalos ao longo dela. Talvez a confecção de pingentes fosse um hobby, mas eu realmente dediquei um trabalho razoável a esse, e a corrente foi tão cara que eu só consegui fazer um colar de 45 centímetros (cujo pingente fica elegantemente posicionado entre as clavículas de Cass), ao invés de um de sessenta centímetros (que ficaria desavergonhadamente entre seus seios).

— Não posso deixar mais comprido — digo a ela. — Não tenho uma corrente pra substituir.

— Bom, amarre a parte do rubi em um pedaço de fita, ou algo assim.— diz Cass, despreocupada em comprometer a integridade artística da minha criação. — Só preciso que ele chame o máximo de atenção possível para meus seios.

— Não acho que você precise de um colar para isso.

— Não, Libby. — Ela fica superséria. — Eu realmente não posso medir esforços se quiser ter uma chance contra Rhea Haverstock-Harley.

— Na real — digo, me sentindo como se estivesse parada na praia mandando a maré recuar —, você nem deveria estar correndo atrás de

Dillon O'Hara de qualquer forma, Cass. Isto é, se ele tiver namorada. Sem contar que você também tem namorado.

Parece que o nome dele é David. Digo "parece" porque Cass ainda não o apresentou a mim ou à nossa mãe. Tudo que sei sobre ele é que é um "gerente de talentos" de uma grande agência do showbiz, então é perfeitamente possível que ele seja coberto de verrugas enormes, assim como minha fantasia, mas cheias de pus de verdade — e Cass estaria perfeitamente feliz por namorá-lo.

— David não é meu *namorado*. Só estamos *ficando*. — Ela solta um suspiro exasperado, como sempre faz quando eu simplesmente não digo o que ela quer ouvir. — Você não ajuda em nada. Vou mandar uma selfie para a minha mãe e ver se ela acha que eu devo colocar algo um pouquinho mais sexy.

— Jesus, não, não faça isso!

Não estou tendo um chilique porque tenho receio de que a única coisa "um pouquinho mais sexy" do que a blusa superdecotada e o microshort que Cass está usando seja um biquíni fio dental e estou tentando, como irmã mais velha, proteger o que resta da integridade dela. Estou tendo um chilique porque se Cass mandar mensagem para minha mãe, ela vai ligar na hora. E depois de uma longa discussão sobre as opções de traje de Cass, ela vai finalmente pedir para falar comigo. E aí vai perguntar exatamente que papel eu peguei e como é minha fantasia.

Veja bem, minha falta de entusiasmo com a roupa do Alienígena Verruguento não se resume ao fato de que eu estava secretamente pensando que talvez *eu* pudesse atrair a atenção de Dillon O'Hara, se ele acabar vindo à gravação hoje. Quero dizer, mesmo que eu não estivesse suando dentro de todo esse látex cor de vômito, eu não acho, nem por um minuto, que ele iria parar do nada, puxar o membro mais próximo do elenco e sussurrar: "Meu Deus, me diga o nome daquela morena sem peitos, com a bunda em formato de pera, pois, até que me deite com ela, ei de enlouquecer de desejo! Enlouquecer, eu vos digo!"

A razão, na verdade, é minha mãe.

A questão é que ela não é somente minha mãe, mas também minha agente e a responsável por ter enchido o saco da produtora de elenco de *Os Guardiões do Tempo*, até que a coitada eventualmente cedeu e concordou em me promover — contra minha vontade, preciso acrescentar — da minha função de figurante, me dando uma pontinha na série. Então não é exatamente ideal que as primeiras palavras que irei dizer em um papel atuante nos últimos cinco anos sejam atrás de uma cabeça de alienígena verde-vômito coberta de verrugas, o que me torna não apenas nojenta, mas também — muito mais importantemente, do ponto de vista da minha mãe/agente — invisível.

— Bom, *você* não está ajudando em nada — retruca Cass, ignorando minha súplica e dando início à sua atividade preferida: posar para selfies em seu celular.

Enquanto isso, decido que a melhor maneira de evitar minha mãe por mais um tempinho é deixar que Cass faça o que bem entender e ir pegar um sanduíche de bacon. Afinal, digo a mim mesma enquanto me arrasto pelo ônibus com meus pés de Alienígena Verruguento, não é como se eu precisasse me preocupar com uma pancinha enquanto suo em bicas dentro das camadas sufocantes de látex, certo? E, de qualquer forma, os sanduíches de bacon estão excepcionalmente deliciosos e feitos sob encomenda pelo querido Olly Walker, que é um dos meus melhores amigos desde que eu o conheci, todos aqueles anos atrás, naquela audição terrível de *A noviça rebelde* em Wimbledon. Ele tem uma van de seu buffet na locação da filmagem, então posso ir lá bater um papo com ele enquanto espero ser chamada pela assistente do diretor para dizer minha fala e — o mais importante de tudo — evitar minha mãe.

Olly não está na van neste momento. Ele também não estava lá quando fui pegar meu primeiro sanduíche de bacon, antes de ir para o guarda-roupa, às oito da manhã, então, quando chega minha vez na fila, pergunto para o subchef, Jesse, se ele está bem.

— Ele não te ligou? — pergunta Jesse, espremendo ketchup em três dos sanduíches que está acabando de montar para Liz, a assistente de produção (bonita, loira e vestida estilo vou-atrair-os-olhos-de-Dillon em sua blusa cropped e seu jeans skinny justíssimo. Então só posso supor que os sanduíches são para algum eletricista ou cinegrafista faminto, ou algo assim, e não para ela mesma devorar).

— Não. Bom, na verdade, pode ser que tenha ligado. Deixei o celular na bolsa.

Não acrescento "*porque, apesar de eu ter 29 anos, ainda fujo da minha mãe*".

— Ele foi com a van para o estúdio. Comentou algo sobre fazer uma maratona dos móveis. Primeiro até Woking, depois até o seu apartamento?

Isso, sim, deveria me deixar um pouco menos estressada com relação a toda aquela situação com a minha mãe e meu grande grito de liberdade: o fato de que eu não tenho que voltar para a casa dela depois do trabalho esta noite e ouvi-la me perturbar quanto à minha carreira na mesa de jantar. Esta noite, se ela quisesse encher o meu saco, podia fazer isso pelo telefone enquanto eu relaxo na minha própria mesa, na cozinha do *meu próprio apartamento*!

Não é grande coisa — não é grande coisa *mesmo*, só um apartamentinho de um quarto em cima de uma série de lojas na avenida Colliers Wood; eu já vi, no programa *MTV Cribs*, banheiros de uns produtores de hip hop que eram pelo menos três vezes maiores —, mas vou deixá-lo aconchegante, acolhedor e agradável.

É claro que existe um pequeno obstáculo para isso: até dois dias atrás, eu tinha conseguido chegar a essa minha idade avançada sem comprar as coisas básicas necessárias para *tornar* um apartamento aconchegante e acolhedor. Não estou falando de mantas de caxemira, abajures de vidro veneziano e escrivaninhas vitorianas. Estou falando de — e isso é um pouquinho vergonhoso de admitir — um sofá, uma mesa e uma cama de casal.

Eu estava me lamentando desse fato para Olly quando ele apareceu na casa da minha mãe com a van, duas noites atrás, para pegar minhas caixas cheias de roupas, livros e outras quinquilharias, e foi então que ele me contou sobre o almoxarifado de Pinewood. Os Estúdios Pinewood, que é onde a maior parte de *Os Guardiões da Galáxia* é filmada, abriga um enorme baú do tesouro (bom, um depósito gigante de aço galvanizado) de móveis antigos que foram usados, ao longo dos anos, para decorar os sets de filmes e programas de TV. Muitas coisas estão bastante sucateadas, algumas estão surpreendentemente conservadas e nada daquilo é realmente usado mais. Olly sabe desse tesouro porque seu Tio Brian — que não é, na real, seu tio de verdade, só um velho amigo de sua mãe, ex-atriz — é segurança de lá. Ah, e porque ela, que hoje administra um grupo de dramaturgia amador em Woking, vive fazendo com que ele vasculhe o depósito para levar mobília para suas produções. Enfim, por sugestão de Olly, eu dei um pulo lá quando estávamos gravando em Pinewood ontem e consegui separar um bocado de coisas bonitas para mobiliar meu apartamento.

Eu pensei que fosse voltar lá hoje à noite com Olly e sua van, para pegar as coisas antes de ir até Colliers Wood buscar minhas chaves, mas, obviamente, passar sozinho em Pinewood, agora de manhã, deveria se encaixar melhor na agenda de Olly.

— Obrigada, Jesse! Ah, vou querer um desses também, por favor — acrescentei, apontando para a fileira de sanduíches de bacon que ele estava embalando em papel antigordura para entregar a Liz.

— Você está de brincadeira — diz Liz. — Você não pode realmente estar pensando em comer um sanduíche gorduroso de bacon.

O que é um tanto pessoal, não? Digo, Liz e eu já batemos um papo no banheiro feminino antes, mas foi só. Eu não considerava que éramos nem perto de íntimas o suficiente para...

— A Vanessa — diz ela, em um tom sussurrado e reverente (ou melhor, apavorado) — vai *literalmente* te matar se te pegar até mesmo com uma bala de menta na boca enquanto estiver usando essa fantasia.

— *Esta* fantasia? — pergunto, dando uma olhada para minha cabeça de alienígena, porque não consigo acreditar que uns respingos de ketchup possam deixar essa coisa muito pior.

— É uma das fantasias mais caras que alugamos — diz ela com uma certa devoção, como se o dinheiro estivesse saindo de sua própria conta bancária e fazendo com que ela ficasse sem grana para pagar a conta de gás. — Se a Vanessa descobrir que tem uma única manchinha nesse látex...

— OK, esqueça o sanduíche de bacon — digo a Jesse. — Vou querer só um café e um muffin.

— Um muffin de *mirtilo*? — pergunta Liz, chocada. — Cheio de frutinhas grudentas roxas que mancham?

— Está bem! Só café, então.

Que não vai dar conta do recado de jeito nenhum. Digo, levantei às cinco da manhã, estava no guarda-roupa às sete e tenho suado calorias vitais dentro dessa fantasia horrorosa desde então.

Acho que tenho meio pacote de M&Ms na minha bolsa, contudo. Posso voltar lá no ônibus e aproveitar para ver se tem alguma mensagem de

Olly no meu celular. Só que essa maldita fantasia me deixa mais lenta. Não sei se você alguma vez já tentou caminhar usando uns três quilos de látex, mas não é a coisa mais confortável para andar por aí.

Para ser sincera, em dias assim eu me pergunto seriamente que diabos estou fazendo ao tentar uma carreira como atriz. Porém, fazendo justiça à fantasia de Alienígena Verruguento, eu não passo quase nenhum dia *sem* que esse pensamento me ocorra. Só estou presa nessa porcaria de emprego por causa da infância que passei: acompanhava Cass de audição em audição, um tempo em que deixei de adquirir quaisquer qualificações decentes — ou outras ideias de carreiras — para mim mesma. Bom, isso e o fato de que eu sempre tive uma certa fixação por filmes e passei tempo demais enganando a mim mesma, dizendo que reclamar por ser figurante em programas de TV britânicos duvidosos é meio caminho até a magia da Velha Hollywood, que há tanto tempo me seduzia. Tempo *demais*, porque não acho que nenhuma das minhas heroínas de Hollywood já teve que perambular pelos fundos da estação de King's Cross usando verrugas de látex em uma manhã escaldante de junho.

— Anime-se — diz um colega alienígena que está passando por mim a caminho do trailer do guarda-roupa próximo a nós. —Talvez nunca aconteça.

— Para você é fácil falar. Você deu sorte. — Estou sendo sincera porque o traje do alienígena — *ele*, eu acho, por causa da voz dentro da cabeça da fantasia — não é nem de longe tão grotesco quanto o meu. É mais parecido com uma roupa de astronauta: macacão alaranjado estilo presidiário e um capacete de plástico também alaranjado. Nenhum látex, nenhuma verruga, nenhum problema. — Mas obrigada pelo apoio moral. É legal quando nós, figurantes, nos unimos, pra variar um pouco.

— De nada. Digo, precisamos nos unir, né, com esses atores estrelinhas babacas desfilando feito pavões por aí...

Dou uma bufada.

— Isso quando eles se dão ao trabalho de aparecer, é claro.

— Hum?

— Estamos todos esperando que o Senhor Babaca-Mor decida se valemos o tempo dele ou não. Estou falando de Dillon O'Hara — acrescento, para esclarecer a parte do "Senhor Babaca-Mor".

— Mesmo? Porque ouvi dizer que o horário dele era só às onze. Então, na verdade, se ele aparecer na próxima meia hora ou algo assim, ele vai estar, no fim das contas, adiantado.

— Balela — retruco. — Ele está atrasado porque celebridades como ele adoram se atrasar. É seu jeito preferido de provar às pessoas como eles são astros.

— Seja justa com o pobre rapaz — diz o figurante alienígena. — Talvez ele tenha ficado preso no trânsito.

— Se ele ficou preso em alguma coisa, é mais provável que seja em alguma supermodelo pernuda.

E aí eu paro de falar. Porque o figurante alienígena está tirando o capacete e ele não é, afinal, um figurante coisa nenhuma. É Dillon O'Hara.

— Isso foi divertido — diz ele, um sorriso largo se abrindo em seu rosto. O sotaque dele agora é irlandês, em vez do inglês que — agora percebo — ele estava forçando nos últimos minutos. — Meio que me senti como um príncipe em um conto de fadas. Você sabe, daqueles que se disfarçam de caipira para se misturar com os verdadeiros caipiras e descobre o que eles realmente pensam dele.

Estou mortificada.

Mas, ao mesmo tempo, preciso admitir que estou revoltada. Porque ele não apenas me enganou deliberadamente, mas também — tenho bastante certeza — praticamente acabou de me chamar de "caipira".

— Não quis dizer — diz ele, como se tivesse lido minha mente — que acho que você é caipira.

— Eu certamente espero que não.

— Mas, ao mesmo tempo, para sermos justos comigo, você acabou de me chamar de — como é que foi mesmo? Senhor Babaca-Mor.

— Isso foi diferente.

— É verdade. Foi pelas minhas costas, pra começar.

— Não foi pelas suas costas!

— Bom, não foi na minha cara.

— Você me enganou! Você... me armou uma *cilada*.

— Ah, pare de esquentar a cabeça! Se é que dá para esquentar ainda mais dentro dessa coisa. — acrescenta ele. — Digo, essas fantasias já são uma porcaria de uma sauna, sem precisar de mais nada para esquentar, não são?

Eu diria alguma coisa em resposta — mas não sei exatamente *o quê*, porque não é sempre que estranhos ficam comentando sobre o quanto estou com calor, muito menos estranhos como Dillon O'Hara, que, agora que prestei mais atenção, é ainda mais bonito ao vivo do que nas páginas da revista de Cass —, mas estou calada, em choque, porque ele começou a tirar a roupa.

É sério, ele está abrindo o velcro da frente do macacão, tirando as mangas e abaixando-o até a cintura e, então — meu Jesus Cristinho —, tirando a camiseta e revelando o peitoral mais perfeito que já vi em toda minha vida. Não estou exagerando! Ele tem ombros largos e tonificados, com músculos esguios; seu peito é liso e duro como pedra, e tem um tanquinho de verdade onde a maioria dos homens — inclusive Daniel, meu ex-namorado horroroso, por exemplo — exibem tamanhos variados de pança de cerveja.

— Ahhhhh. — Ele solta um suspiro de satisfação. — *Assim* está melhor. As mocinhas gentis do figurino me disseram que eu ficaria mais confortável se tirasse a camiseta, mas eu fiquei com vergonha. — Ele sorriu para mim de um jeito nem um pouco tímido. — Supus que elas só estivessem atrás do meu corpo.

Não sei dizer, de tão deslumbrada que ainda estou pela perfeição ridícula daquele corpo na minha frente, se essa arrogância descarada é atraente ou irritante. Acho que, provavelmente, é meio a meio.

Por ora, de qualquer forma, preciso me concentrar em *não ficar olhando* quando Dillon se vira e pega alguma coisa no bolso de trás do jeans: é um maço aberto de cigarros, do qual ele está pegando um.

— Não! — grito e, então, como ele parece um tanto assustado, explico: — Digo, não pode. A Vanessa vai arrancar o seu couro se você acender um cigarro usando fantasia.

— Vanessa... Vanessa... Ah, a moça assustadora da produção?

É reconfortante perceber que Dillon tem tanto medo da Vanessa quanto o restante de nós.

— Sim.

— Mas eu sou o grande astro, certo? Deveria poder fazer o que eu quiser, quando eu quiser, não?

Eu *acho* que ele está brincando...

— Ou — acrescenta ele, com mais um daqueles sorrisos — eu posso simplesmente me esconder atrás do ônibus do buffet e fumar lá, onde a Vanessa não vai me achar. Pode ser o mais seguro, hein?

— Acho que provavelmente seria melhor.

— Vem comigo?

— Ahn?

— Vem comigo? Fumar?

— Ah... Eu não fumo.

No instante em que aquelas palavras saem da minha boca, eu me arrependo de tê-las dito.

Não preciso ficar toda abobada com o cara para poder reconhecer os atrativos de Dillon. E, mesmo assim, acabei de recusar a oportunidade de continuar esse papinho — enquanto ele está, preciso destacar, sem camisa — só porque eu não fumo. O que é loucura, porque não é como se eu *nunca* tivesse fumado. Eu *costumava* fumar. É verdade que só fazia isso quando eu estava bêbada, e a última vez tinha sido quando eu tinha uns dezenove anos e estava fazendo uma viagem em Paris com Olly; fumei tantos cigarros franceses poderosos que nunca mais quis pôr um na boca.

Mas isso não é meio que uma bobagem que vale a pena ser deixada de lado por mais alguns minutos na companhia de Dillon, já que ele provavelmente nunca mais vai trocar outra palavra comigo?

— O que estou querendo dizer é que estou *tentando* não fumar.

— Ah, bom, se você largou, então tiro o chapéu para você.

— Não, não, não larguei! Nem de longe! Adoro fumar! Vou fumar até morrer! *Literalmente* até morrer, provavelmente, com a quantidade de cigarros que fumo!

— Então fique à vontade.

Ele me entrega o cigarro que está segurando, pega outro para si mesmo e, então, enfia a mão no bolso de novo para pegar o isqueiro.

— Então você é uma das figurantes, certo? — pergunta ele, acendendo o isqueiro e segurando-o para mim.

— Aham. — Respondo assim por causa do cigarro na minha boca. — Mas meio que fui promovida — acrescento, quando a ponta está acesa. — Vou dizer minha primeira fala hoje. Não é exatamente um papel e eu obviamente tive que usar a fantasia mais feia do set, mas...

— Ah, não sei, não. Já vi piores. — Ele dá uma tragada de expert, soprando a fumaça na direção oposta (o que é gentil da parte dele, visto que eu, tecnicamente, também estou fumando; eu só não arrisquei tragar ainda com receio de que eu tussa e cuspa, de um jeito nada atraente, em cima dele todo). — Tenho uma ou duas ex que eram mais ou menos assim — ele acena para a cabeça de alienígena que estou segurando — sem maquiagem.

Isso é improvável. Mas aprecio a generosidade dele.

— Enfim, se você é figurante, provavelmente sabe uma ou outra coisa sobre como as coisas funcionam por aqui.

— Como elas funcionam?

— É, em todos os programas em que trabalhei, eram os figurantes que sempre sabiam como tudo funcionava. Quem é a maior diva. Quem tem o maior problema com cocaína. Quem está mandando ver no almoxarifado. *Sempre* tem alguém mandando ver no almoxarifado, não é?

Como estou prestes a mobiliar todo o meu apartamento com as coisas do almoxarifado, só posso torcer para que ele esteja brincando.

— E então? — pergunta ele. — Conte os podres! Diga quem devo evitar, com quem devo manter contato, por quem vou ter uma queda avassaladora...

— Você não tem namorada? — solto, de repente.

Não, também não sei o que há de errado comigo.

Os olhos escuros dele se estreitam.

— Essa é uma pergunta bem pessoal.

— Desculpe, só perguntei porque... Bom, eu li umas coisas na *Grazia*, obviamente... Não que eu leia muitas fofocas de celebridades... Só quando estou na sala de espera do dentista ou algo assim. Quase nunca.

— Você quase nunca vai ao dentista?

— Não! Digo, sim! Vou um monte — falo, continuando minha aparente busca por fazer com que ele achasse que eu não cuidava da minha saúde bucal e tinha hálito de queijo. — Bom, não *um monte*... O suficiente, eu diria. Na verdade, é minha irmã, Cass, que lê todas as revistas de fofocas.

— Então diga para essa estúpida para não acreditar em tudo que ela lê.

— Ei! — Não me importa o quanto ele é maravilhoso, parado ali sem camisa e soprando a fumaça para longe de mim como um verdadeiro cavalheiro. — É da minha irmã que você está falando!

— Desculpe. — Ele parece — e soa — instantaneamente arrependido. Mas também ele é um ator, né? Mesmo assim, ele repete: — Desculpe. Isso foi imperdoavelmente rude da minha parte.

— Foi, um pouco.

— É só que essa coisa de namorada... É particular, sabe?

— Sim, é claro. Eu não devia ter tocado no assunto.

— Ah, está tudo bem... Desculpe, acabei de perceber que não sei o seu nome.

— Libby. Libby Lomax.

— Bom, está tudo bem, Libby, Libby Lomax. Eu te perdoo por me chamar de babaca. E por ter mentido quanto a ser fumante.

Droga! Eu tinha deixado aquela porcaria praticamente queimar inteira na minha mão.

— Eu sou fumante! Só me esqueci de que estava com um cigarro — expliquei, enfiando o cigarro na boca de volta e torcendo para exalar um décimo da sensualidade que ele exala quando dá uma tragada.

— Dillon!

Merda. É a Vanessa, saindo do guarda-roupa e caminhando na nossa direção. Se ela me pegar fumando, vão me expulsar desta locação em menos tempo que Dillon levaria para convencer Cass a ir para a cama com ele.

Instintivamente, faço a primeira coisa que me vem à cabeça: colocar a cabeça da fantasia, que está amassada debaixo do meu braço. Após um nano-segundo, percebi que ainda estava com o cigarro na boca. Mas está tudo bem! Está tudo bem porque tudo que tenho que fazer é passar pela Vanessa e me mandar, o mais rápido que puder, para o outro lado do ônibus, onde posso arrancar a cabeça e jogar o cigarro fora. Ou ao menos era o que eu poderia fazer, se ela não estivesse bloqueando o meu caminho com os braços cruzados e uma carranca.

— Libby — sibila ela, em alto e bom tom —, por que você está enchendo o saco do Dillon, porra?

— Ela não estava enchendo o meu saco, Vanessa, não se estresse. — Dillon me dá um tapinha no ombro pelas costas e, quando me viro desequilibradamente, ele está segurando uma das minhas luvas de látex. — Você deixou isto cair.

— Obrigada — murmuro, pegando a luva e começando a me virar de novo. Mas ele me para.

— Você está pegando fogo. — diz ele.

Traidor! Ele me denunciou, e bem na frente da Vanessa.

— Você está realmente pegando fogo, Libby.

Ele está olhando bem nos meus olhos, através dos buracos na minha cabeça de Alienígena Verruguento, com uma intensidade que não consigo evitar pensar que... Será que ele está me *elogiando*? Digo, nunca ninguém me disse que eu estava "pegando fogo" antes e certamente não alguém tão quente quanto Dillon, mas *presumo* que coisas mais estranhas já aconteceram.

— *Puta que pariu!* — Vanessa arruína o momento ao gritar, em tom de Comandante Suprema, atrás de mim. — A *cabeça* dela está pegando fogo, caralho!

Exatamente na mesma hora em que ela grita isso, inalo um cheiro extremamente desagradável, que só pode ser de látex queimado.

Certo. Eu sei que o certo a se fazer em caso de incêndio é permanecer calmo, tranquilo e equilibrado. Sei que a pior coisa que você pode fazer é entrar em pânico, porque assim você apenas puxa outras pessoas para baixo também... Ah, espere só um minuto, isso é quando você se *afoga*.

Em uma situação na qual há uma cabeça pegando fogo, o pânico, eu suponho, é perfeitamente aceitável.

— *Merda!* — Grito quase mais alto que Vanessa, puxando a cabeça em um desespero frenético. Mas não está saindo! *Não está saindo!* — Tire, tire, tire isso de mim!

— Puta que pariu! — grita Vanessa de novo enquanto me arrasta para longe da porta do ônibus. — Precisamos da porra do extintor de incêndio!

— Não temos tempo para isso! — Ouço a voz de Dillon e sinto a mão dele agarrar meus punhos para me impedir de ficar puxando a cabeça inutilmente. — Pare — ordena ele — e não se mexa!

Então ele segura a cabeça de alienígena, tira da minha cabeça de verdade e joga o látex fumegante no chão. E aí tudo fica preto.

Não desmaiei, aliás. Acho que Dillon acabou de jogar a camiseta em cima de mim para apagar quaisquer centelhas remanescentes.

Há um silêncio breve, chocado.

— Tudo bem aí embaixo? — pergunta Dillon, um instante depois.

Abro a boca para dizer "na medida do possível" quando sou atingida bem na cara por um jato poderoso de um líquido muito gelado. Arfo, o que faz com que um pedaço grande da camiseta encharcada entre na minha boca. Me afogo, gaguejo e me curvo para a frente.

— Puta merda! — Ouço Dillon dizer de minha posição, perto da braguilha dele. — Estava tudo sob controle! Você não precisava atacar a coitada com o extintor!

Ah, então era uma *espuma* bem gelada. Só para o caso de eu não parecer idiota o suficiente com uma camiseta molhada na cabeça... Não, tinha que ser uma camiseta coberta de espuma.

Mas Vanessa claramente não estava no clima para empatia.

— Libby! Que *porra* é essa?

— Ei, deixe a menina em paz! — Sinto uma mão em meu ombro, me endireitando. — Vou tirar isso de você. — diz Dillon, puxando a camiseta.

— Estou bem! Talvez seja melhor deixar a camiseta por mais um tempo, na verdade! — Tipo, até o fim dos tempos. Ou até que eu tenha recuperado a compostura e todas as pessoas no ônibus do buffet — que agora posso ouvir se debruçando nas janelas, perguntando umas às outras o que aconteceu e dando uma bela risada quando ouvem a resposta — tenham ido para casa e, idealmente, daqui a uns sessenta ou setenta anos, morrido, sem que eu tenha que encará-las de novo. Seguro a camiseta na altura do pescoço. — Melhor não... você sabe... expor a pele queimada ao ar.

— Merda! Você queimou a *pele*? — Dillon arranca a camiseta da minha cabeça com um movimento ligeiro; ele obviamente é um homem acostumado a tirar as roupas das mulheres. — Ah, não se preocupe, você está bem. É só o seu cabelo.

— Só meu cabelo o quê?

— Que queimou.

— Meu cabelo queimou?

— Céus, não. Não, não.

Me sinto fraca de alívio, até ele continuar.

— Não todo. Só boa parte do lado direito. A não ser... — Ele me analisa por um instante. — Me desculpe, talvez eu apenas não tivesse reparado. Você tinha um corte assimétrico quando eu estava conversando com você cinco minutos atrás?

—Não! — berro, colocando a mão ao lado da cabeça. Fico horrorizada ao sentir chumaços curtos, espetados e queimados onde antes costumava ter, se não exatamente cachos dignos de uma modelo da Victoria's Secret, ao menos uma quantidade perfeitamente decente de cabelo.

— Ah, puta merda, Libby! É só cabelo, porra! — Vanessa está estalando os dedos para um dos membros da produção, que está debruçado na janela do ônibus, para que ele pegue o extintor dela. — Vai crescer de volta. Ao contrário da parte que você queimou dessa fantasia!

— Eu sinto muito, Vanessa. Foi um acidente.

— Sim, foi um acidente. — Dillon me apoia. — Digo, ninguém botaria fogo no próprio corpo intencionalmente desse jeito. A não ser que fosse um monge budista ou algo assim. Coisa que você não é, certo?

Antes que eu pudesse responder, há um chiado coletivo de risinhos do pessoal que está assistindo, e uma das pessoas começa a — ah, tão hilariamente — cantarolar "*ommm*".

— Deem um tempo a ela, pessoal! — Dillon sorri para eles e faz um carinho no meu ombro. A mão dele permanece ali. Não respiro para não assustá-lo e ele tirá-la. — A pobrezinha teve um choque terrível! Querem saber? Um de vocês, seus brutamontes, podia ser útil e pegar uma boa caneca de chá para ela, em vez de ficarem parados aí fazendo...

Os olhos dele subitamente se voltam para o lado. O que não é nada surpreendente, visto que minha irmã acaba de aparecer por ali. Só Deus sabe o que nossa mãe disse a ela depois de ver as selfies, mas Cass tinha elevado sua sensualidade em muitos graus. Ela estava com a fantasia de Pessoa-Gato que ia usar no programa, mas havia feito alguns ajustes que só uma devoradora de homens como Cass seria realmente capaz de fazer. Ela tinha aberto o zíper frontal do macacão justíssimo até um nível quase pornográfico, trocado os coturnos pretos por — e só posso supor que ou ela tinha trazido aquilo de manhã ou pegou emprestado de alguma prostituta nos arredores de King's Cross — um par de botas de salto alto e cano longo até a coxa e coberto a boca com o que, certamente, era todo o conteúdo de um tubo de brilho labial rosinha claro.

Parte de mim quer bater palmas por tamanha audácia descarada e sem limites; uma parte muito maior quer arrancar aquelas botas dela e dar com elas na cabeça de Cass.

Porque a mão de Dillon acaba de sair do meu ombro. Eu acabo de sair do radar dele.

— Oh, meu *Deus*! — grita Cass, levando as mãos à boca e fazendo uma interpretação bastante decente de mulher desamparada. — Libby! Minha querida *irmã*! O que aconteceu?

— Sua *querida* irmã pôs fogo na própria cabeça, — ralha Vanessa. — Me causando um prejuízo de seiscentas libras para uma fantasia nova.

— Oh, meu *Deus*! — diz Cass de novo. (A performance dela podia ser decente, mas o roteiro era limitado.) — E o seu *cabelo*, Libby?! O que foi que você fez com o seu lindo, lindo cabelo?

O que teria sido uma coisa legal da parte dela, se não fosse pelo fato de eu suspeitar que ela só tinha dito aquilo como um meio para seu próximo truque, que era desabar em soluços melodramáticos e colocar a mão no peito (agitado), como se estivesse prestes a desmaiar.

— Calma lá! — Dillon envolve a cintura dela com o braço. — Vamos pegar uma caneca de chá quente e doce para você.

A mesma caneca de chá quente e doce que ele tinha me prometido um minuto atrás. E que, não pude deixar de notar, toda aquela horda de olhos safados estava praticamente tropeçando uns nos outros para sair do ônibus e pegar para ela.

— Me desculpe — soluça Cass. — É que isso é um choque tão terrível...

— Ah, pelo amor de Deus — murmura Vanessa, o que acaba me fazendo gostar dela subitamente.

— É claro que é, docinho! — Dillon está dizendo em um tom de chocolate amargo derretido bastante diferente do que ele estava usando enquanto conversava comigo. — Você só precisa daquele chá e se sentar um pouco...

— Preciso — responde Cass, dando tapinhas leves nas bochechas. — Eu preciso *mesmo* me deitar.

É preciso admitir (e Dillon, sem dúvidas, fará exatamente isso): ela é boa nisso. O ato de donzela aflita (sendo que eu sou a única por aqui que tenho qualquer motivo para estar aflita); a sugestão sutil de que ela preferia deitar em vez de sentar...

— Aliás, sou o Dillon — ele está murmurando, apoiando a mão na lombar dela e guiando-a na direção dos membros da produção, que estão cambaleando na direção da van de Olly.

— Sou Cassidy.

Vanessa e eu os observamos se afastar, unidas — pela primeira vez — em nossa irritação.

— É de foder, essa sua irmã — diz ela.

Concordar seria desleal; discordar seria classificado como hipócrita. Então, eu não digo nada.

— Você está bem? — pergunta ela, apontando para o meu cabelo queimado. — Não se machucou?

— Não, estou bem. — Fico tocada por ela se preocupar. — Mas obrigada, Vanessa, e eu realmente sinto muito pela…

— Ótimo — diz ela bruscamente. — Então não preciso chamar os caras dos primeiros socorros antes de você ir embora.

— Ir embora?

— Da gravação. Do programa, na verdade.

Fico olhando para ela.

— Você está… me demitindo?

— Mas é claro que estou te demitindo, porra! Você tem sorte por eu não cobrar a fantasia que você acabou de destruir.

— Mas… Essa devia ser minha… Digo, preciso do dinheiro para o aluguel… E minha mãe vai…

— Nada disso é problema meu. — Ela me dá as costas. — Lamento, Libby — acrescenta ela, em um tom indiferente que não revela nem um pingo de arrependimento. — Mas você pode, por favor, simplesmente devolver a fantasia ao guarda-roupa e ir embora do meu set?

Não tem por que argumentar. Tudo que posso fazer é obedecer às ordens dela e dar o fora daqui enquanto ainda tenho minha dignidade.

Certo, enquanto ainda tenho um *pouquinho* de dignidade. Antes que eu a irrite ainda mais e ela decida me cobrar seiscentas libras no negócio. Porque, para ser bem sincera, eu acho que minha dignidade basicamente se foi junto com meu cabelo. Junto com minha capacidade de pagar o aluguel do apartamento e com a tão esperada aprovação da minha mãe.

Enfim, ao menos a galera do cântico "*Om*" não estava mais ali para testemunhar minha caminhada da vergonha. Suponho que eu tenha que ser grata pelas pequenas clemências.

2

Devo pegar as chaves com meu novo locador, Bogdan, às seis da tarde, mas há várias coisas de que preciso dar conta antes disso:

A primeira e, convenhamos, mais importante, é comprar um chapéu. Isso eu resolvo dando um pulo na enorme loja de departamentos perto do ponto de Marble Arch, pegando o maior chapéu de palha que consigo encontrar (graças a *Deus* está fazendo sol, então tenho uma desculpa óbvia para usá-lo) e arrancando a etiqueta para usá-lo imediatamente depois de pagar as cinco libras que ele me custou.

E ainda bem que foi razoavelmente barato, porque minha próxima parada é a loja de queijos na rua New Quebec, onde vou gastar quarenta libras em queijos que encomendei há dois dias e são de fazer chorar de tão caros (e provavelmente de tão fedidos, ha-ha). É para Olly, como um presente de agradecimento por toda ajuda com a mudança e os móveis. Quebrei a cabeça para pensar em alguma coisa que eu sabia que ele iria amar — um box de filmes de ficção científica, um apetrecho para ele usar enquanto cozinha (e, espantosamente, se divertir) em casa —, mas, no fim, achei que uns queijos respeitáveis seriam um presente ótimo para alguém que... bom, tem tanto respeito pelos queijos como Olly.

Como nós dois, para falar a verdade. O queijo foi uma das primeiras coisas que tivemos em comum e continuou a desempenhar um papel principal em nossa amizade desde então. Às vezes, vamos a degustações de queijo — bem aqui, no Le Grand Fromage, na rua New Quebec, ou no Neal's Yard Dairi, no Covent Garden; uma vez, nós fomos a um festival de queijo na fazenda de um rock star dos anos 1990 em Somerset; quando eu tinha dezenove e ele estava fazendo 21, celebramos esse importante aniversário pegando o trem da Eurostar para Paris para passar o dia, vagando pelo primeiro *arrondissement*, de *fromagerie* em *fromagerie* (com paradas ocasionais em *le bar* no caminho), comprando mais queijo do que podíamos bancar e comendo a maioria no trem de volta para casa. *Le Marathon de Cheese*, foi como chamamos, e há tempos falamos em repetir a dose.

A dona do Le Grand Fromage já me reconheceu e acena para mim de trás do balcão enquanto entro pela porta.

— Olá! É Libby, certo?

— Isso mesmo!

Não sei o nome dela; ela mencionou uma vez, mas já esqueci e agora é vergonhoso demais perguntar de novo. Na minha cabeça, eu simplesmente a chamo de Mulher Queijão, o que faz com que ela pareça ser feita toda de rodas de cheddar, com minirrodelas de bolinhas de queijo no lugar dos olhos e do nariz, sendo que, na verdade, ela é uma bela mulher de quarenta e tantos anos, com um corpo mignon e um invejável corte de cabelo todo repicado. (Invejável *antes* mesmo de eu ter queimado metade do meu cabelo esta manhã. Agora, eu talvez matasse para ter um cabelo como o dela.)

— Você ligou para avisar que minha encomenda de queijos estava pronta, certo?

— Isso mesmo! Tudo cortadinho e pronto para levar. O Brie de Meaux, o Fourme d'Ambert e o Comté envelhecido. Ah, mais uma coisa...

— Não, não, mais nada — me apresso em dizer, pois não tenho certeza se minha precária situação financeira pode me bancar mais queijo mais-chique-que-o-chique neste momento.

— Não, eu só ia dizer que vou adicionar uma amostrinha de algo para você provar. Um queijo de cabra. Porque me lembro de você perguntar sobre um queijo de cabra específico na última vez que você veio aqui, não? Algo envolto em cinzas, com uma cruz em cima?

Oh, meu Deus.

Será possível que ela encontrou o "queijo misterioso" da *Le Marathon*?

Havia um queijo de cabra em particular, entre todos os queijos com os quais nos empanturramos no trem de volta aquele dia, a que Olly e eu ainda nos referimos com termos místicos e sagrados, do jeito que os fanáticos por futebol talvez falassem sobre uma cabeçada incrível que fez o time ganhar um campeonato. Era leve como suflê e picante na língua; envolto em cinzas com um formato de cruz em cima, e nunca conseguimos encontrá-lo desde então.

— Só um segundo.

A Mulher Queijão sai da loja e entra no depósito frio de chão de palha nos fundos, onde todos os queijos são guardados.

Se esse realmente for o queijo misterioso, vai ser um momento e tanto. Sei que parece bobo, mas a busca por esse queijo meio que tem sido uma coisa importante para mim e Olly na última década. Porém, acho que, se eu for totalmente honesta, parte da nossa obsessão com a busca desse queijo é — para nós dois — nossa maneira não verbalizada de ignorar O Erro que aconteceu naquela viagem a Paris, em uma mesa no canto de um bar silencioso, em algum lugar ao sul do rio Sena.

Pouco depois de pedirmos nossa segunda garrafa de vinho, de repente, de alguma forma, nos pegamos nos beijando como se nossas vidas dependessem daquilo. Uma Coisa *extremamente* errada a se fazer quando você é amiga de alguém há anos e, graças ao fato de você ser melhor amiga da irmã dessa pessoa, toda a família deles meio que adotou você extraoficialmente como membro da família.

Eu ainda não tenho certeza de como tudo aconteceu. Só consigo realmente me lembrar de que em um minuto estávamos falando sobre amor não correspondido, e Olly estava me contando sobre a menina que ele amava de longe, pelo que parecia, há anos, mas eu devo ter entendido essa parte errado e, no minuto seguinte, estávamos nos pegando como se o mundo fosse acabar. Eu não faço ideia de quem essa amiga dele era, mesmo depois de todos esses anos — Alison, provavelmente, a velha amiga de faculdade com quem ele acabou namorando por vários anos. O beijo foi finalmente interrompido pela chegada da garrafa de vinho. Percebendo o que tínhamos acabado de fazer e me sentindo um pouco em pânico, eu soltei:

— Bom, quando você conseguir beijar o amor da sua vida, só se certifique de não estar tão bêbado quanto estamos agora!

E ri como uma espécie de lunática maluca — só para garantir cem por cento que Olly sabia que eu tinha entendido que ele estava apaixonado e não era correspondido por *outra* garota e que eu não ia ficar toda abobada e entender aquele beijo como qualquer outra coisa que não fosse um erro induzido por uma garrafa de vinho de Chablis. Acho que era isso que eu pensava, de qualquer forma. Agora eu só me lembro da expressão no rosto dele quando eu disse essas palavras e da sensação de hesitação quando se está perto da beirada de alguma coisa e de se afastar do abismo.

E graças a Deus foi o que fizemos! Olly devia estar tão bêbado quanto eu ou totalmente consternado pelo fato de ter acabado de dar uns amassos embriagados na melhor amiga de sua irmã. De qualquer forma, ele não disse quase *nada* até pegarmos nosso trem, umas duas horas depois (quando o queijo misterioso já tinha surgido em nossas vidas e pudemos passar a viagem para casa conversando sobre isso), porque nenhum de nós tocou no assunto d'O Erro desde então. Eu mal me permiti *pensar* no assunto e acho que Olly fez o mesmo.

— Era este aqui que você estava procurando?

A Mulher Queijão retornou e está mostrando um queijo para mim. Fico olhando para ele: é achatado, circular e coberto de cinzas, com uma cruz em cima.

— Hum… Tenho bastante certeza de que *pode* ser. Eu teria que experimentar para garantir…

— Sim, bom, foi por isso que pensei em adicionar este ao seu pedido. O nome é Cathare e é feito perto de Toulouse. Depois me conte se era esse mesmo ou não.

Depois da manhã que eu tinha tido, eu me sentia como se pudesse debruçar no balcão dela e lhe dar um beijo. Dane-se o fato de que eu iria amassar o precioso queijo com isso.

— Isso é tão gentil da sua parte!

— Ah, não é nada! Fico feliz em ajudar. Bom, os outros queijos vão dar… 37 libras no total, por favor.

Consigo sentir que realmente me encolhi enquanto entrego o cartão de débito.

— Desculpe — diz a Mulher Queijão, claramente percebendo minha reação. — Receio que o Comté tenha sido uma escolha custosa.

— Não, está tudo bem. Não é culpa sua. É só que… Bom, perdi meu emprego hoje, é só isso.

— Meu Deus! Eu sinto muito!

— Ah, não, não se preocupe. Está tudo bem mesmo. Mais que bem, na verdade.

Ela me olha com uma expressão engraçada.

— Mesmo?

— Sim. Perder o emprego — digo a ela — vai acabar sendo a melhor coisa que já me aconteceu.

Essa é a tática que decidi adotar desde que saí da King's Cross esta manhã com o rabo entre as pernas: acentuar os pontos positivos. Porque, falando sério, de que *adianta* ficar sentada chorando, lamentando e rangendo os dentes? Aonde isso vai me levar? A lugar nenhum, isso sim. E, de qualquer forma, tenho muitas coisas com que me alegrar: tenho minha saúde; tenho meus amigos; vou ter — quando pegar as chaves daqui a duas horas — um apartamento novinho em folha.

O truque, por ora, é simplesmente tentar ignorar o fato de que eu ainda não contei à minha mãe que perdi o emprego e que talvez eu não consiga pagar o aluguel do próximo mês ao meu locador levemente assustador.

— Uau! Eu realmente admiro a sua atitude! — me apoia a Mulher Queijão, entregando a maquininha para eu digitar a senha. — Pensamento positivo vai levar você longe!

— Exatamente! — respondo (também ignorando o fato de que, na verdade, pensamento positivo ainda não me levou *tão* longe assim até agora). — É como procurar esse queijo misterioso! Onde estaríamos se simplesmente tivéssemos desistido no primeiro obstáculo?

— Esse é o espírito!

Mas a Mulher Queijão não pode continuar me motivando, pois outro cliente está perguntando se ela tem Roquefort orgânico em estoque. Ela me entrega meu cartão e minha sacola, e eu saio na tarde quente e ensolarada.

Foi só quando fui dar uma olhada na sacola, para ver se ela colocou o recibo dentro, que percebo que ela só cobrou metade do que deveria *e* ainda me deu um pacote chique de biscoitos amanteigados de brinde, o que foi muito gentil da parte dela, e mostra que uma atitude positiva rende suas próprias recompensas. Ah, e por falar em gentileza e atitudes positivas, meu celular acaba de apitar com uma mensagem de minha melhor amiga, Nora.

Já tá no apartamento novo? Espero que meu mano esteja ajudando você com a mudança. Bjo.

O "mano" de Nora é Olly, e eles basicamente acabaram virando meus irmãos postiços desde aquele dia em que eu os conheci no grande e velho teatro eduardiano em Wimbledon. É esquisito, na real, agora que eu penso em Olly como meu irmão postiço, lembrar daquele nosso primeiro encontro. Especificamente — graças aos hormônios adolescentes — a parte em que eu pensei que talvez ele fosse me beijar. Enfim, apesar de eles serem de uma família que nasceu para os espetáculos (não é apenas a mãe deles, com seu grupo de dramaturgia amador em Woking, mas também uma outra irmã, que agora é bailarina do Balé Real, e, é claro, Kitty, a mais nova, que é apresentadora de um programa televisivo infantil que passa aos sábados de manhã), Nora tem o emprego mais sério e adulto de todas as pessoas que eu conheço: ela é médica de emergências em um hospital-escola enorme em Glasgow.

Eu sinto falta demais dela. Apesar de que, claro, agora que eu estou prestes a me acomodar em meu próprio apartamento, vai ser bem fácil convidar ela e seu adorável noivo, Mark, para passar o fim de semana comigo. Vamos poder fazer todo tipo de coisa que só dá para fazer quando você tem sua própria casa: *brunch* no sábado de manhã — talvez com Olly junto, se ele puder ir — e uma festa casual no sábado à noite, com amigos aleatórios que aparecem com garrafas de vinho enquanto eu preparo um ensopado delicioso na cozinha... Ou talvez Olly possa vir e fazer o ensopado, pensando bem, já que eu não sei fazer nem um ovo frito. E como seria um raro fim de semana de folga para Nora e Mark, não acho que ela ficaria muito feliz se tivesse que prestar algum atendimento médico de urgência para os outros convidados se eu por acaso os envenenasse com meu cozido de Lancashire.

Indo pra lá agora! Mando para Nora. *Ah, pode ser que eu tenha achado o queijo misterioso da Le Marathon.*

Deve estar rolando um intervalo de calmaria na enfermaria, porque, incrivelmente, ela responde na hora:

Você, Olly e essa porcaria desse queijo. Mto animada c/ o apartamento! Qual o plano pra sua primeira noite sozinha?

Hmm, essa é uma boa pergunta. Porque, para ser bem sincera, meu plano — depois que Olly for embora — é colocar meu pijama e relaxar vendo um dos meus filmes antigos preferidos no iPad. Talvez, para fechar com chave de ouro esse momento vovozinha, eu pegue minha caixinha de miçangas e meu saquinho de fitas e faça um pouco de artesanato relaxante ao mesmo tempo. Porque, né, por favor, não é tricô nem nada assim.

Mas não posso contar isso a Nora. Ela acha que é como se eu estivesse fazendo tricô mesmo. (Apesar de que, ao contrário de Cass, ela ao menos aprecia os resultados, e eu espero que ela adore o lindo colar inspirado em *Bonequinha de Luxo* no qual estou trabalhando para ela usar no dia do casamento.)

Para ser mais exata, a preocupação de Nora é que eu passe tempo demais sem lidar com os meus problemas do mundo real, escapando na fantasia hollywoodiana. Ela se preocuparia ainda mais se eu um dia confessasse que ainda, às vezes, me permito ter esses devaneios bobos que eu costumava ter quando tinha uns doze anos, nos quais Audrey Hepburn é minha melhor amiga e nos divertimos juntas. Quero dizer, eu não faço isso *com frequência* hoje em dia, é bom ressaltar — se é que isso torna tudo menos estranho e triste. É só quando eu me sinto precisando de um pouco de alento. E todos nós fazemos coisas estranhas em busca de alento, não é mesmo? Algumas pessoas comem potes inteiros de sorvete. Algumas fazem sexo pervertido com estranhos. Então é certamente bastante inofensivo que eu, ocasionalmente, goste de viajar em uma ida imaginária ao shopping ou um chá da tarde ou uma noite na balada na companhia da agradável srta. Hepburn, certo?

Meu telefone apita com outra mensagem de Nora:

Por favor, Libby, por tudo que é mais sagrado, não me diga que você vai fazer joias e assistir a filmes da Audrey Hepburn, de pijama, a noite toda. Se vc quisesse fazer isso, podia ter ficado no seu antigo quarto, na casa da sua mãe.

Maldita.

Não tenho intenção alguma de fazer nada desse tipo, respondo. *Tô planejando uma noite produtiva: desfazer as malas, separar as coisas e depois, talvez, eu passe uns minutinhos na Amazon, procurando o melhor cooktop pra comprar e fazer ótimos cozidos.*

A resposta que tenho é o silêncio absoluto. Ou porque ela foi chamada para atender uma emergência de risco de vida ou porque simplesmente não acredita em mim.

De qualquer forma, preciso voltar para o metrô agora e ir até Colliers Wood, porque está na hora de pegar as chaves da minha novíssima, adulta e *própria* casa.

As lojas na pequena galeria embaixo do meu novo apartamento são uma mistura eclética com um tema unificado:

CONSERTOZ DE TV DO BOGDAN

SUPRIMENTOZ FAÇA VOCÊ MESMO DO BOGDAN

FRANGO & COSTELAZ DO BOGDAN

E finalmente, caso você tenha achado que Bogdan já tinha esgotado o estoque da letra Z do pessoal que fez todas essas placas:

PIZZAZ PRAZENTEIRAZ DO BOGDAN!

Meu apartamento, em particular, fica bem em cima desse último empreendimento, o que não é lá muito legal. Mas, mesmo assim, talvez tenha suas vantagens, pois não vou precisar sequer tirar aquele pijama de que a Nora reclamou tanto se eu, de repente, tiver uma vontade súbita de comer pizza, com pizza ou algo assim, às dez da noite.

E é na Pizzaz Prazenteiraz que eu preciso pegar minhas chaves, onde Bogdan, o locador, as deixou para mim.

Pego as chaves com uma mulher enorme e assustadoramente quieta (que não é, para falar a verdade, nem um pouquinho prazenteira) e abro a pequena porta do lado de fora do salão da pizzaria antes de subir todos os degraus até o terceiro... Não, espere, esqueci, *quarto* andar, onde há três portas ordenadas em um pequeno patamar. O que é estranho, pois só me lembro de ter visto duas portas. Enfim, o meu, apartamento F, fica do lado da rua.

Tento controlar o pequeno arrepio de excitação quando viro a chave na fechadura e... Certo, é... Bom, é um pouquinho menor do que eu me lembrava. Eu disse que já tinha visto os banheiros de uns rappers que eram maiores que isto, não disse? Acho, na verdade, que já vi banheiros públicos maiores.

Entro, tentando estimar o tamanho real (três metros por dois e meio?) e comparar com o que eu me lembrava (três por quatro e meio?). Como é que pôde encolher seis metros quadrados desde a primeira vez que eu o vi? E — pelo que tudo indica — perdeu uma janela e um banheiro inteiro... ao mesmo tempo?

Apesar de ser a última coisa que eu quero, vou ter que ligar para o locador.

Ele atende após alguns toques.

— Bogdan falando.

— Bogdan, oi! Aqui é Libby Lomax...

— Está contente com apartamento?

— Bom, aí é que está, Bogdan, eu...

— Está gostando reformas?

— Reformas? — Foi só então que notei o cheiro da tinta fresca e um leve toque de serragem. — Hum, Bogdan, você... colocou uma divisória ou algo assim?

— Bem observado, Libby! Transformo um apartamento em dois.

Fico olhando em torno do local agora... Fica claro que foi exatamente isso que ele fez. Transformou um apartamento pequeno em dois minúsculos, tirando uma das minhas duas janelas e meu único banheiro.

— Está gostando? É perfeito, sim? Mais compacto, mais aconchegante, mais fácil de limpar...

— Mas, Bogdan...

— E você pode recomendar apartamento do lado para amiga, quem sabe? Amiga *menina*, penso — acrescenta ele, esclarecendo, respirando ofegantemente ao telefone. — Já que você vai precisar dividir banheiro.

— Bogdan! — Tento soar tão severa quanto possível, para que ele saiba que eu não estou de brincadeira. — O que você fez com o banheiro?

— É só do outro lado do corredor. Tudo novinho! É o que meninas gostam, sim? Novo banheiro para se cuidar. Para depilar pernas, tomar banho de espuma, passar hidratante...

Faço uma nota mental para que Olly vasculhe o banheiro em busca de câmeras escondidas antes que eu até mesmo escove os dentes lá.

— Mas a questão é, Bogdan, que estou pagando aluguel por um apartamento com o dobro do tamanho desse.

— Mas você ganha banheiro novinho.

— Um banheiro novinho *compartilhado*! Do outro lado do corredor do apartamento que você dividiu em dois!

— É studio chique — retruca ele. — Estilo de vida minimalista.

— Mas eu não *quero* um studio! — Ignoro o fato de que este lugar, com sua parede divisória torta e o cheiro de serragem, está longe de ser algo chique. — Eu queria um apartamento de verdade, Bogdan! Com um quarto e um banheiro.

— Em Moldávia — diz Bogdan com ar sério —, famílias inteiras, com dez crianças, moram em menos do que metade do espaço que você tem agora.

O que — se for verdade — faz eu me sentir como uma pirralha mimada.

Por outro lado, é claro que ele iria dizer isso, não é mesmo? Ele está tentando me enganar com esse apartamento pela metade.

Quero dizer, olhe só para este lugar. Nunca vou conseguir fazer nenhuma daquelas coisas que planejei aqui. Aquelas festas calorosas para comer cozido, por exemplo: como é que eu (ou Olly, no caso) vou (vai) cozinhar se o espaço destinado à cozinha foi reduzido a um cantinho pequenino com um único armário na parede, um fogão de duas bocas e um frigobar? E onde é que meus amigos vão se acomodar quando derem um pulo aqui à noite com garrafas de vinho tinto? Posso não ter *centenas* de amigos, mas, neste momento, receio que permitir até mesmo que Nora traga Mark seja um problema. E é ainda pior que isso! Eu tinha me esquecido dos móveis que Olly vai trazer a qualquer minuto. Sim, eu fui bem cuidadosa ao escolher só peças pequenas, mas, obviamente, não havia nada no depósito que fosse do tamanho adequado para *bonecas*. A linda poltrona de couro que eu escolhi vai caber sem problemas, mas só se eu abandonar qualquer esperança de colocar aquela mesinha de tampo dobrável. E eu tinha escolhido uma mesinha de centro de madeira de nogueira superlegal e uma cômoda pequena com gavetas, mas incrivelmente útil, e Olly está trazendo um futon antigo de seu próprio apartamento. Onde é que tudo isso vai caber?

— Bogdan, olha só...

O interfone toca. Deve ser Olly, com todos os meus móveis. Não posso deixá-lo esperando porque ele provavelmente deve ter parado na faixa amarela na rua principal, onde há guardinhas circulando como abutres.

— Preciso ir. Meu amigo, Olly, acabou de chegar com meus móveis.

— Dolly? — pergunta Bogdan, animadamente. — É boa parceira sua...?

— *Olly*. Apelido de Oliver. Um parceiro *homem*. Bom, não exatamente um parceiro, mas... — Na verdade, não há mal nenhum em Bogdan pensar que tenho um namorado. O interfone toca novamente. — Vou ligar amanhã para conversarmos sobre isso de novo. — aviso, com o tom de voz mais firme que consigo.

— Vou esperar ansioso, Libby. Você pode me contar o que acha de novo banheiro.

Aperto o botão do interfone para deixar Olly entrar e abro a porta da frente bem quando ele chega no patamar do quarto andar.

— Libby! — Ele sobe os últimos três degraus em um passo só e me envolve em um abraço de urso. — Não consegui falar com você a tarde toda! Você está bem?

— Bom, o apartamento está com a metade do tamanho que eu esperava — digo no peito dele —, e o locador parece ter um fetiche por dormitórios universitários, mas acho que pode ser...

— Estou falando do que aconteceu na locação hoje. O negócio do fogo. — Ele se afasta e me olha, se encolhendo, como se não quisesse ousar espiar embaixo do chapéu que ainda estou usando. — Eu não sabia quanto devia acreditar no que o pessoal da produção estava falando, mas você realmente queimou todo o seu cabelo?

— Não, só metade. Promete não rir?

— Claro.

Eu não faria isso com muitas pessoas — na verdade, Olly e Nora são praticamente os únicos nos quais eu consigo pensar —, mas, com um pequeno floreio, tiro o chapéu.

Olly aperta os lábios com força, mas não consegue disfarçar o fato de que eles estão se curvando para cima.

— Você prometeu — relembro — não rir.

— Não estou rindo. É claro que não. Sinceramente, Libby, nem está tão ruim...

— Mentiroso! — Abro a porta um pouco mais para que ele possa entrar. — Enfim, acredite ou não, perder metade do meu cabelo — ah, e meu emprego, por sinal — foi só a segunda pior coisa que me aconteceu hoje... Ta-dá!

Com outro floreio, exibo meu miniapartamento partido em dois.

— Você perdeu o *emprego*? — pergunta Olly. Ele está olhando para mim, e não para o miniapartamento.

Confirmo com a cabeça.

— Mas isso... é *péssimo*.

Concordo novamente.

— Bom, quer que eu fale com a Vanessa para você? Ameace fazer greve com o ônibus do buffet se você não for readmitida como... Espere, que papel você ia fazer hoje?

— Técnico de Espaçonaves Extraterrestre.

— ... readmitida como Técnico de Espaçonaves Extraterrestre? Estou falando sério, Libby. Eu faria isso. E a Vanessa teria que me ouvir, porque se não houver sanduíches de bacon prontos às seis da manhã quando a produção estiver na locação, ela vai ter uma rebelião para conter.

— Isso é muito legal da sua parte, Olly, mas eu não quero. — Não acrescento o óbvio — que nem cavalos selvagens poderiam me arrastar de volta para trabalhar em *Os Guardiões do Tempo* depois da minha humilhação tremenda —, mas não há necessidade, porque posso ver que Olly entende sem eu precisar dizer. — Vou ficar bem. No campo profissional, quero dizer. Eu já paguei o primeiro mês de aluguel a Bogdan e vou encontrar algo novo a tempo de cobrir o próximo mês.

— Desculpe. — Bogdan?

— Ah, sim, ele é meu novo locador. Na verdade, isso me lembra, Olly... Você por acaso não sabe atrás do quê uma câmera secreta pode estar escondida em um banheiro, sabe?

— *O quê?*

— É só que Bogdan parece ter um fraco por meninas tomando banho e passando hidratante.

— Certo, então é isso. — Parecendo mais que um pouco alarmado agora, Olly pega minha jaqueta que estava pendurada na porta e me entrega para eu colocar. — Você vai comigo para o meu apartamento esta noite.

— Não, Olly, é sério, está tudo bem. Ele acha que eu tenho namorado agora, de qualquer forma.

— Quem?

— Bogdan.

— Não, digo, quem ele acha que é seu namorado?

— Ah, bom, você, é claro. Então me desculpe, Olly, mas você acaba de ficar acidentalmente preso a mim como uma namorada não desejada! — Percebo que isto está chegando perigosamente perto demais da questão d'O Erro, então me apresso em continuar: — Mas não se preocupe, você pode me dar um pé na bunda assim que eu me certificar de que não há nenhuma câmera escondida no banheiro. Ou em qualquer outro lugar, por sinal.

Olly se vira por um momento para pendurar meu casaco na porta de novo, o que leva bem mais tempo do que parece, porque ele se atrapalhou com o gancho de tecido da parte de dentro da gola e quase o derrubou no chão.

— Bom, de qualquer forma — diz ele depois de finalmente conseguir pendurar o casaco e se voltar para mim —, estou um pouco preocupado quanto a colocar todos os seus móveis aqui. O lugar é bem menor do que eu achava.

— Sim, era isso que eu estava tentando contar antes. Bogdan dividiu o apartamento em dois!

Olly analisa o apartamento pela primeira vez — bom, *analisa* é um pouco impreciso, visto que ele leva uns três quartos de segundo para ver toda a pequenez do lugar — e solta um assovio.

— Sabe, eu *realmente* não acho que vai caber.

— Olha, não podemos começar trazendo as coisas para cima antes de eu começar a me desesperar com isso?

— Libby, somente nós dois não vamos conseguir trazer todas aquelas coisas pesadas aqui para cima de jeito nenhum. Foi por isso que eu disse para o Jesse me encontrar aqui... ah, espere. Pode ser uma mensagem dele. — Ele enfia a mão no bolso da jaqueta, tira o celular e balança a cabeça positivamente. — Sim, é ele. Está vindo da estação de metrô. Olha, vou descer para me encontrar com ele, e você pode abrir... — Ele tira da sacola de papel, que eu só reparei que ele estava segurando agora, uma garrafa de champanhe. — ... isto aqui!

— Oh, Olly, você não devia ter feito isso.

— Bom, não é todo dia que se muda para um novo apartamento. Nem mesmo um apartamento partido ao meio com um locador pervertido.

Eu rio. Não consigo evitar.

— Só que minhas taças estão todas nas caixas que você pegou na casa da minha mãe ontem à noite.

— Ah, bom, é exatamente por isso que eu já trouxe algumas caixas para dentro e as deixei no pé da escada. Vou pedir para Jesse trazê-las para cima enquanto eu abro a van.

— Não, não, não se preocupe! Eu desço e pego.

Marchamos os quatro lances de escadas até lá embaixo juntos, aí ele sai para ir até a van — estacionada, aparentemente, virando a esquina — e eu começo a carregar minhas caixas de papelão até o apartamento; depois volto para pegar outra, e outra...

A última coisa que quero fazer é criticar Olly, não quando ele está sendo tão gentil e solícito, mas ele e Jesse estão levando um tempão para trazer os móveis, hein? Falando sério, é só uma poltrona pequena, uma mesa de centro e uma cômoda de compensado de três gavetas. Se não fosse pelo volume, eu tenho certeza de que conseguiria levar tudo lá para cima eu mesma.

Mesmo assim, ao menos tive tempo de levar todas as caixas para cima e talvez consiga encontrar as taças em alguma delas. Esta aqui, muito provavelmente, que etiquetei como "Máquina de Nespresso e outras coisas", parece que foi onde guardei as tralhas de cozinha. Abro bem na hora em que ouço uma voz ofegante atrás de mim.

— Estou dizendo, Libby. Não vai caber.

É Olly, que está entrando pela porta. Ele está com a cara roxa de esforço, seus ombros estão tensos sob a camiseta e ele está segurando uma ponta do maior sofá que eu já vi na vida. Não apenas enorme, na verdade, mas também estofado com um tecido em um tom salmão, estampado com rosas, que faz com que pareça que uma bomba explodiu no jardim mais florido do mundo.

— Bom, *tecnicamente*, talvez caiba — grunhe Jesse, com o rosto igualmente roxo, se espremendo pela porta com a outra ponta do sofá —, mas não vai sobrar muito espaço para mais nada.

— Mas este não é o sofá que eu separei!

— Como assim?

Olly vira a cabeça para me olhar.

— Estou dizendo que este não é o sofá que eu separei! Na verdade, eu não separei nenhum sofá! Era para ser uma poltrona de couro!

— Bom, foi isso aqui que o Tio Brian disse que você escolheu.

Tio Brian, aparentemente, cometeu um erro terrível.

— E não tem nenhuma poltrona de couro na van — acrescenta Olly. — Tem este sofá, o baú de carvalho, aquela cômoda grande de mogno e...

— Mas eu também não separei nenhuma dessas coisas! Separei uma poltrona, uma mesinha de centro de nogueira e uma cômoda *pequena* para as minhas roupas.

— Mesinha de centro de nogueira? — Olly se vira para Jesse. — Espere aí, onde foi que eu vi uma mesinha de centro de nogueira esses dias?

— Foi uma das coisas que a gente deixou com a sua mãe ontem à noite, para os Woking Players — diz Jesse, coçando a cabeça de um jeito que sugere que ele não sacou direito o que aconteceu. Apesar de estar ficando bastante claro, para mim, que os Woking Players ficaram com a minha mobília e eu fiquei com todo o cenário que eles iam usar em algum musical do Noël Coward ou do Stephen Sondheim que eles vão apresentar nas próximas duas semanas.

— Me desculpe mesmo, Libby. — Olly dobra os joelhos para colocar o sofá no chão e indica a Jesse que faça a mesma coisa. Eu nem posso achar ruim; aquilo deve pesar uma tonelada. — Você quer que a gente simplesmente leve de volta para a van?

— Sim. Bom, não... Digo, você trouxe aquele futon de que falou?

— Futon... — Olly fica olhando para o nada por um instante, até que a ficha cai. Ele dá um tapa na própria cabeça. — Merda! Esqueci.

— Tudo bem. Mas é melhor você deixar o sofá aqui. Não tenho nenhum outro lugar para dormir.

— Tem certeza? Fora todo o resto, está um pouco... Bom, de perto é bastante nojento.

— Tem meio que... — Jesse se abaixa e cheira uma das almofadas recheadas demais. — ... um cheiro de cachorro.

Ele tem razão em uma coisa: o cheiro que está vindo das almofadas do sofá, agora que ele tocou nisso, é distintivamente de cachorro. Mais especificamente, de um cachorro que passou a manhã toda na chuva e agora está se secando ao lado de um radiador quente, soltando uns puns alegres ocasionalmente. — Bastante parecido com a velha labradora de Olly e Nora, Tilly, que peidou a vida toda até seus incríveis dezessete anos; ela morreu cinco ou seis anos atrás, mas eu ainda consigo me lembrar do fedor de mofo dela. — Sem contar as ranhuras fundas na parte da madeira, em um dos braços, como se o cachorro, encharcado da chuva, tivesse afiado bem as unhas ali antes de ir se secar.

Fiquei olhando para Olly, o desespero se instaurando.

— Você *realmente* achou que este era o sofá que eu escolhi? Você não parou para questionar em nenhum momento?

— Bom, eu não conheço o seu gosto exato para móveis! — responde ele, indignado. — Você faz joias estilo vintage. Pensei que, talvez, quisesse uma sala de estar com estilo vintage.

— Este sofá não é *estilo vintage*, é...

Dou uma olhada para o sofá, culpando-o, em toda sua vilania salmão, por tudo que deu errado comigo hoje. Quer dizer, não vamos ficar de conversa mole: foi uma enxurrada de porcaria desde que saí da cama esta manhã. Perder metade do cabelo, perder o emprego, sair perdendo com o apartamento menor, Cass indo embora com Dillon no pôr do sol...

— Me desculpe — digo, me largando, exausta, no sofá, fazendo explodir uma nuvem de poeira com cheiro de cachorro. Isso acaba fazendo meus olhos lacrimejarem, o que, obviamente, faz com que pareça que estou chorando. O irônico é que, para falar a verdade, isso é exatamente o que eu sinto vontade de fazer. Se só Olly estivesse aqui, sem Jesse, que eu mal conhecia, eu provavelmente estaria chorando rios agora. — Você tem sido tão gentil. — Dou uma fungada. — Você também, Jesse, por ter carregado essa porcaria até aqui. Me desculpe.

Fica um silêncio curto, levemente constrangedor, que termina quando Olly despeja seu corpo volumoso, de um metro e noventa de altura, no assento ao meu lado e coloca um braço fraterno em torno dos meus ombros.

— Olha só, Libby. Por que não deixamos o resto dos móveis na van, para levar embora, e aí vamos dar uma passada no boteco do seu novo bairro? Aí você não precisa se preocupar com as taças.

Por mais que um drink no pub — mesmo aquele de ambiente duvidoso (certamente de propriedade de Bogdan) na descida da rua — fosse me cair bem agora, eu simplesmente não tenho nenhuma energia sobrando para encontrar alguma coisa positiva nesta noite. Sinceramente, tudo que eu quero agora é me ater ao plano A: catar meu pijama em uma das caixas, abrir o champanhe para poder beber direto da garrafa, sem ter que me preocupar em encontrar taças, e — ah, graças a Deus, depois do dia que eu tive hoje — assistir a *Bonequinha de Luxo* (ou *Palhacinha de Ouro*, como Olly chama, em homenagem a quando nos conhecemos) no iPad, toda encolhida.

— Obrigada, Olly, mas estou realmente cansada. Acho que a melhor coisa é ir cedo para a cama.

— Ooopa, desculpem! — Jesse vai direto na direção da porta. — Vocês não querem uma vela a essa hora da noite. Vou deixar vocês dois a sós.

— Nós dois? — Fico piscando para ele. — Deus, não, não, eu e Olly não estamos...

— Não estamos juntos, parceiro — interrompe Olly com firmeza. — Tenho bastante certeza de que Libby quis dizer ir cedo para a cama sozinha.

— Ahhhh... Certo, eu só pensei... Enfim, estou indo embora, de qualquer forma.

— Obrigada mais uma vez, Jesse. Você realmente precisa me deixar pagar uma bebida para você. Estou mesmo muito grata...

Mas ele já se foi.

— Desculpe por isso — diz Olly, sem me olhar nos olhos. O que é compreensível, já que O Erro está querendo vir à tona pela segunda vez esta noite — duas vezes mais do que normalmente acontece em um intervalo de meses ou mesmo anos — e acho que ele gostaria de enfiá-lo de volta em sua caixa o mais rápido e definitivamente possível. — Não sei de onde ele tirou essa ideia. Mas falando supersério, você tem certeza de que vai ficar bem aqui esta noite? Você sequer tem onde dormir.

— Tenho, sim. Qual o sentido de ter um sofá colossal se não posso usá-lo como cama para passar a noite?

— Bom, se você tem certeza... Olha só, por que eu não venho aqui amanhã à noite e te ajudo a desfazer as malas? Aí podemos conversar mais sobre o que você vai fazer depois. Eu vou até preparar um jantar rápido para você, que tal?

— *Nesta* cozinha?

— Ó, vós de pouca fé. Já se esqueceu daquela vez em que eu preparei toda uma refeição com três pratos na quitinete estudantil da Nora? Só com um micro-ondas velho e ultrapassado e um fogão elétrico de uma boca? — Ele dá uma olhada para minha "cozinha" minúscula. — Isto aqui é padrão profissional, em comparação. Vou preparar para você um belo frango assado. Fácil como roubar doce de criança. Ah, e vou até fazer um doce, pensando bem. Uma torta de sua escolha. Merengue de limão, maçã, amora... Seu desejo de torta é uma ordem.

— Isso é muito gentil da sua parte, Olly, mas me deixe cozinhar, para variar um pouco. Como um agradecimento por toda a sua ajuda.

— Hum...

— Ah, por favor! Não cozinho tão mal assim! Sei preparar um cozido bem gostoso.

— *Sabe*?

Dou a ele uma olhada daquelas.

— Tá, tá... Bom, seria ótimo, se você tiver certeza, Libby — diz ele, sem parecer muito confiante. — E eu trago a torta de sobremesa.

— Obrigada. Por tudo.

— Pode sempre contar comigo. — Ele se aproxima e dá um beijo rápido — bem rápido — no topo da minha cabeça antes de se levantar. — Você sabe disso.

Não consigo não me sentir um pouco vazia quando fecho a porta e fico com o miniapartamento todo para mim de novo. Bom, para mim e o sofá Chesterfield. O que, agora que estamos sozinhos, só está fazendo com que eu me sinta mais triste do que nunca. Quer dizer, olhe para ele: depois de seu momento de glória na tela, quando quer que isso tenha ocorrido, não fez mais nada a não ser mofar no barracão do Tio Brian desde então.

— Bom — digo ao sofá —, tudo virou uma merda, né?

O sofá, não surpreendentemente, não tem nada a dizer em resposta.

— Digo, vamos analisar a minha vida, que tal? — continuo, me espremendo atrás do encosto do sofá para pegar a garrafa de vinho do balcão de melamina (porque se vou começar a conversar com os móveis, então eu devo *realmente* estar precisando de uma bebida). — Porque não é como se as coisas estivessem exatamente incríveis hoje de manhã, *antes* de eu perder o emprego, metade do apartamento e metade do cabelo. — Minha voz tinha ficado um tanto pequenina e muito instável, então eu estou extremamente feliz por estar falando só com o sofá, mesmo que isso talvez seja um sinal precoce de loucura iminente. Odeio ficar chateada na frente de pessoas reais. Não, eu não só odeio — eu simplesmente não fico. Não ficarei. Nunca fiquei, tenho um orgulho idiota em dizer, desde que choraminguei na frente de Olly e Nora naquele primeiro dia em que nos conhecemos, no teatro New Wimbledon, quando meu desperdício de pai cancelou a comemoração do meu aniversário em cima da hora. — Não é como se eu já fosse bem-sucedida.

Abro a garrafa, tomo um belo gole, depois outro, e aí me espremo para passar atrás do Chesterfield, para poder desabar em uma das almofadas com cheiro de cachorro. Então pego a bolsa e remexo até encontrar meu iPad. Equilibro-o em um dos braços largos do sofá — uma utilidade em todo aquele volume, suponho —, encontro meus filmes salvos e clico em *Bonequinha de Luxo*. Porque eu só vou conseguir sobreviver a esta noite sem beber todo o vinho sozinha, pedir a maior pizza que encontrar no balcão de Bogdan, engoli-la inteirinha e, então — inevitavelmente —, ligar bêbada para meu ex-namorado horroroso Daniel, que vai simplesmente ser distante e condescendente, como foi durante a maior parte do nosso curto relacionamento, se eu tiver Audrey para me ajudar a encarar essa.

Acho que esta é a coisa (e a única coisa) pela qual eu tenho que ser grata ao meu pai: os filmes. Pela maneira como os filmes me fazem sentir. Pela onda mista de excitação e serenidade que sinto quando me acomodo no sofá, agora, ao som das notas orquestrais de *Moon River*. E olhe para Audrey. Apenas *olhe* para ela. Deslizando na tela, seu belo rosto impassível por trás daqueles icônicos óculos de sol Oliver Goldsmith de armação de tartaruga, seu corpo se movendo com a graciosidade de uma bailarina naquele vestido preto. E tem, também, aquele excêntrico colar de pérolas e brilhos, com a tiara que combina, que são exatamente o tipo de coisa que uma menininha escolheria na caixa de joias de sua avó para brincar de "gente grande" e que — apesar da irritação do meu pai — eram exatamente as coisas que mais *me* deslumbraram quando assisti ao filme com ele pela primeira vez, quando tinha nove anos. Aquelas joias brilhantes me fizeram pensar, na época, que Audrey, esse ser de outro planeta, devia certamente ser algum tipo de princesa, e elas não perderam sua magia, agora que tenho duas décadas a mais de idade. Isso me faz lembrar do colar de noiva de Nora.

Me levanto relutantemente do sofá — uma proeza e tanto, sendo que é possível perder um ou dois ônibus de dois andares atrás dessas almofadas — e me espremo para passar atrás dele e ir até a "cozinha", onde a maioria das minhas caixas está empilhada, esperando que eu arrume. Minha caixa de miçangas deve estar na parte de cima de alguma delas, em algum lugar... Sim, aqui está, com o colar de Nora lindamente dobrado. Na minha cabeça, ele sempre deveria parecer algo que captaria a atenção de Holly Golightly na vitrine, em um de seus passeios à Tiffany, mas ainda não sei se já cheguei lá. Já coloquei umas contas vintage lindas em um cordão simples — a maioria pérolas artificiais, com algumas filigranas prateadas de bolinhas ocasionais — nos dois lados dessa orquídea brilhante delicada, porém deslumbrante, que eu encontrei em uma loja de roupas retrô em Bermondsey, num sábado chuvoso, quando fui com Olly a uma feira de alimentos. A orquídea era um broche, originalmente, mas eu usei um conversor de broches no alfinete de trás para transformá-lo em um pingente adequado para um colar. Eu já o finalizei com um fecho prateado na parte de trás, mas acho que vou resgatar meu alicate de bijuterias, remover o fecho e aí realmente dar uma "Audreynizada" no troço todo, acrescentando uma fileira de pérolas e algumas contas de filigrana dos dois lados da orquídea, transformando um pingente bonito em uma peça dramática, em camadas, de parar o trânsito.

Logo atrás de mim, uma pessoa diz:

— Boa noite!

Me viro, me perguntando, por um breve segundo, se a loucura realmente está se instaurando e se — visto que eu estava conversando com o sofá alguns instantes atrás — estou começando a ouvi-lo me responder.

Mas não é o sofá. É alguém empoleirado, na verdade, no braço do sofá. E esse alguém é Audrey Hepburn.

3

Certo, vamos começar do início: obviamente, não é a Audrey Hepburn *de verdade*.

Quer dizer, eu podia muito bem estar conversando com meu novo sofá, mas não sou totalmente pirada — ainda. Claramente, essa não é, de jeito nenhum, a lenda de Hollywood: real, genuína e infelizmente falecida há muito tempo.

Mas em segundo e terceiro lugares: se ela for uma sósia, ela é boa pra caramba (está vestida exatamente, reforço, *exatamente* como a Audrey Hepburn que acabei de ver na tela: vestido preto, óculos de sol, três cordões de pérolas e tudo); mas, indo mais direto ao ponto, *que diabos uma sósia de Audrey Hepburn está fazendo no meu apartamento em Colliers Wood às, 20h30, em uma noite de quarta-feira*?

Antes que eu possa fazer essa pergunta — enquanto, na verdade, ainda estou fazendo uma ótima imitação de peixinho dourado, ignorando a moça —, ela se levanta, se debruça de leve sobre o balcão de melamina e estica a mão encoberta pela luva.

— Eu realmente espero — diz ela — não estar atrapalhando.

Caramba.

Ela tem a voz igualzinha, preciso dizer. As vogais alongadas, o frescor, consoantes de elocução perfeita, tudo somado àquele sotaque misterioso nem-tão-inglês-nem-tão-europeu, exatamente como a voz de Audrey Hepburn nos filmes.

— Mas como é que você *entrou*? — dou uma olhada para a porta, que tenho certeza de ter trancado quando Olly foi embora. Não tem como ela ter entrado por ali, de jeito nenhum. A não ser que tenha a chave, é claro... — Oh, Deus. Foi Bogdan que mandou você?

As sobrancelhas dela (perfeitamente arqueadas e realisticamente grossas) se erguem acima da armação dos óculos de sol.

— Bogdan?

— O proprietário de toda esta quadra. Ele é dono da maior parte de Colliers Wood, ao que tudo indica.

— Colliers Wood? — repete ela, como se aquelas palavras fossem de uma língua estrangeira. — Parece ser um lugar mágico!

— Mas não é *mesmo*.

— Onde fica?

— Você está brincando, né?

Ela fica me olhando impassível por trás dos óculos. (Óculos Oliver Goldsmith, não tenho como não reparar, com armação de tartaruga, então ela certamente fez um belo trabalho ao encontrar uma réplica fantástica em alguma loja vintage ou algo assim. Ou alguma loja que venda réplicas perfeitas dos acessórios de Audrey, porque o colar que ela está usando é absolutamente igual ao que a Audrey verdadeira estava usando na tela do meu iPad há alguns minutos.)

— Fica em Londres. Zona Três. No meio do caminho entre Tooting e...

— Que maravilha! — Ela bate palmas, encantada. — Eu adoro Londres! Morei aqui pouco depois da guerra, sabia? Em um apartamento pequenininho, você não faz ideia de como era pequeno, bem no meio da Mayfair. Rua South Audley. Você, por acaso, conhece?

— Sim. Quer dizer, não. Conheço a rua South Audley, mas não sei onde você... Ou melhor, onde Audrey... Olha, não quero ser rude, mas você meio que simplesmente... *apareceu*. E não tenho certeza se gosto que outras pessoas tenham as chaves do meu apartamento, então talvez você possa dizer a Bogdan...

— Querida, eu lamento muitíssimo, mas realmente não conheço esse tal de Bogdan. Na verdade, me ocorreu agora que ainda não nos apresentamos adequadamente! Sou Audrey. — Ela estende uma mão graciosa, emitindo o aroma, como é típico dela, do perfume em seu punho: um cheiro estranhamente familiar de jasmim e violetas. — Audrey Hepburn.

— Certo — respondo, bufando. — E eu sou a princesa Diana.

— Oh, Céus! — Ela abaixa a cabeça e faz uma reverência, curvando-se impressionantemente baixo. — Eu não fazia ideia de que estava na presença da realeza!

— Não! Digo, é óbvio que não sou...

— Eu devia ter percebido, Vossa Alteza. Digo, só uma princesa teria joias como essas.

Fico confusa (ou melhor, *ainda mais* confusa) até perceber que ainda estou segurando o colar inacabado de Nora.

— Não, não, não é de verdade. — Enfio o colar de volta na caixa de miçangas. — E não sou Sua Alteza. Não sou uma princesa.

Ela ergue os olhos, ainda curvada em sua reverência.

— Mas você disse...

— Sim, porque você disse que era Audrey Hepburn. Agora, não me leve a mal, você está fazendo um trabalho incrível...

O que é absolutamente verdade, preciso admitir, quanto mais eu olho para ela.

Eu sei que *qualquer um* pode recriar o look de *Bonequinha de Luxo* sem muito esforço — o vestido, os óculos, o coque —, mas ela realmente acertou em cheio nos detalhes também. O cabelo dela não está apenas preso em um coque com topete, tem exatamente a mesma tonalidade castanha; seus lábios têm exatamente o mesmo formato e tamanho; seu rosto é de um brilho hollywoodiano e claro como a luz do sol.

Ah, e acaba de me ocorrer que eu consigo identificar aquele aroma familiar com toques de jasmins e violetas: é o L'Interdit, o perfume da Givenchy criado especialmente para Audrey Hepburn, é claro. Minha mãe e Cass me deram um frasco dele vários Natais atrás.

— Demora muito tempo? — pergunto, de repente.

— Como?

— Todo esse look da Audrey. O cabelo. A maquiagem. Demora muito tempo para ficar pronto?

— Ah, bom, tenho cabeleireiros para me ajudar quando estou trabalhando, se é isso que você quer saber. E, é claro, tenho o querido Hubert para fazer os vestidos mais perfeitos do mundo para mim — para falar a verdade, este, que estou usando agora, é dele! Você gosta? Ele é um estilista brilhante — e, acredite em mim, é preciso certo brilhantismo para me botar em um vestido longo sem fazer com que eu pareça uma tábua de passar! —, além de ser um amigo estimado também!

À medida que ela fala, uma segunda possibilidade começa a se desenhar para mim. O fato de que ela não é uma sósia extremamente profissional, mas, na verdade, uma lunática fugitiva. Porque ela realmente parece acreditar que é Audrey Hepburn. Daquele jeito que a gente ouve falar sobre pessoas que realmente acreditam que *são* (geralmente) Napoleão ou Jesus Cristo. Ou a princesa Diana, afinal.

— Olha — digo, com mais delicadeza do que eu estava falando nos últimos minutos. — Talvez seja melhor se você me disser para quem eu posso ligar. Um amigo? Namorado? Uma... Bom, uma enfermeira?

— Enfermeira? — Ela ri musicalmente. — Mas não estou doente!

— Ah, é claro que não! Você com certeza não está doente! — Não tenho, nem de longe, conhecimentos de psicologia o suficiente para saber se alguém que acha que é Audrey Hepburn pode ficar agressivo, se confrontado com o fato de que *não* é aquela pessoa. — Mas está ficando tarde e eu tenho muitas caixas para abrir. Então se você preferir que eu simplesmente chame um táxi...

— Eu posso te ajudar com as caixas!

— Céus, não, não foi isso que eu quis dizer!

Mas ela não está ouvindo. Está caminhando delicadamente até minhas caixas, se ajoelhando ao lado delas e começando a remover a fita adesiva.

— Eu adoro desfazer caixas — diz ela. — Transformar uma casa em um lar! Bom, no seu caso, um apartamento. E este aqui é simplesmente maravilhoso!

Agora eu *sei* que ela está delirando.

— Apesar de eu ter que dizer, querida, que não foi uma ideia muito boa colocar esse sofá enorme aqui. Uma linda poltrona de couro ficaria bem melhor... Céus! O que é isto aqui?

Ela tirou a máquina de Nespresso da caixa de cima da pilha ao lado da qual ela está ajoelhada e está olhando para ela, por trás dos óculos de sol, com surpresa e fascinação.

— É uma câmera? Um micro-ondas?

— É uma máquina de Nespresso — respondo, um tanto irritada, porque não importa se é uma encenação ou um delírio, todo esse negócio está começando a ficar um pouco demais. Estou até mesmo começando a me perguntar se telefonar para Bogdan seria a coisa certa a se fazer. Afinal, se seu locador suspeito não conseguir se livrar de sósias da Audrey Hepburn que se recusam a sair do seu apartamento, de que ele serve?

— Você deve ter visto os comerciais, com o George Clooney.

— Ele é parente da Rosemary? — pergunta ela animadamente.

— Rosemary Clooney? Não sei, talvez seja sobrinho ou algo assim. Agora, eu realmente sinto muito, mas vou ter que pedir para você…

— Oh, não, querida, ele não pode ser sobrinho! Rosemary teria me *contado* se tivesse um sobrinho! — Ela volta a olhar para a máquina de café, tirando os óculos de sol para poder enxergar melhor. Ela os coloca no balcão. — Nespresso, você disse? Parece ser o tipo de coisa que talvez faça café?

— Sim, é exatamente isso que ela faz, mas você já…

Paro.

Ela está olhando diretamente para mim, sem os óculos de sol. E eu me sinto meio esquisita, do nada. Porque — e isso vai soar certificadamente insano, preciso alertar — agora que posso ver os olhos dela, não tenho tanta certeza de que ela é uma lunática fugitiva, no fim das contas. Ou uma sósia profissional. Acho que, talvez… Bom, que talvez ela *seja* Audrey Hepburn.

Eu avisei que ia soar maluco. Quer dizer, o que é que eu estou falando? Que Audrey Hepburn retornou, milagrosamente, ao estilo Lázaro, do mundo dos mortos? E que, ao invés de voltar do mundo dos mortos para visitar sua amada família ou continuar seu trabalho de caridade para o Unicef, ela apareceu no meu apartamento minúsculo em Colliers Wood? Não, é claro que não estou dizendo isso. Ninguém volta do mundo dos mortos para Colliers Wood ou nenhum outro lugar, afinal de contas.

Mas a maneira como aqueles olhos estão olhando para mim… E é impossível ter olhos falsos. Sim, dá para comprar lentes de contato coloridas para deixá-los do tom preciso de castanho-chocolate; sim, dá para colocar um montão de cílios postiços; sim, dá para virar expert na arte do delineador gatinho. Porém é impossível, absolutamente *impossível*, imitar a maneira como seus olhos encaram as pessoas. É impossível imitar o brilho deles, a *vida* deles. Ninguém poderia imitar a expressão com que ela está me fitando agora, a expressão com que Audrey Hepburn me encarou da tela nas incontáveis vezes em que assisti aos seus filmes.

Então, no fim das contas, só existem duas explicações, até onde eu sei: Ou este é o *fantasma* da Audrey Hepburn, me fazendo uma visita como em um romance do Charles Dickens; ou sou eu quem está tendo, por algum motivo preocupante, delírios quase psicóticos, e todo esse encontro não passa de uma produção vívida da minha própria imaginação.

A questão é que eu não acredito em fantasmas.

— Acho que... Eu tive um dia bem estressante...

— Teve, querida? — Ela me faz um carinho no ombro, apesar de toda sua atenção ainda estar voltada à máquina de Nespresso. — Aahhh, vamos fazer o seguinte: podemos preparar um café delicioso para nós, e aí você pode me contar tudo que aconteceu!

— Um café... Essa é uma ótima ideia, para falar a verdade.

Na real, me ocorre, agora, que — visto que não comi e nem bebi nada (fora aqueles goles de vinho) desde a manhã — uma caneca de café quente e adocicado seria uma ótima pedida. Eu acabei não tomando aquela xícara de chá que Dillon tinha oferecido.

Então isso tudo provavelmente é só o choque atrasado e combinado, possivelmente, com um nível baixo de açúcar no sangue. Assim que eu açucarar meu organismo um pouquinho, vou ficar bem de novo! Esta alucinação (admitido: incrivelmente vívida) vai desaparecer e eu poderei voltar a assistir à Audrey de celuloide no meu iPad de novo, em vez de assistir a esta Audrey bem real, parada no meu apartamento, emitindo "ooohs" e "aaahs" surreais por causa de uma máquina de Nespresso.

— Vou só encontrar as cápsulas.

Vou até a caixa na qual ela estava remexendo agora há pouco e começo a procurar pela caixinha de cápsulas de café que vieram com a máquina.

— Cápsulas?

— Sim, a máquina precisa de cápsulas. Devem estar aqui em algum lugar... Uma caixa cheinha delas...

Mas não estão. Há um monte de outras coisas — três caixas de lâmpadas econômicas (que diabos vou fazer com essas coisas?); um antigo rádio Roberts recoberto de couro, que tenho bastante certeza de que está quebrado desde que meu ex-namorado horroroso, Daniel, derramou vinho tinto nele todo enquanto me dava uma aula de filosofia pós-estruturalista; algumas xícaras de cafezinho e pires que não vão ser muito úteis, a não ser que consigamos realmente fazer café; e uma tesoura de cozinha alaranjada (que acho que deve ser da minha mãe) — mas nada de cápsulas de café.

— Eu não entendo. Eu deveria ter colocado na caixa quando empacotei a máquina!

— Diana, fique tranquila, está tudo bem. Podemos simplesmente...

— Meu nome não é Diana — digo, sucintamente, puxando outra caixa na minha direção, arrancando a fita adesiva e dando uma olhada dentro. — Eu sei que já disse que não sou uma princesa, mas meu nome também não é Diana. É Libby. Libby Lomax.

— Entendo — diz Audrey Hepburn, apesar de sua voz soar bastante confusa, como se ela não estivesse entendendo nada. — Bom... *Libby* — não vamos nos preocupar com o café, está bem? Isso parece estar... deixando você chateada.

— Não estou ficando chateada! — Ao dizer isso, percebo, para minha surpresa, que lágrimas quentes estão derramando dos meus olhos e escorrendo pelas minhas bochechas. — Desculpe — falo, fungando, limpando o nariz no dorso da mão, o que deixa um longo rastro úmido e "muito atraente" de coriza das minhas narinas até meu maxilar. Foi por *isso*, afinal, que eu não chorei mais na frente de ninguém nos últimos dezesseis anos. — Isso tudo é um pouco demais.

— Ah, mas é claro que é! — responde ela. — Desfazer caixas e malas é terrivelmente estressante, mesmo nas melhores horas, especialmente quando não se consegue encontrar as... como você chamou? Cápsulas de café?

— Não foi isso que eu quis dizer. Foi *você*. Conversar com você desse jeito... É exatamente com esse tipo de coisa que eu sempre sonhei e agora que está realmente acontecendo — mesmo que não seja real, afinal, não do lado de fora da minha cabeça, quero dizer —, está tudo dando errado.

Audrey Hepburn não diz nada; ela simplesmente me pega pelo cotovelo, me puxa para eu me levantar e me ajuda a chegar até o sofá. Aí, ela me acomoda em meio às almofadas volumosas, afofando-as com certa maestria e conseguindo apenas franzir o nariz bem de leve quando o cheiro de cachorro atinge em cheio seu lindo rosto.

— Pronto! — diz ela, tão encantadora como sempre. — Agora, isso já não é um pouquinho melhor?

— É claro que não, porra!

Certo, não era minha intenção acabar *gritando* ou falar um palavrão. Não se deve gritar obscenidades para *Audrey Hepburn*, pelo amor de Deus. Nem mesmo se você estiver acidentalmente alucinando. Mas parece que não consigo me controlar, agora que as comportas foram abertas.

— Como é que alguma coisa pode estar *um pouquinho melhor* estando sentada nesta porcaria de sofá? Nesta porcaria de apartamento? Depois da porcaria do dia que eu tive? — Paro antes que eu acrescente *nessa porcaria de vida que tenho*, porque isso parece pessoal demais e quase com certeza vai me fazer começar a soluçar incontrolavelmente, muito possivelmente enquanto balanço para frente e para trás abraçando meus próprios joelhos. — E agora até mesmo meu subconsciente está de palhaçada comigo!

— Seu subconsciente?

— Nós duas devíamos observar as vitrines na Quinta Avenida! Devíamos beber champanhe em Paris! Mas, ah, não... Estamos no meu apartamentinho horrível, sentadas em um sofá que fede como se um pastor alemão estivesse se deteriorando e com nada para nos alimentar a não ser uma máquina de Nespresso. A não ser que a gente vá lá em baixo, até uma das lanchonetes do Bogdan, quero dizer, para pegar frango, costelas e pizza de frigideira.

Audrey Hepburn fica um tanto pálida.

— Na verdade, querida, estou perfeitamente bem sem comer nada.

— É só que nada está saindo do jeito que era para ser.

— Oh, querida, nada nunca sai do jeito que era para ser. — Ela se senta ao meu lado e — aparentemente do nada — surge um cigarro aceso. Ela o coloca na piteira e dá uma tragada extremamente elegante antes de continuar. — Sabe, quando conheci Carl Grant, eu derramei uma garrafa de vinho inteira em cima dele.

— Você não fez isso.

— Fiz, sim. Vinho *tinto*. E ele estava usando um terno creme.

Apesar de eu estar bastante convencida de que ela — meu subconsciente, digo — está inventando isso para fazer eu me sentir melhor, eu ainda acho que consigo superar isso. Aponto para o cigarro dela.

— Botei fogo no meu próprio cabelo com um desses hoje, enquanto eu conversava com o homem mais lindo do planeta, que, por sinal, provavelmente está fazendo amor selvagem, apaixonado, de desafiar a gravidade com minha irmã neste exato momento.

Audrey Hepburn quase larga o cigarro. Seus olhos felinos se arregalam, horrorizados.

— Sua irmã está na cama com *Gregory Peck*?

— O quê? Não, não! Céus, não! O homem mais lindo que eu já conheci pessoalmente.

— Ah, graças a Deus! — Ela parece fraca de alívio. — Eu não saberia o que dizer a Veronique na próxima vez que a encontrar!

— É, bom, estou falando de Dillon O'Hara. Ele também é ator. — Apesar de isso, na verdade, fazer eu me sentir um pouquinho melhor com relação ao meu encontro desastroso com Dillon: quero dizer, é claro que ele é lindo, talentoso e tudo mais, mas ele não é um Gregory Peck, né?

— Bom, nunca ouvi falar dele — declara Audrey. — E ele não pode ser tão maravilhoso assim se terminou com você para ficar com a sua irmã!

— Deus, não! Não foi isso que aconteceu. Eu só conheci Dillon esta manhã. E, enfim, ele nunca daria uma segunda olhada para uma menina como eu, mesmo que não tivesse uma queda por loiras bundudas como minha irmãzinha mais curvilínea, mais loira e mais bonita.

— Querida, o que você está dizendo é ridículo! Você é extremamente bonita! — Ela não comenta, não consigo deixar de notar, sobre a parte do curvilínea e loira. — Agora, se você parasse de se esconder embaixo desse chapéu...

Tiro o chapéu.

Audrey Hepburn fica olhando para o meu cabelo.

— Ora, *isso* é perfeitamente fácil de resolver! — diz ela, após um longo momento de silêncio. Ela se levanta rapidamente e — com a mão que não está segurando a piteira — pega a tesoura de cozinha de cima do balcão.

— Sou ótima com cabelos! Eu costumava cortar os cabelos de todas as minhas amigas em Londres depois da guerra, quando éramos pobres demais para ir ao cabeleireiro! — Ela inclina a cabeça para o lado, ainda fumando, e me analisando por um instante. — Sabe, uma franja ficaria maravilhosa em você!

Tenho minhas dúvidas quanto a isso, porque apesar de fazer quase duas décadas da minha última franja, as lembranças (e as evidências fotográficas) ainda estão comigo. E não era, por mais longe que fosse a imaginação, nada maravilhoso. Ela me fazia parecer um Hobbit grandalhão em um dia de cabelo revoltado.

— Oh, sim... — Audrey Hepburn está dizendo, alegremente, enquanto pega uma das mantas enormes que está jogada no braço do sofá e começa a colocá-la em torno do meu pescoço. — Uma franja vai ficar muito sofisticado! Sem contar que vai ressaltar suas maçãs do rosto.

Lembranças do Hobbit gigante estão se diluindo e sendo substituídas por aquele momento, em *A princesa e o plebeu*, no qual Audrey Hepburn tem todo seu cabelo podado pelo cabeleireiro, se transformando de estudante desajeitada a beldade internacional só no tempo necessário para fazer um *fade out* e um *fade in*. Não que eu esteja sugerindo que possuo as outras vantagens que Audrey tem (traços de elfo, estrutura óssea incrível), mas se ela realmente acha que uma franja vai me deixar sofisticada...

Sem contar que fazer uma transformação completa era uma das coisas que eu sempre costumava fazer no meu mundo imaginário com Audrey Hepburn. É verdade que era nos arredores serenos de um salão de beleza antiquado e não em um apartamento congestionado de caixas, mas mesmo assim...

— Você realmente pode me deixar sofisticada? — pergunto melancolicamente. — E um pouco... Bom, um pouquinho como você?

— Oh, Libby! — Ela coloca a piteira no balcão da cozinha e se inclina na minha direção em meio a uma nuvem de L'Interdit. Aí ela pega um punhado enorme do meu cabelo com sua mão, ainda de luva, e começa a picotar com a tesoura. — Não tenho nada de tão especial assim.

Ergo os olhos para ela.

— Você *está* brincando, certo?

— Nem um pouco. — A tesoura dela trabalha com rapidez e confiança. — Pare para pensar, querida: coloque qualquer uma de nós em um vestido fabuloso como este, separe alguns diamantes da Tiffany para usar e *todas* nós ficaríamos deslumbrantes.

— Humm. Ajuda, é claro, se você *for* deslumbrante de verdade.

É a vez dela de soltar um ronco, apesar de, obviamente, ela conseguir fazer isso de uma maneira elegante e gaulesa (sem, por exemplo, deixar sair ranho do nariz).

— Deslumbrante é você quem faz, Libby Lomax. Aqui está você, toda aborrecida por não ser loira ou curvilínea o suficiente... Olhe para *mim*!

Eu olho. Olho para ela. E cada pedacinho dela é tão perfeito quanto em cada filme e fotografia que eu já vi dela.

— Quando eu comecei em Hollywood, tudo o que queriam eram loiras curvilíneas, Jayne Mansfield, Doris Day, a pobre e adorável Marilyn... Era impossível competir com elas! Então sabe o que eu fiz?

— Ahn… Continuou exatamente do jeito que você é agora, conseguiu um papel de protagonista em um filme importante ao lado de Gregory Peck, ganhou um Oscar e fez todas as meninas do planeta usarem calças capri e sapatilhas, pelos cinquenta anos seguintes, para tentarem se parecer com você?

Ela para de cortar, por um instante, para me lançar um olhar severo.

— Usei e abusei dos meus pontos fortes.

— O que funciona muito bem quando você *tem* pontos fortes.

— Todo mundo tem pontos fortes — diz ela delicadamente. — Até mesmo você. *Especialmente* você. E se você começasse a acreditar nisso, Libby Lomax, só faria bem a você mesma. Agora fique quietinha e deixe eu me concentrar nessa franja.

Faço o que ela manda e fico quieta enquanto ela move a tesoura até a parte da frente da minha cabeça e começa a picotar, delicadamente, com a ponta da língua repousando, em concentração, em seu lábio inferior.

Ela provavelmente tem razão, se eu realmente parar para pensar nisso. Faria bem me valer mais dos meus pontos fortes. Se eu parasse de me comparar aos tipos de loiras gatíssimas que atraem homens como Dillon O'Hara e aproveitasse ao máximo o que tenho de melhor, em vez de ficar me escondendo pelos cantos de jeans e moletom cinza. Se eu parasse de seguir o rastro da minha irmã mais nova e fizesse algo — *bom* — o que eu realmente quero fazer, em vez de me sair mal em algo para o qual eu não dou a mínima…

— Pronto! — cantarola ela de repente, afastando-se para admirar o próprio trabalho.

A expressão dela fica péssima um instante depois.

— *Ih*.

Esse não é o tom de alguém admirando sua obra.

— Como assim, "*ih*"?

— Nada! Ficou…

— Sofisticado?

Há outro longo momento de silêncio preocupante. Ela pega a piteira do balcão e dá uma tragada rápida, um tanto ansiosa. Então ela diz:

— Quem sabe se encontrássemos um chapéu um pouquinho maior para você…

— Oh, *Deus*.

Pego a bolsa e vasculho, em busca do pó compacto que eu sei que está ali dentro, abro e vejo meu reflexo no pequeno espelho.

Não está bom. Não está nada bom.

O espelho pode ser pequeno, mas é grande o suficiente para eu enxergar o tamanho do estrago. A franja faz com que minha testa pareça uma lápide. Acentua o comprimento do meu nariz. Não destaca minhas maçãs do rosto; na verdade, meu rosto parece uma panqueca mais do que nunca. E não é como se a franja fosse o único problema: o resto do meu cabelo foi terrivelmente mutilado também, cortado de um jeito assimétrico que faz com que eu pareça um escovão sanitário assustado.

— Mas você tinha dito que sabia cortar cabelo! — grito para Audrey Hepburn, que ao menos está tendo a decência de parecer envergonhada enquanto se ocupa pegando as mechas espalhadas pelo sofá. — Que eu ficaria sofisticada! Com maçãs do rosto!

— Realmente, suas maçãs do rosto... desapareceram um pouco. — Ela volta a colocar os óculos, evitando me encarar. — Mas, sinceramente, não está tão ruim assim! Na verdade... — Ela inclina a cabeça (perfeitamente penteada) para o lado, fazendo uma performance de Mulher Apreciando o Corte de Cabelo de Outra Mulher que não renderia a ela nem um prêmio da TV, muito menos um Oscar de Melhor Atriz. — Humm... Sim... Sabe, agora que estou começando a me acostumar com ele, acho que é bastante atraente, para falar a verdade!

—Você disse que eu precisava de um chapéu maior!

— Sim, mas eu *sempre* acho que não existe *look* que não possa ser melhorado com um lindo e grande chapéu! Hubert — acrescenta ela, cheia de perspicácia — concordaria comigo.

— Ah, não. Você não pode simplesmente me tapear com esse papinho de Hubert de novo! E não posso usar chapéu todos os dias pelos próximos dois meses, até que meu cabelo cresça de volta!

— Bom, você pode usar aquele colar fabuloso que estava segurando antes. Aquilo certamente desviaria a atenção do seu cabelo! Quem sabe com um lenço na cabeça ao mesmo tempo, contudo, para balancear. Lenços são simplesmente maravilhosos! Extremamente so... — Ela para, obviamente percebendo que eu talvez não estivesse muito no clima para ouvir a palavra "sofisticado" de novo pelos próximos, vejamos, cinquenta anos. — Eu uso o tempo todo!

— Sim, mas se eu usar, não vou ficar parecida com você, vou parecer o ET naquela cena da bicicleta voadora…

E aí eu paro. Porque acaba de me cair a ficha. Estou inventando isso tudo, não estou? E se estou alucinando com relação a Audrey Hepburn, então também estou inventando o estrago que ela acabou de fazer no meu cabelo.

Sinto o alívio me inundar — alívio de que, depois de todas as coisas péssimas que aconteceram comigo hoje, ao menos eu não estou *realmente* parecendo uma escova sanitária assustada. E imediatamente, delirando ou não, me sinto mal por gritar com Audrey.

— Me desculpe — digo.

— Oh, querida, me desculpe também. Talvez minhas habilidades de cabeleireira estejam um pouco mais enferrujadas do que eu pensava.

— Está tudo bem. Não precisa se desculpar. — Me agacho para pegar o chapéu do chão, onde eu o larguei, ao lado do sofá. — Vou pedir a uma cabeleireira de verdade para cortar melhor para mim amanhã e, ao menos, agora, vou saber que devo ignorar se ela começar a tentar me convencer a usar franja.

Me endireito com o chapéu na mão. Mas Audrey Hepburn não está mais do outro lado do Chesterfield. Estou sozinha no apartamento novamente.

4

A luz ofuscante do sol brilhando pelo céu foi a primeira coisa que me acordou.

A segunda foi um cheiro extremamente péssimo.

Não é o sofá. Quero dizer que não é *apenas* o Chesterfield, apesar do fato de eu ter dormido com a cabeça enfiada em meio a almofadas com cheiro de cachorro a noite toda. É algo ainda pior, algo pungente e de fazer os olhos lacrimejarem…

O queijo de ontem. Oh, Deus, os queijos que comprei ontem. O Brie de Meaux, o Fourme d'Aembert e especialmente o Comté envelhecido. Ah, e o queijo de cabra misterioso da *Le Marathon*. Eu me esqueci de dá-los ao Olly e deixei, por engano, fora da geladeira a noite toda. Sob a luz daquele raio forte de sol que me acordou e que provavelmente está cortando o céu há pelo menos uma hora.

Pulo do sofá, pressiono a camiseta no nariz e na boca, em uma tentativa inútil de tentar mascarar o fedor, e mergulho em uma das minhas caixas em busca de uma sacola de plástico na qual eu possa enfiar os queijos.

Deus, que pecado. Todo aquele queijo maravilhoso indo para o lixo. E eu nem pude ver a expressão no rosto de Olly quando eu entregasse a ele o queijo misterioso. Não pude prová-lo com ele, com nossos olhos fechados em concentração, enquanto tentávamos descobrir se aquele era ou não exatamente o mesmo gosto e a mesma textura do queijo que devoramos no trem, dez anos atrás.

Aperto a sacola para tirar o ar de dentro dela, dou um nó apertado (para desencorajar o Brie a tentar uma fuga para a liberdade) e vou até a porta. Deve haver uma área para colocar o lixo, nos fundos do restaurante do Bogdan, onde eu possa deixá-la.

Assim que abro a porta, contudo, sou distraída do cheiro do queijo pelo fato de que há uma bunda enorme exibindo um cofrinho no patamar. Acoplado à bunda enorme tem um homem de calça jeans baixa, cheia de manchas de tinta e,— o que é levemente incomum,— uma camiseta rosa fúcsia. Ele está de joelhos no patamar, com a cabeça na porta do banheiro, mexendo no encanamento atrás do bidê.

Ele se vira quando me ouve (ou, mais provavelmente, quando sente o meu cheiro).

— Bom dia — diz ele em um sotaque russo (moldavo?) — Sou Bogdan.

— Você não é o Bogdan.

Porque o Bogdan é cinquentão, bigodudo e mais do que sinistro. Ao passo que esse cara está na casa dos vinte anos, tem a barba feita e cara de quem não assusta ninguém. Além da questão da camiseta fúcsia, que o diferencia do Bogdan e seus ternos em mais de um sentido.

— Bogdan é meu pai.

— Ahhhhh... Então você é Bogdan, Filho de Bogdan — digo, ciente de que estou falando como um dos membros astronautas de *Os guardiões do tempo* quando eles encontram mais um episódio com alienígenas.

— Sou Bogdan, filho de Bogdan — concorda ele. — Estou aqui para estar terminando banheiro. Ventilador exaustor instalado. Falta colocar espelho — ele acena com a cabeça para o espelho de corpo inteiro apoiado na parede ao lado dele — atrás da porta. Agora, estou consertando bidê.

— Certo. A questão é, hum, Bogdan, que eu não preciso que o bidê seja consertado. O que eu gostaria muito mesmo — e já falei isso para o seu pai, por sinal — é que a divisória do apartamento fosse removida.

— Não posso fazer isso — diz ele, meneando a cabeça pesarosamente. — Mas fico feliz — acrescenta ele (o que é interessante, visto que ele não parece "feliz" em estar fazendo nada daquilo) — em resolver problema com esgoto.

— Não acho que há um problema com o esgoto.

— Então o que é esse cheiro?

— Ah, isso! — Sacudo a sacola de queijos para ele. — Fui estúpida, esqueci o queijo fora da geladeira durante toda a noite e... Merda, desculpe!

Meu braço agitado atinge o canto do espelho, tombando-o para o lado por um instante até que Bogdan, Filho de Bogdan, com reflexos surpreendentemente ligeiros para alguém tão grande, estica o braço para segurá-lo. Foi quando olhei para meu reflexo.

— Meu Deus!

Levo a mão aos cabelos. Meu cabelo assimetricamente picotado, com uma franja na frente.

— Algo errado? — pergunta Bogdan.

— Sim! Meu cabelo!

— Um pouco estranho, é verdade.

— Não foi isso que eu…

— Como se você fosse maluca, que corta próprio cabelo, com faca de pão.

A opinião (ligeiramente cruel) de Bogdan com relação à minha aparência é a menor das minhas preocupações. Porque agora tudo está voltando… Audrey Hepburn aparecendo no meu apartamento ontem à noite, bem na minha frente… Toda aquela situação com a máquina de Nespresso… Eu perdendo um pouco a cabeça quando não consegui encontrar as cápsulas… Audrey Hepburn sugerindo que eu cortasse o cabelo… Mas tudo tinha sido uma alucinação. Quer dizer, eu *sei* disso. O que significa que eu não apenas imaginei vividamente uma noite com Audrey Hepburn ontem, mas, em algum momento durante a alucinação, destruí meu próprio cabelo com uma tesoura. Ou, se a opinião de Bogdan, Filho de Bogdan, for confiável, com uma faca de cozinha.

De um jeito ou de outro, não parece ser a coisa mais segura que eu já fiz na vida. E isso talvez indique que a descrição de "maluca" não esteja tão distante assim.

— Precisa atender isso?

— O quê?

Ele está apontando para o apartamento, onde — acabo de ouvir, também — meu celular está tocando.

— Ah, sim… Suponho…

Entro cambaleando de volta no apartamento e atendo a ligação sem checar quem era antes. O que é um erro tremendo, visto que é minha mãe.

— Libby?

— Mãe, oi... Olha, agora não é uma boa hora, para falar a verdade.

— O que está acontecendo?

O tom da voz dela, ainda mais intimidador que de costume, me faz pensar, por um instante, que ela deve, de alguma forma, saber de tudo que passou pela (e na) minha cabeça nas últimas doze horas.

— Não sei, mãe... — Minha voz vacila. Passo a mão no cabelo e fico puxando, aflita, a franja desastrosa. — Acho que deve ser o estresse da mudança e o que aconteceu no trabalho ontem...

— *O que* aconteceu no trabalho ontem?

Então ela não sabe. Bom, este momento, em que estou tremendo tanto assim, não é a melhor hora para contar a ela.

— Agora não é o momento para me contar — ralha ela, como se tivesse implantado algum dispositivo no meu iPhone que permite que ela leia meus pensamentos (ela não poderia fazer isso, poderia?). — Você está a caminho, pelo menos?

— A caminho...?

— Do meu apartamento! Esqueceu que dia é hoje?

Tenho que fritar os miolos agora. É junho, então não pode ser o aniversário dela... Nem da Cass...

— A grande noite da Cass! A festa das *Cem Mais Gostosas* da *Made Man*! Você não vai vir ajudá-la a se arrumar?

Afundo no sofá fedido, onde eu preferiria passar cada minutinho do dia em vez de ter que lidar com a minha mãe. Nem mesmo a animação da Grande Noite da Cass vai ser suficiente para distraí-la da histeria que será causada quando eu aparecer, com o cabelo desse jeito, para dar a notícia da minha demissão incerimoniosa.

— É que não estou me sentindo muito bem, mãe.

— Então tome um analgésico.

— Não é dor, é mais uma... virose! — Isso! A solução perfeita. Tusso alto. — E, obviamente, não posso arriscar passar nada para Cass, não antes da grande noite dela.

— Bobagem. E se for um vírus, vai levar 24 horas para ela pegar — diz minha mãe asperamente (e sem o menor conhecimento médico para embasar essa ideia, até onde sei). — Agora, mexa-se e venha para cá. Precisamos de alguém para ir buscar o almoço e o vestido da Cass...

— Bom, você não pode fazer isso tudo?

— Liberty! — sibila ela ao telefone. — Não seja ridícula! Você sabe que eu preciso ficar com ela enquanto ela coloca os apliques, senão ela vai se empolgar e acabar parecendo a Lindsay Lohan em um dia de cabelo ruim.

— Antes isso que um Hobbit — murmuro.

— O quê?

— Nada.

— Só venha para cá — diz minha mãe. — Agora. — E desliga.

— Posso estar consertando para você.

Bogdan, Filho de Bogdan, está parado na porta. (Acho que ele teria entrado, se pudesse, mas talvez não houvesse espaço suficiente para ele no apartamento.)

— Está tudo bem, Bogdan. Preciso sair. Vou me preocupar com a divisória depois.

— Falo de cabelo. Posso estar consertando.

Pego meu moletom cinza com capuz da pilha que está no chão e coloco.

— Obrigada, Bogdan, mas eu só me meti nessa confusão porque não esperei para procurar auxílio de um profissional.

— Sou profissional. — Ele vasculha o bolso de trás da calça, a que estava exibindo o cofrinho há alguns minutos, e pega um estojo pequeno de couro. Ele o abre para exibir duas tesouras prateadas brilhantes e um pente pequeno. — Por favor — acrescenta ele, em um tom baixo —, não conta para pai.

— Que você... ahn... leva um kit de barbearia consigo?

— Que faço estágio em salão de beleza. Noites e fins de semana. Em West End. Sou bom o bastante para West End. Também, West End é mais longe de Colliers Wood, é mais seguro — acrescenta ele com perspicácia e de um jeito que sugere que ele se sente tão intimidado por Bogdan Sênior quanto eu. Aí ele inclina a cabeça enorme para um lado e me analisa por um momento. — Não posso estar prometendo milagre — diz ele. — Mas com certeza posso estar fazendo parecer menos com escova sanitária.

Suponho que eu não tenha muito mais a perder. Um pouco mais de cabelo, só isso. Mas, francamente, até mesmo raspar todo o cabelo talvez fosse menos desastroso do que o meu penteado autoimposto. Ao menos pareceria que eu estava fazendo uma declaração deliberada de estilo, e não ficado louca e atacado a mim mesma com a faca de cozinha.

Resignadamente, me largo novamente no sofá.

— Está bem. Vá lá.

Ele tira uma das tesouras do estojo de couro.

— Não é exatamente salão chique. Tente não estar pensando em cheiro...

— Oh, Deus, o queijo!

— Vou estar trabalhando rápido, não se preocupe. — Ele já começa a cortar. — Depois você pode estar se livrando de queijo.

— Obrigada, Bogdan, Filho de... Na verdade, vou chamar você só de Bogdan, se você não se importar.

— Está bem. E não precisa estar agradecendo. Bom praticar. E também — acrescenta ele, a tesoura começando a voar —, estou pensando que você tem boa estrutura óssea, se eu conseguir encontrar.

Ele encontrou.

Veja bem, não estou dizendo que tenho maçãs do rosto dignas de Audrey Hepburn. Mas Bogdan (Filho de, etc.) tinha razão: eu *tenho* uma estrutura óssea decente e esse corte curtíssimo acentuou isso.

A tesoura genial dele fez algo leve e desfiado com todas aquelas pontas deformadas horrorosas, e ele corrigiu a franja desastrosa de modo que meu rosto ficou com formato de coração, ao invés de formato de Hobbit. É um feito e tanto.

Sinceramente, se eu fosse o Bogdan Sênior, não *estaria descartando* uma carreira como cabeleireiro e fazendo tudo quanto é tipo de calúnia (especialmente algumas muito desagradavelmente homofóbicas; Filho De me contou um bocado sobre o pai enquanto estava cortando meu cabelo), eu estaria usando meu império imobiliário para montar um salão requintado para Filho De, assim que possível, e ficaria sentada só assistindo aos clientes — e ao dinheiro — entrarem.

Mas pais desaprovadores são difíceis de lidar. E pode até ser que os meus não sejam lordes minoritários do crime moldavo, mas eu estou incrivelmente feliz por poder chegar ao apartamento da minha mãe, agora, bem menos parecida com uma escova sanitária do que uma hora atrás.

Bom, digo que estou chegando ao apartamento dela, mas, na verdade, estou chegando ao novo e imenso empreendimento que ocupa quase uma quadra inteira atrás da rua Baker, onde o apartamento da minha mãe está localizado. É bem refinado e bem "mãe": não apenas prédios residenciais, mas também várias lojas chiques e alguns bares e restaurantes badalados, além de um local com spa e academia supermoderno — FitLondon —, que há tempos está atraindo uma clientela de celebridades para suas aulas de acroyoga e massagens para equilibrar o chacra.

Levo vários minutos para conseguir atravessar tudo isso, além das casas e os apartamentos mais caros, até chegar nos pequenos studios bem nos fundos do novo empreendimento, mas encontro o número 710 sem muitas dificuldades, visto que ajudei minha mãe a se mudar alguns dias atrás, e toco a campainha.

Minha mãe abre a porta um instante depois. Ao menos eu acho que é minha mãe. A não ser que eu esteja vendo lendas de Hollywood de novo. Porque a criatura à minha frente, graças à quantidade bizarra de cabelo que a cobre da cabeça à cintura, parece muito com o Chewbacca.

— O que acha?

É a voz da minha mãe vindo de baixo de todo aquele cabelo, não o grunhido queixoso do Chewbacca, graças a Deus.

— Pedi para a Stella colocar uns apliques em mim também, já que ela está aqui! — acrescenta ela. — Dar uma renovada no visual antes do curso de verão da escola começar!

(Melhor eu explicar: minha mãe está usando o rendimento da venda da casa em Kensal Rise — a parte que ela não gastou no studio perto da rua Baker — para comprar uma franquia da Gonna Make U a Star. São escolas de teatro com aulas de atuação, canto e dança no período pós-escolar, nos sábados pela manhã e nas férias escolares, para crianças. Exatamente o tipo de coisa que Cass e eu — não com tanto entusiasmo — costumávamos frequentar. A nova escola da minha mãe vai estar aberta e em funcionamento em uma escola primária lá em Kensal Rise, daqui a duas semanas.)

— Ficou... ahn...

— Cass disse que fiquei dez anos mais jovem!

Isso significa que a Cass simplesmente concordou com a cabeça, sem se importar em prestar atenção, e enquanto mandava mensagens de texto, folheava a *OK!* e assistia novamente a episódios de *Keeping Up with the Kardashians* no iPad, simultaneamente.

Mas, mesmo assim, vou assentir e concordar, porque a vida é simplesmente mais fácil assim.

— Ficou ótimo, mãe. Realmente muito…

— Oh, meu Deus, Libby! — Ela joga uma mecha de aplique para trás e agora consegue enxergar. — O que foi que você fez com o *seu* cabelo?

Que bela reação às minhas recém-descobertas maçãs do rosto! Que bela reação, na verdade, ao fato de que, depois que Bogdan cortou meu cabelo, eu me senti tão bem que arrisquei até mudar um pouquinho do meu "uniforme" de costume: jeans e moletom cinza. Vasculhei minhas caixas de roupas e ressuscitei o *trench coat* preto da Burberry que eu tinha comprado em uma liquidação de roupas de grife, uma vez que estava me sentindo incomumente cheia de grana, depois de ter feito uma narração para uma rádio, alguns anos atrás. Nunca tinha usado desde então, porque nunca me senti refinada o suficiente para usá-lo até agora. Quero dizer, eu ainda estou usando o jeans e o moletom por baixo, para ser sincera. O que provavelmente foi idiota da minha parte, já que acabei de perceber que o capuz do moletom deve estar amontoado nas costas e me fazendo parecer muito menos com a Audrey Hepburn e muito mais com o Corcunda de Notre-Dame.

— Não gostou? — pergunto à minha mãe.

— Não é essa a questão. — Ela se afasta para eu entrar no apartamento, cruza os braços e me dá uma encarada longa e desaprovadora. — Cabelo comprido é tão mais versátil! E se você quiser fazer um romance de época? A RTE acabou de começar as audições para um, sobre a vida e os amores das irmãs Brontë, por sinal.

— Ah, mãe, não tenho certeza se eu sou adequada para interpretar uma Brontë, não importa como meu cabelo…

— Não, querida, eu ia sugerir que você tentasse um papel como uma das serventes. Eu estava conversando com a diretora de elenco ontem — quer dizer, você não acha que Cass ficaria simplesmente *perfeita* como Emily Brontë? — e meu radar acionou para você quando ela mencionou que eles vão precisar de um monte de atores que não vão ter nenhuma fala, para interpretar as criadas e os caipiras da vila. Coisas assim.

Não sei o que me deprime mais: a certeza da minha mãe de que o mais longe que consigo ir na minha carreira é interpretando um papel sem falas de uma caipira da vila/criada ou a imagem (francamente aterrorizante) de Cass assassinando o papel de Emily Brontë.

— Mas eles não vão olhar nem duas vezes para você se você aparecer lá assim! — reclama minha mãe. — Perucas são caras demais para eles gastarem com os figurantes.

— Bom, agora já está feito. E, com toda sinceridade, mãe, não tenho certeza se eu realmente quero tentar outro papel de figuração. Na verdade, eu estive pensando que talvez seja hora de procurar por outro emprego, um que não seja com atuação, digo. Não sei exatamente o quê, neste momento, mas...

— Acho que talvez eles consigam colocar uma touca em você ou algo assim — continua ela. — Quem sabe se você usar uma quando for à audição... ou um chapéu de camponesa...

— Mãããããe! É a Libby? Ela finalmente chegou?

Pela primeira vez na vida, fico grata por Cass estar gritando por mim, antes que minha mãe possa sugerir qualquer outro apetrecho caipira provinciano para eu usar em uma audição a que eu não quero ir.

— Sim, Cass, estou bem aqui!

Passo pela minha mãe e subo as escadas até o quarto, onde Cass está sentada na cama como a Dona Granfina, enquanto sua cabeleireira, maquiadora e pau pra toda obra de costume, Stella, está pendurando plásticos em todo o banheiro da suíte.

Eu estaria com um pouco de receio de que algo saído diretamente de um episódio de Dexter fosse acontecer se não fosse pelo fato de Stella estar rodeada por utensílios de bronzeamento artificial com spray, e Cass estar preguiçosamente recolhendo as mechas recém-aplicadas em uma touca de banho de bolinhas enorme, que ela só usa quando vai ser bronzeada dos pés à cabeça.

— Ooooooh, *Libby*! — Stella para o que está fazendo e fica olhando para mim da porta do banheiro. — *Amei* o seu cabelo!

Sempre gostei de Stella, que é uma velha amiga de Cass dos tempos de escola de teatro (antes de sensatamente decidir pular fora do show business e abrir seu próprio negócio móvel de estética), mas agora eu gosto dela mais do que nunca.

— Obrigada!

Sorrio para ela.

— Está louca, Stella? — Cass, ainda se batendo com a touca de banho (e sim, ela está segurando o celular com a outra mão, com o iPad e um exemplar da *OK!* aberto na cama, em frente a ela). — Ela queimou metade do cabelo ontem.

— *Queimou*? — Stella e minha mãe, que subiu as escadas atrás de mim, perguntam em uníssono.

— Manhê! — Cass revira os olhos. — Eu já te *contei*!

— Não contou, não! — diz minha mãe.

— Ah. Bom, eu ia contar. Libby queimou metade do cabelo ontem e foi demitida. Oi, Libby — acrescenta ela —, você pode ir à Starbucks e pegar um... oh! — Ela olha para mim pela primeira vez. Ela franze a testa. Depois, faz uma careta. — Seu *cabelo*! Você está... Você parece...

— Ela parece a Audrey Hepburn! — define Stella.

Não tenho tempo para ficar entusiasmada com a comparação porque minha mãe está me encarando com os braços cruzados e a boca franzida.

— *Demitida*, Libby? — pergunta ela.

— Sim, mas não foi minha culpa. Bom, não totalmente. Tive um pequeno acidente com um cigarro aceso...

— E quando você ia contar para mim? Sua mãe. Sua *agente*.

— Foi ontem que aconteceu — falo, usando meu superpraticado tom de não-foi-nada, de modo a provocar uma leve calma (por ter crescido em uma casa com minha mãe e Cass, essa é uma tática que eu usei muito ao longo dos anos.) — Enfim, eu não achei que seria necessário incomodar você, com tantas coisas rolando. Você sabe, com a Gonna Make U a Star e tudo mais.

(Essa é outra tática que tenho usado muito ao longo dos anos: mudar de assunto, na maioria das vezes retomando o foco para algo sobre o qual minha mãe ou Cass querem muito conversar: elas mesmas.)

— Ela não está nada parecida com a Audrey Hepburn! — Cass está fazendo bico, olhando para mim pelo espelho; depois olha para si mesma e volta a olhar para mim. — Talvez *eu* devesse cortar o cabelo. O que você acha, Stella?

— Depois de gastar uma grana em apliques? — pergunta Stella.

— Bom, se a Libby ficou tão bem assim, eu ficaria *maravilhosa*.

— Você *não* vai cortar o cabelo! — late minha mãe para ela. — Já é ruim o suficiente ter uma filha que parece lésbica!

— Sinceramente, Marilyn — diz Stella —, você precisa relaxar. Libby está linda!

— Stella, por favor. — Minha mãe é gélida. — Você pode apenas continuar com o bronzeamento da Cass e deixar as questões sérias de família conosco?

— Mãe, pelo amor de Deus, não é uma questão séria de família! Quero dizer, *podia* ter sido, se o acidente com o cigarro tivesse sido pior — acrescento, salientando, porque me ocorre que minha mãe não demonstrou nem um pingo de preocupação com essa parte da questão. — Mas, é sério, não é nada demais. Na verdade, pode até mesmo ser uma oportunidade para eu...

— Não é nada demais? Era seu primeiro papel com falas em cinco anos! Você tem ideia de como foi difícil, para mim, conseguir aquele papel para você?

— Ah, por favor, mãe, era só uma pontinha com uma única fala besta. — Cass está saindo da cama, tirando o robe para exibir seu corpo seminu e seguindo para o banheiro. — A Vanessa encontrou outro figurante aleatório em uns dois minutos depois de ter expulsado a Libby do *set*.

— Obrigada, Cass — digo.

— De nada — diz ela, sem notar meu tom sarcástico.

Não estou tão distraída pelo dramatismo crescente da minha mãe, aliás, a ponto de não me ocorrer que se Cass sabe que meu papel foi dado a outra pessoa em dois minutos depois de eu ter sido expulsa do *set*, então talvez ela *não* estivesse ocupada com Dillon O'Hara, no fim das contas.

— Depois de todo trabalho que investi na sua carreira! — minha mãe está dizendo, afundando na cama em uma exibição de tristeza digna de novela. — Eu só não sei como você *pôde* fazer isso comigo, Libby.

Nesse momento, normalmente, minha paciência se esgotaria e eu iria embora correndo do apartamento da minha mãe, com o rosto vermelho em meio a um redemoinho de fúria silencioso, batendo portas, murmurando palavrões e fazendo 1) progresso nenhum com a minha mãe, e 2) um certo papel de palhaça no meio da história toda.

Mas hoje é diferente. Não é só por causa do meu novo corte de cabelo e da confiança que ele me deu. Na verdade, sabe de uma coisa? Não tem nada a ver com meu novo corte de cabelo e a confiança que ele me deu.

É por causa de ontem à noite e do meu encontro extremamente real com a Audrey Imaginária. Só porque eu alucinei (e só porque eu alucinei que ela pirou com relação à minha máquina de Nespresso e destruiu o meu cabelo com a tesoura; apesar de o cabelo destruído não ter sido uma alucinação, no fim das contas), não significa que a elegância, a graça e a simpatia fossem menos elegantes, graciosas e simpáticas. E apesar de ser impossível que eu tenha as maçãs do rosto dela, sua cintura ou seu estilo inefável, sinto que eu talvez possa conseguir atingir um pouquinho da graça e da elegância dela, se eu realmente me esforçar.

Então, em vez de sair correndo, batendo tudo e resmungando, eu respiro bem, bem, bem fundo e digo, em uma voz de equilíbrio elegante e gracioso (bom, não foi um palavrão murmurado, pelo menos):

— Ora, mãe! Não fiz nada *para* você. Foi tudo só um acidente bobo.

— Ah, é mesmo? Porque neste exato momento, Liberty, eu preciso me perguntar: *será possível que tenha mesmo sido um acidente*?

Equilibrada. Graciosa. Elegante.

— Mãe, fala sério. Você realmente acha que eu tocaria fogo na minha própria cabeça de propósito?

— Bom, tenho certeza de que você não fez de propósito *de verdade*. Mas talvez você tenha feito *subconscientemente* de propósito.

Equilibrada. Graciosa. Elegante.

— Quero dizer, eu só acho interessante — continua minha mãe, como se tivesse tido uma formação de primeira classe em Psicologia na Universidade de Oxford, em vez de uma assinatura mensal da revista *Top Santé* e um vício secreto pelo site sobre o estilo de vida de Gwyneth Paltrow — que esse seu *suposto acidente* aconteça *bem na primeira vez* em que você consegue uma ponta em uma série em anos. Uma ponta que *eu* consegui para você.

— Mãe…

— *Ou* — continua ela —, pode ter sido porque você, subconscientemente, queria sabotar a coisa toda antes de ter a chance de falhar.

— Ora, faça-me o favor! — ralho, minha elegância e minha graça esmaecendo frente à torrente de baboseira pseudopsicológica da minha mãe.

A não ser que… Bom, será que eu *estava* me autossabotando subconscientemente? Há uma pequenina faceta de verdade nisso, preciso admitir.

— Você costumava fazer isso o tempo todo quando era criança. — Minha mãe desembestou agora. — Lembra aquela vez em que você deu uma topada com o dedo do pé acidentalmente de propósito, um dia antes da audição de *Cinderela*? Eu achava que era inveja da sua irmã, porque ela estava concorrendo ao papel de Cinderela e você só estava tentando um papel no coral, mas agora estou me perguntando se não tinha nada a ver com Cass, mas simplesmente com o fato de que você não conseguia aguentar a pressão.

— Era uma pantomima amadora! Em Hounslow! Não havia pressão alguma!

— Bom, é claro que não havia, porque você não pôde ir à audição e não conseguiu o papel! E aquele coral de Natal em que você tinha um solo na música *Twelve Days of Christmas*? Você ficou com uma suposta dor de garganta meia hora antes de a cortina subir.

Pelo que me lembro desse evento, eu consegui coaxar meia dúzia de vezes até um certo verso, antes de desabar logo depois do concerto com uma febre de quarenta graus, e depois fiquei na cama por uma semana com amigdalite.

— E aquele dia em que os olheiros do Balé Real vieram até a Miss Pauline's, e você escorregou quando saía do banho e desmaiou depois de bater no porta-toalhas...

— Mãe, pela última vez, *foi um acidente*! — Todas as minhas tentativas de elegância Audreyana tinham sumido. — E eu não vim até aqui para uma avaliação psiquiátrica!

— É, mãe, tem um monte de coisa que precisamos que a Libby faça! — grita Cass do banheiro, onde Stella começou a enchê-la de spray de bronzeamento artificial. — Preciso que alguém pegue meu vestido na lavanderia e um modelador no departamento de lingeries da Selfridges; e preciso daquela alteração no meu colar de rubi — para destacar mais os meus seios, Libby, lembra?

— Lembro.

— E preciso do meu *I'm Not Really a Waitress* para pintar meus pés — aliás, é um esmalte da OPI, Libby. — E preciso...

— Eu sei que é um esmalte da OPI, Cass, obrigada.

— Bom, eles têm lá no spa do FitLondon. Você pode ir lá primeiro, por favor, senão minhas unhas nunca vão secar a tempo?

Dou o fora daqui para fazer qualquer coisa que seja, para ser sincera, se isso me levar para longe das abobrinhas de psicóloga amadora da minha mãe.

— Tudo bem. Vou lá primeiro.

— Essa conversa não terminou, Libby! — grita minha mãe, depois que começo a descer as escadas. — Assim que a grande noite de Cass passar...

Mas já estou fechando a porta. O pior já passou, ao menos.

Porque aí é que está: assim que a grande noite de Cass passar... O quê? Minha mãe vai simplesmente se focar no próximo projeto que já tem engatilhado para Cass — Emily Brontë, uma capa da *Made Man*, *Dança dos Famosos*; nem ela nem Cass vão se importar muito, desde que ela permaneça visível para o público — e minha demissão vergonhosa será esquecida. E quando minha mãe encontrar, *de fato*, três minutos para pensar nisso de novo e me candidatar a outra vaga em qualquer programa de TV que esteja precisando desesperadamente de figurante, eu vou simplesmente recusar. Angariar tudo que restou daquela elegância da Audrey e dizer à minha mãe, educadamente, mas categoricamente: "não".

É claro que preciso me virar para encontrar outro emprego nesse meio tempo. O dinheiro do aluguel do novo apartamento — mesmo que eu consiga persuadir Bogdan Sênior a reduzir pela metade, o que eu duvido — não vai dar em árvore.

Dinheiro que, acaba de me ocorrer enquanto me aproximo da entrada do FitLondon, estou prestes a torrar em esmaltes da OPI e modeladores para Cass, porque ela não me deu grana para pagar por tudo isso e não costuma me reembolsar. Obviamente, isso não pode acontecer, não agora que estou lidando com um lorde minoritário do crime organizado moldavo. Preciso voltar para a casa da minha mãe e pegar dinheiro com ela ou vou ficar facilmente com quarenta pilas a menos no bolso antes mesmo de perceber.

Quando dou meia volta na frente das portas de entrada da FitLondon para voltar ao apartamento, meu celular de repente bipa com uma mensagem. É Olly:

Já decidiu alguma coisa sobre a torta? Você tem um elefante de opções para escolher. Sugiro, contudo, que não seja de elefante.

Sorrio e começo a responder:

Estou disposta a me deixar guiar por você em todas as questões relacionadas a tortas. Sempre gosto daquela banof...

Antes que eu consiga terminar de escrever *fi*, trombo em uma mulher que está correndo na direção da porta. Literalmente trombo nela, quero dizer, nossos braços se entrelaçaram e nós provavelmente teríamos batido o nariz no da outra se não fosse pelo fato de ela ser uns trinta centímetros mais alta que eu.

— Desculpe! — digo.

— Puta que pariu, pare de mandar mensagem e olhe para onde anda! — late ela.

Isso é um pouquinho injusto — sem contar rude — porque a cabeça dela estava abaixada e ela está usando um boné de beisebol enfiado até os olhos, que estão encobertos por óculos de sol enormes incrustado de cristais, então eu ficaria surpresa se ela soubesse para onde estava indo também. Mas não espero muito mais de uma modelo classe A, o que eu assumo que ela é. Classe A por causa do boné de beisebol e dos óculos; modelo porque ela tem praticamente um metro e oitenta e está de tênis, com seus seios perfeitos como melões saltando para fora de seu top curtinho e pequeno demais. Seios familiares, se é que não soa esquisito demais dizer isso, eu já os vi antes — e recentemente, por sinal. Ela me empurra e passa por mim até a entrada do FitLondon, toca algumas vezes na fechadura eletrônica e passa pelas portas quando elas se abrem.

É a vista traseira que esclarece minhas suspeitas. O bumbum dela é provocante, perfeito, revestido por short pink minúsculo e pertence, tenho bastante certeza, à garota que eu vi recentemente nas páginas da *Grazia*, saindo de uma boate com Dillon O'Hara: Rhea Haverstock-Harley, modelo da Victoria's Secret e agressora de cabeleireiros.

Um instante depois tenho certeza absoluta, porque uns dez paparazzi de jaqueta de couro parecem surgir do nada, lançando seus flashes na direção das portas e gritando "Rhea! Rhea!", depois de ela desaparecer lá dentro e as portas se fecharem atrás dela. O que é bastante definitivo, vamos aceitar.

— Convencida — murmura encantadoramente um paparazzo quando eles desistem de tirar dezenas de fotos de um local vazio com portas de vidro e se recolhem, em massa, ao lugar de onde eles saíram — qualquer que seja. Um dos cafés da praça, suponho, já que não há nenhuma fechadura eletrônica neles, e ninguém pode impedi-los de entrar.

Meu celular apita, de novo, dentro do bolso do meu jeans. Dessa vez não é Olly — a quem eu *preciso* responder sobre a torta, agora que pensei nisso —, mas minha mãe:

Diga ao atendente do spa para colocar o esmalte na minha conta. Vc tb precisa de uma senha para entrar no FitLondon. É o aniversário da Cass.

É claro que é. A senha da minha mãe para praticamente tudo é o aniversário da Cass.

E isso não tem nada a ver com o fato de que o aniversário dela cai em primeiro de janeiro — portanto, uma data memorável. Meu aniversário é em 14 de fevereiro, Dia de São Valentim, o que é uma data bastante memorável também; mas, até onde sei, minha mãe nunca usou isso para nada.

Bom, 0101 então.

Volto para a entrada do FitLondon e digito a senha na fechadura que a Rhea Haverstock-Harley acabou de usar. As portas se abrem e eu entro.

— Licença, licença... Passando!

Isso veio de um homem baixinho e um tanto rechonchudo que atravessou as portas correndo atrás de mim. Extremamente rechonchudo, para falar a verdade, visto que ele está usando um agasalho esportivo e tênis, e carregando uma raquete de squash — o squash não deveria queimar um zilhão de calorias a cada partida? E você sequer *pode* ser rechonchudo desse jeito (quase obeso, na verdade), se é membro de uma academia de celebridades, frequentada por modelos da Victoria's Secret com short justos cor-de-rosa? Já me sinto desalinhada o bastante — e nada bem-vinda também, dada a cara amarrada da recepcionista que olha para mim enquanto adentro os corredores sagrados do FitLondon.

— Que diabos você está fazendo? — grita ela — grita *mesmo* — comigo.

— Só estou aqui para pegar um esmalte — respondo, completamente atordoada e — preciso confessar — já compondo um e-mail de reclamação para o serviço de atendimento ao cliente do FitLondon na minha cabeça. — Minha mãe é associada daqui, então...

— Aonde ele foi?

— Quem?

— O homem que entrou com você! — Ela olha, desesperada, em todas as direções, antes de praticamente voar pelo corredor, um feito e tanto com aqueles saltos de dez centímetros. Ao chegar na mesa de vidro da recepção do outro lado, ela pega o telefone, disca um número e fala: — Aqui é Pippa, da recepção. Você pode chamar um dos personal trainers aqui, por favor? Uma associada idiota do público geral deixou um paparazzo entrar!

Levo um momento para compreender que o paparazzo provavelmente é o gordinho com a raquete de squash. E a associada idiota do público geral deve ser eu.

— Chame o Willi, se ele estiver por aí — continua Pippa, a recepcionista. — Preciso de um dos caras maiores como ele caso as coisas fiquem... Bom, onde *está* o Willi? — Há um silêncio breve enquanto ela ouve a resposta do outro lado e continua a me fuzilar com os olhos. — Dando uma aula particular de ioga? Mas não vejo ninguém agendado para uma aula particular de ioga no sistema...

De repente, um lampejo de compreensão passa pelo rosto dela e ela fica um tanto pálida sob o spray de bronzeamento aplicado com perfeição.

— Ah — diz ela. — *Esse* tipo de aula particular.

Então, ela bate o telefone e vai para a porta bem ao lado de onde eu ainda estou parada, indicada como *ESTÚDIO DE IOGA 1.*

— Willi? — chama ela, batendo com força na porta. — Só para avisar você e sua — ahn — cliente... que tivemos um probleminha com a segurança, então tomem...

Antes que ela pudesse falar *cuidado*, a porta se abre com tudo e o paparazzo com a raquete de squash é literalmente carregado para fora, estilo MMA, por um loiro muito alto e muito forte que parece que foi esculpido em mármore e está usando nada — nada mesmo — além de uma bandagem em um joelho.

Atrás dele, com o top curtíssimo torto e subindo o short rosa-pink que estava no meio das coxas, está Rhea Haverstock-Harley, com a cara roxa e uma expressão *furiosa*.

— A câmera, Willi! — ela está gritando para o loiro grandalhão pelado. (Willi, evidentemente. O que, por sinal, é exatamente o que estou tentando não olhar.) — Não o ponha para fora antes de pegar a câmera dele!

— Você não pode pegar isso! — choraminga o paparazzo quando Willi agarra a tira que prende a câmera ao seu pescoço — era por *isso* que ele parecia clinicamente obeso, a câmera enorme escondida debaixo do agasalho — e a puxa. — Isso é propriedade minha!

— E aqui é uma propriedade *particular* — late Pippa, a recepcionista, correndo até as portas para apertar o botão de saída. — Você está invadindo!

— Ela me deixou entrar! — diz o paparazzo, apontando o dedo na minha direção. — Se um associado te convida, não é invasão!

— Ela não é associada — diz Rhea Haverstock-Harley. (Na verdade, ela mais *pergunta* do que afirma, em um tom incrédulo. Tipo: *Ela* não é *associada*?)

— Não, não é — confirma Pippa, em um tom áspero, enquanto Willi finalmente arranca a câmera das mãos do paparazzo, se abaixa e o joga no calçamento do lado de fora.

Tenho tempo para sentir uma pontada breve de empatia pelo coitado do paparazzo — não por causa de seu despejo sem nenhuma cerimônia, mas porque ninguém merece ver Willi *daquele* jeito (por assim dizer) — antes de sentir uma cutucada forte no ombro. É a Rhea, se sobrepondo a mim como um Gorgon loiro-platinado seminu.

— Por que é que você deixou aquele cara entrar, porra? — grita ela. — Para quem você trabalha? Para o *The Sun*? O *Mail*? O *Popbitch*?

Fico tentada, por um instante insano, a responder "para o serviço de informação do governo, na verdade", mas decido não fazer isso. Esta é, afinal, uma mulher com histórico de agressão. Só Deus sabe o que aquela pobre cabeleireira fez para merecer ter um celular arremessado em sua cabeça, mas não pode ter sido tão ruim quanto acidentalmente expor a pulada de cerca dela.

— Ninguém — respondo. — Não trabalho para ninguém. Apesar de que, na verdade, eu trabalhei, sim, *com* o seu namorado — Dillon, quero dizer — por um período muito breve...

— *Ele* está por trás disso? — ralha ela. — Juro por Deus, se você contar a ele o que viu aqui hoje... Bom, você não viu nada, OK?

— Só uma aula particular de ioga? — sugere Willi, sua voz muito mais gentil — e com sotaque sueco — do que eu esperava.

— Uma aula de ioga sem roupa? — Não consigo evitar dizer.

— Não tem ninguém sem roupa — afirma Pippa calmamente, pegando uma toalha da pilha em cima da mesa e, — graças a Deus, — entregando-a a Willi.

Ele a dobra delicadamente ao meio e a pendura no pescoço.

— Puta que pariu, Willi! — grita Rhea enquanto Pippa pega outra toalha e a coloca em torno da cintura de Willi ela mesma. — Estou falando sério — acrescenta ela, fixando os olhos verde-oceano em mim novamente, com a mesma expressão que um tiranossauro Rex provavelmente usava com qualquer herbívoro infeliz que cruzasse seu caminho na hora do almoço. — Você não viu *nada*. Então não há nada para reportar ao Dillon. Entendeu?

— Olha, eu sequer o conheço direito. E certamente não vou...

Ela já virou as costas e, falando um "Willi!" enérgico por cima do ombro, está marchando de volta na direção do Estúdio de Ioga 1, para fazer o que quer que eles estivessem fazendo quando o fotógrafo os pegou; o que quer que seja que está fazendo Willi galopar atrás dela como um cão de caça faminto.

— Ioga sem roupa — murmuro quando a porta se fecha atrás deles.

— Sim. — Pippa cruza os braços e fica me encarando. — Ioga. Sem roupa.

— Está bem. Que seja. — Porque, falando sério, não é da minha conta se a Rhea Haverstock-Harley está tirando a roupa com alguém, para fazer ioga ou qualquer outra coisa, além do fato de que acho que ela é certificadamente insana por trair Dillon O'Hara com Willi, o Loiro Grandalhão. — Posso ir ao spa para comprar um esmalte agora, por favor?

— Desculpe, esta não é a entrada para o spa.

— Ah. Então você pode me mostrar onde fica a entrada para o spa?

— O spa está fechado.

Fica claro, pelo tom dela, que ela quer dizer que o spa está fechado para *mim*. Não vou ficar ali e discutir. As unhas do pé de Cass não valem a indignidade.

— OK, bom, obrigada, de qualquer forma.

Aperto o botão para sair, aliviada por sentir o ar frio e inodoro nas minhas bochechas e quase igualmente aliviada por ver que o paparazzo já se levantou, sacudiu a poeira e está atravessando a praça, presumivelmente para reclamar sobre a câmera confiscada para seus colegas.

E eu preciso voltar para a casa da minha mãe e dizer a Cass que ela vai precisar mandar a Stella ir comprar o esmalte.

Estou no meio da praça quando vejo Dillon O'Hara caminhando na minha direção. Ele está falando em seu iPhone.

— ... quarta mensagem que eu deixo para você esta manhã — está dizendo ele, sucintamente. — Achei que talvez você tivesse ido para sua aula de ioga, então estou indo para a porcaria da sua academia idiota agora. Precisamos conversar sobre isso, Rhea. Me ligue quando ouvir esta mensagem.

Há um lampejo de reconhecimento nos olhos dele quando ele os ergue um instante depois e me vê a alguns passos dele. Ele está prestes a passar reto por mim, eu suponho, dando apenas um sorrisinho educado. O que não seria um problema para mim, porque não tenho certeza se consigo olhá-lo nos olhos depois de ouvi-lo deixar aquela mensagem e tendo visto o que a Rhea está fazendo em sua "aula de ioga".

Mas o lampejo de reconhecimento se transformou em algo mais — sem nenhum trocadilho —, como um brilho.

— Eu… — Ele para. — Desculpe, eu *conheço* você de algum lugar?

— Sim. De ontem.

— Desculpe, meu bem, eu mal consigo me lembrar do que comi no café da manhã de hoje. — Ele parece um pouco desgrenhado, é verdade: barba por fazer e olhos levemente cansados (mas, mesmo assim, potencialmente maravilhoso). — Você vai ter que refrescar minha memória.

— Sou a Libby, de *Os Guardiões do Tempo*. Lembra? Do, ahn, incidente infeliz com o cigarro?

— Ah, sim! É claro! A menina do fogo!

O que é um apelido bem melhor do que eu achava que qualquer pessoa podia inventar. Bastante charmoso, para falar a verdade. Faz com que eu pareça meio perigosa, meio sexy.

— Você fez alguma coisa diferente — continua ele — com o seu cabelo?

— Quer dizer além de queimar metade dele ontem?

Ele sorri.

— Além disso, sim.

— Bom, tive que cortar mais curto — respondo, passando a mão pelo cabelo, repentinamente inibida. — Você sabe, para igualar.

Ele inclina a cabeça (perfeita) para o lado e me analisa, com afinco, por um longo instante.

— Combina com você.

Não consigo responder mais nada além de um "Mesmo?" murmurado.

— Com certeza. Gosto dessa… — Ele abana a mão perto da minha testa. — Dessa parte aqui. Essa franjinha.

Aí o celular dele bipa. Enquanto ele lê a mensagem que acaba de chegar, eu digiro (não, eu *saboreio*) as últimas oito palavras que ele acabou de dizer.

Quando ele ergue os olhos novamente, seu rosto está congelado. Ele não diz nada por um instante. Então, fala:

— Sabe, não sei por que mais meninas não usam o cabelo bem curtinho. Digo, faz uma pequena diferença, não faz? Você sabe, de todas aquelas *jubas* compridas e esvoaçantes.

Rhea. Ele está falando da Rhea. Ou, suponho, de qualquer uma das outras incontáveis modelos pernudas exóticas que ele já namorou. Mas, muito provavelmente, dada a mensagem e a expressão gélida no rosto dele quando ele a leu, Rhea.

Sinto essa reviravolta súbita, no fundo do meu estômago, a favor de Dillon. É meio horrível estar parada aqui na frente dele sabendo exatamente o que acabei de ver a Rhea fazendo com Willi, o Loiro Grandalhão, e ciente de que Dillon não faz ideia.

Ele enfia o celular de volta no bolso da jaqueta.

— Então! — exclama ele em um tom perigosamente despreocupado. — Parece que tenho uma ou duas horas livres.

— Ahn?

— Bom, pensei que talvez pudesse encontrar minha pseudonamorada aqui — você sabe, aquela sobre quem você tem lido tanto naquelas revistas de fofocas nas suas idas ao dentista a cada cinco anos —, mas não vai rolar. Ela precisa de uma massagem. Teve um problema durante a aula de ioga.

É preciso dar um crédito à Rhea. *Teve um problema durante a aula de ioga* não é, tecnicamente, mentira.

— Então quem se ferra sou eu, aparentemente. Mesmo depois de ter cancelado uma reunião importante com minha agente para encontrá-la agora de manhã.

— Eu sinto muito, *muito* mesmo, Dillon.

Ele me dá uma olhada distintamente curiosa.

— Jesus, não precisa ficar tão arrasada. Minha agente vai me perdoar.

— É claro. Eu só... me sinto mal. Por você ter tido todo esse trabalho, de cancelar seus planos e tudo isso.

A expressão curiosa suaviza.

— Isso é muito gentil da sua parte, querida.

Querida.

Sinto meu coração pular até a garganta e ficar ali, de modo que não sou capaz de dizer nada em resposta.

— Vou te fazer uma proposta, Menina do Fogo. Por que você não vem comigo e fala de mais coisas legais enquanto eu almoço?

— Ahn?

— Tenho umas duas horas à toa, você não ouviu?

— Sim, mas...

— Então preciso de alguém para vir comigo enquanto almoço. Quero dizer, não sei se você percebeu, mas sou terrivelmente famoso. Se eu almoçar sozinho, vou ficar sendo importunado o tempo todo por pessoas querendo tirar fotos, querendo que eu autografe seus sutiãs, meninas enfiando os números de seus telefones no meu bolso...

— Que péssimo para você.

— Eu sei. É um saco. — Ele dá uma olhada para os cafés na praça e treme de leve, não sei se é porque sabe que eles estão cheios de paparazzi ou porque só acha que parecem um pouco esnobes e pretensiosos. — Conheço um lugarzinho ótimo que faz sanduíches, não muito longe daqui. O que acha de eu comprar uma baguete de atum para você? Pode acrescentar um pacote de Cheetos também, se quiser.

O problema de toda essa brincadeirinha provocante é que eu não sei se ele está falando sério ou não. E, vamos combinar, a coisa mais constrangedora do mundo neste momento seria eu admitir que ele está falando sério, ir com ele até a lanchonete, saltitando de alegria e com o coração cantarolando, só para chegar lá e ele rir da minha cara por estar só brincando. A melhor estratégia, provavelmente, é simplesmente entrar na brincadeira.

— Bom, se você está realmente falando sério sobre o Cheetos...

— Ah, estou, sim. Seríssimo! Mas preciso avisar que você vai ter que bancar uma lata de Fanta por conta própria.

— Isso é perfeitamente razoável.

— Fico feliz que você concorde. — Ele estica o braço na rua para chamar um táxi preto que está passando por ali, abre a porta e inclina a cabeça para que eu entre. — Vamos lá, então, Menina do Fogo. Sua baguete de atum a espera.

5

Não viemos a uma lanchonete e não estamos comendo baguetes de atum. Nem Cheetos, por sinal. E não há nenhuma lata de Fanta à vista.

Estamos em uma hamburgueria requintada em Clerkenwell, na mesa mais aconchegante e mais privativa do local, comendo hambúrgueres enormes e absurdamente deliciosos acompanhados de batatas fritas perfeitamente crocantes e tomando — como se faz para acompanhar hambúrgueres, aparentemente, no mundo de Dillon — uma garrafa de Sauvignon resfriada à perfeição.

E a melhor parte de tudo é que Dillon está flertando comigo.

É claro que isso soa um pouquinho mais excitante do que a realidade, porque a verdade é que ele parece incapaz de *não* flertar. Ele flertou com todas as fêmeas que encontramos desde que saímos do táxi: uma loira bonita que estava passeando com seu cachorrinho; a ruiva maravilhosa que nos cumprimentou quando entramos no restaurante; a garçonete brasileira cheia de curvas que vive encontrando desculpas para voltar à nossa mesa para encher o copo de água de Dillon de novo e de novo ou oferecer mais condimentos ou perguntar se os hambúrgueres/ fritas/ saladas de acompanhamento estão ao nosso contento.

E ele só está flertando como quem não quer nada. Não estou imaginando que estou prestes a me tornar o único amor verdadeiro dele nem nada assim. Nem mesmo uma de suas muitas conquistas sexuais, por mais legal que isso fosse ser.

— Viu? — ele está dizendo agora, se aproximando e roubando a batata que parece mais crocante de todas as fritas do meu prato. — Eu disse que precisava da sua proteção das multidões enlouquecidas para poder almoçar em paz. E veja: — ele acena com a mão que está segurando a batata em torno do restaurante quase vazio — ninguém nos incomodou.

— Isso é porque já passou das três horas e todo mundo que já almoçou foi para casa.

— Não se subestime, Menina do Fogo. — Ele rouba outra batata e a aponta para mim antes de enfiá-la na boca. — Já estive em restaurantes vazios antes e, antes que você perceba, a notícia se espalha, alguém faz um alerta no Twitter e as pessoas vêm correndo. Mas alguma coisa em você está claramente preservando a paz. — Ele se recosta no banco e me estuda com atenção por um instante. — Você tem um tipo de... *atmosfera* em torno de você.

— Atmosfera?

— Aham. Descolada. Elegante.

Solto uma bufada, expelindo vinho pelo nariz.

— Não tanto quando você faz *isso*, obviamente — completa ele.

Pego o guardanapo em uma tentativa de limpar a maior parte do vinho como uma dama, exatamente como Audrey Hepburn faria, no caso de uma possibilidade infinitamente pequena de ela fazer o que eu fiz. (E aquele lance de derramar vinho em Cary Grant não conta. *Derramar* é encantadoramente excêntrico; *expelir pelo nariz* é... Bom, não é.)

Mas o elogio me pegou totalmente de surpresa. Porque não tenho certeza se alguém, em toda história do mundo, já me chamou de descolada ou elegante alguma vez.

— Convenhamos que também ajuda quando você não está correndo em círculos com chamas saindo da sua cabeça. — Dillon pega a garrafa de Sauvignon. — Mais vinho?

— Pelo amor de Deus. Digo, sim — respondo, tentando soar descolada e elegante, em vez de quase alcoólatra. — Eu adoraria.

Ele vira o que resta da garrafa na minha taça (Jesus, acabamos com ela rapidinho) e se vira para chamar a atenção da garçonete.

— Você pode nos trazer mais uma garrafa do mesmo vinho, querida?

Ai, caramba. Estar tontinha de álcool é uma coisa, mas se eu me afundar em uma segunda garrafa, corro o risco de ficar risonha e abobada, o que não vai ajudar muito essa atmosfera de elegância descolada que Dillon, enganosamente, identificou em mim.

— Melhor não — digo. — Não costumo beber na hora do almoço.

— Então recomendo que você comece. Melhora a tarde à beça. Agora, isto aqui não é melhor — diz ele, se aconchegando no banco e me lançando um sorriso maravilhoso — do que aquela baguete de atum que você queria para o almoço?

— Não era você que estava prometendo baguetes de atum?

— Não, não, minha cara Libby, não pode ter sido eu. Quando levo uma dama para almoçar, eu o faço com estilo.

Por um breve instante, me lembro de que a dama que ele esperava levar para almoçar hoje era a Rhea Haverstock-Harley. E acho que ele se lembra disso também, pois franze a testa por um momento e pega a garrafa de vinho que a garçonete brasileira acaba de trazer sem se preocupar em sorrir galanteadoramente para ela e agradecer.

— Então — diz ele, pegando minha taça e despejando vinho nela antes de fazer o mesmo com a própria taça —, me conte. Quais os planos, Libby?

— Planos?

— Para você. Agora que você se livrou daquele empreguinho pífio em... Desculpe, como é mesmo o nome do programa?

— *Os Guardiões do Tempo*. Fala sério — acrescento, me sentindo ousada por efeito do Sauvignon —, você não acha que deveria tentar assistir a um ou dois episódios antes que alguém pergunte sobre isso a você em uma entrevista ou algo assim?

É a vez dele de bufar, apesar de menos ridiculamente.

— Esse seria um dia e tanto! Tudo que todos querem saber sempre quando me entrevistam é quem estou comendo. — Ele vira a taça e serve mais vinho. — De qualquer forma, estávamos falando sobre você, não estávamos? Sobre os seus grandes planos para incendiar o mundo da dramaturgia. Sem trocadilhos.

— Mas... ahn... eu não tenho nenhum plano de incendiar o mundo da dramaturgia.

— Ora, vamos. Vocês, atrizes, não são todas consumidas pela ambição? Não matariam a própria avó com prazer, se isso lhes garantisse ser um grande membro de uma produção que vocês querem?

Culpo Willi, o Loiro Grandalhão pela imagem que as palavras "grande membro" acabaram de conjurar na minha cabeça. Bom, ele e o Sauvignon. Bom, isso e o fato de que é difícil ficar sentada na frente de Dillon e *não* ter praticamente todos os seus pensamentos transformados em ideias safadas relacionadas a um quarto.

Como mais algumas batatas — no mínimo, posso tentar absorver um pouco do Sauvignon — e tento, mais uma vez, angariar um pouco mais daquela elegância descolada que Dillon mencionou mais cedo. Tudo que preciso fazer, na real, é reencenar minha alucinação com Audrey da noite passada; provavelmente é uma boa ideia parar de enfiar essas batatas na boca, então, agora que pensei no assunto.

— A questão é — respondo — que não sou uma atriz de verdade.

— Se você não é uma atriz de verdade, querida, então o que estava fazendo coberta de látex cheio de espinhas no set de um programa de TV?

— Não, quero dizer, eu meio que acabei... me afundando nisso. — Isso soa, percebo, um pouco como se eu estivesse falando de um monte de esterco. Apesar de que, pensando bem, um monte de esterco não é uma descrição ruim para toda a minha carreira. — Minha irmã é a atriz de verdade. Ah, merda! — Coloco a mão na boca. — O esmalte dela! A roupa na lavanderia!

— Ah, Jesus, não me diga que você está trabalhando como assistente dela ou algo assim!

— Não, só estou ajudando-a para esta noite... ou *não* estou ajudando, para ser mais precisa.

Reviro minha bolsa freneticamente em busca do celular e vejo... argh, *17 ligações não atendidas*. Dez da Cass, o resto da minha mãe (obviamente a pedido da Cass) e para coroar a coisa toda, há uma mensagem de texto em CAIXA ALTA de Cass me dizendo, em um texto mal escrito, que minha mãe vai ter que sair e fazer as coisas para ela e que eu não sou mais sua irmã.

Agora me sinto culpada, não porque minha mãe está fazendo tudo (porque se tem um papel que minha mãe adora *mais até* do que o de psicóloga de sofá de casa é se fazer de mártir), mas porque eu amo Cass, apesar de tudo, e quero que ela tenha uma noite legal com todos os sem-vergonhas babões na festa. Mas eu já fiz coisas para Cass um milhão de vezes antes e, sem dúvida, vou fazer de novo, ao passo que este almoço com Dillon é um evento único. Se eu abandoná-lo cedo só para ficar bem com minha irmã, vou me arrepender pelo resto da vida.

— Está tudo bem?

— Sim. — Coloco o celular de volta na bolsa. — Ela vai sobreviver.

— Ela parece um pouco... difícil de aguentar, a sua irmã.

— Aham. — Seria desleal com Cass dizer mais que isso. Mas não consigo não perguntar: — Você teve uma boa... conversa com ela? Ontem, digo.

— Boazinha. — Ele dá de ombros, parecendo um pouco confuso pela pergunta. — Conheço um monte de meninas como ela quando estou perambulando por aí, é só isso.

— Então talvez você devesse perambular menos por aí.

Um sorriso insolente se abre no rosto dele, como se ele não tivesse esperado aquilo.

— Talvez eu devesse, Menina do Fogo. — Ele enche nossas taças de vinho de novo. — Você e sua irmã parecem água e vinho, contudo. Olha, eu não sou nem um pouco parecido com nenhum dos meus onze irmãos, então consigo entender...

— Você tem *onze* irmãos?

— Sim. Tem o Paddy, e o Seamus, e o Brian, e o Diarmuid, e o Paddy... Espere, já falei Paddy?

— Você não tem onze irmãos, não é?

— Ah, mas é claro que não. — Ele olha diretamente para mim, com as sobrancelhas erguidas. — Mas funcionou?

— O quê?

— Toda essa coisa meio *As cinzas de Ângela*. Estou tentando alguns papéis nos Estados Unidos e minha agente está desesperada para que eu os consiga. Ela quer que eu aprimore meu histórico irlandês.

— Há uma pequena diferença entre aprimorar e inventar.

— Sabe, foi exatamente isso que Nosso Paddy disse quando falei disso com ele.

— Paddy Primeiro ou Paddy Segundo?

Ele ri.

— Eu realmente tenho um irmão chamado Patrick, por sinal. Mas só ele. E não acho que ele contribuiria de verdade com o conceito de *As cinzas de Ângela*. Ele é revisor oficial de contas em Clondalkin.

— Parece legal — digo, apesar de nunca ter ouvido falar em Clondalkin.

— É, é razoável. Meio sem recursos. Não como a adrenalina urbana de Angel, onde eu moro agora. Se você for do tipo "modelo patricinha", pode ficar um pouco entediada em Clondalkin. Você sabe, o tipo de pessoa que não consegue apreciar um bar silencioso do interior ou um bom e velho churrasco de domingo com a família. O tipo de pessoa — continua ele, com uma ferocidade repentina — que só porque passa a vida toda na academia e no spa, se emperiquitando para a próxima *sessão de fotos* ou alguma *festa* ridícula de celebridades, se esqueceu de que isso nunca vai ser a *vida real.*

Ficamos em silêncio por um bom tempo. Enquanto isso, Dillon vira quase um terço da nova garrafa de vinho em sua taça e bebe, e eu tento pensar em como afastar a conversa de Conclusões Raivosas Sobre — só posso assumir que seja — Rhea e retomar as Brincadeiras Galanteadoras Com Libby.

— Pensando bem — digo —, talvez você devesse arriscar todo aquele conceito de *As cinzas de Ângela* com os produtores de elenco americanos, afinal. É um pouquinho mais interessante que contadores em Clonmel.

— Clondalkin.

— Lá, também.

Dillon sorri. Dessa vez, é um sorriso largo, genuíno e caloroso, não aquele sorrisinho safado habitual ou sorrisinho torto sexy, e faz com que ele pareça, de repente, muito jovem, doce e... um pouquinho vulnerável, para falar a verdade.

— O que você vai fazer hoje à noite? — pergunta ele, de repente.

— Como?

— Hoje à noite. O que você vai fazer?

— Hum, nada demais. Vou só passar um tempo com meu amigo Olly. Fazer um cozido.

— Ligue para ele. — Dillon, — sujeito abusado, — se debruça na mesa e enfia a mão na minha bolsa para pegar meu celular. — E diga que esta noite você não pode.

Dou uma encarada nele, tanto pela ordem quanto por ter invadido minha bolsa.

— Por que eu diria isso a ele?

— Porque você vai a uma festa comigo.

Pisco os olhos.

— Festa?

— Sim. Sabe, aquela coisa que acontece às vezes quando pessoas se reúnem em um local pré-definido, geralmente entre oito da noite e meia-

-noite. Aí, são servidas comidas e bebidas, frequentemente — mas não necessariamente —, alcoólicas, e geralmente há, também, música…

— Eu sei o que é uma festa, obrigada.

Meu coração está a mil dentro do peito, mas estou tentando ao máximo me ancorar na minha Audrey interior. E, nessa situação, acho que todos sabemos que Audrey não estaria louca para aceitar o convite (*sim, sim, Dillon, vou dispensar meu melhor amigo para ir a uma festa com você! Qualquer coisa que você pedir! Qualquer coisa mesmo!*). Ela permaneceria fina e elegante e deixaria que o homem se sentisse sortudo por ter a chance de convidá-la.

É claro que se eu fosse Audrey Hepburn, Dillon *seria* sortudo por ter a chance de estar me convidando, mas não posso me ater a esses detalhes agora.

— Talvez eu consiga *remarcar* com o meu amigo, eu acho. — Me sinto mal, mesmo enquanto digo isso, por decepcionar Olly, o que me faz acrescentar, só para que Dillon saiba que não sou uma amiga tão péssima assim: — Quer dizer, ele começa a trabalhar bem cedo, então é um transtorno imenso, para ele, ir até o meu apartamento em uma noite de semana, de qualquer forma, e eu sou uma péssima cozinheira…

De repente, Dillon estica o braço por cima da mesa de novo, mas, dessa vez, pega minha mão. Solto um ofego breve, — porém audível e um pouquinho, bem pouquinho orgasmático.

— O endereço — diz ele, tirando uma caneta do bolso com a outra mão e rabiscando minha mão.

— É claro — digo, me sentindo uma idiota e torcendo, em vão, para ele esquecer o ofego. (Foi exatamente isso, agora que parei para pensar, que eu fiz na primeira conversa que eu tive com Olly, no Wimbledon Theater, quando ele pegou minha mão: eu achei que ele ia me beijar e tudo que ele fez foi colocar um sanduíche de queijo nela — apesar de parecer bizarro, agora, pensar que eu pudesse ter achado que *Olly*, de todas as pessoas do mundo, iria me beijar.) — Vou precisar disso. Para saber aonde vou.

— Sim, esse é meio que o propósito dos endereços. — Ele está pegando meu celular agora — francamente, esse homem não tem limite algum? — e tocando repetidamente na tela. — Aqui está meu número, também, para que você possa ligar se estiver atrasada, perdida ou algo assim. Ou se precisar de mais alguma informação quanto a como festas funcionam.

— Ha-ha — rio debochadamente antes de perceber que, na verdade, eu preciso, sim, de uma informação bem importante sobre essa festa em particular. — Qual o código de vestimenta?

— O código de quê?

— Vestimenta. Você sabe... — Me sinto constrangedora e perdidamente não descolada e gostaria de nunca ter feito essa pergunta. — Gravata borboleta... ahn... gravata mariposa...?

— Bom, aí é com você. Mas se você insistir em aparecer de gravata, é capaz de sentir que está um pouco arrumada demais.

— Não, não, eu quis dizer...

— Eu sei o que você quis dizer. Pelo amor de Deus, mulher, você acha mesmo que eu cresci em um pântano, né? Eu devia fazer você ir comigo às minhas audições, fazer toda aquela baboseira irlandesa sem eu precisar falar uma palavra. — Ele coloca a tampa de volta na caneta. — E não, não há um código de vestimenta. Use o que você quiser. Você vai ficar bem com qualquer coisa.

A garçonete brasileira, que acaba de chegar na nossa mesa (para repor nossos guardanapos? Limpar as migalhas de pão?) me dá uma olhada que diz, simultaneamente, *Sua vaca de sorte! Bem em qualquer coisa? Ele está sendo um tanto generoso, não está?*

— Mais vinho? — pergunta ela. — Sobremesa? Temos uma tortinha de geleia de framboesa incrível, com creme batido na hora.

— Ah, bom, nunca resisto a uma tortinha... — Dillon é interrompido por um zunido de seu celular. Ele dá uma olhada e seus olhos se estreitam. Ele se levanta. — Preciso ir. Você pode nos trazer a conta, querida?

— Não sei se tenho dinheiro... — Começo a procurar pela minha carteira. — Podemos dividir em dois cartões?

Ele fica me olhando.

— Você só pode estar brincando.

— Oh, Deus, me desculpe mesmo, você prefere dinheiro? — Fico mortificada. — Acho que eu posso dar uma corridinha até um caixa eletrônico, deve haver algum por perto...

Ele interrompe minha tagarelice se aproximando, bem repentinamente, e dando um beijo muito gentil e carinhoso no topo da minha cabeça.

— As meninas não costumam se oferecer para rachar a conta comigo hoje em dia — diz ele delicadamente. A testa dele se franze, como se ele estivesse realmente perplexo pelo que acabei de fazer. — Isso é... Bom, isso é extremamente fofo da sua parte, Menina do Fogo.

Fofo? Não! Quinze minutos atrás ele me achava descolada e elegante. Fofa está *completamente* errado! (E o que eu estava pensando, afinal, falando estupidamente em rachar a conta daquele jeito? *Aquilo* não foi muito digno de Audrey Hepburn.)

Dillon está pegando três notas cristalinas de cinquenta da carteira e colocando na mesa.

— Isso deve dar. Então oito e meia, hoje à noite, tá? — diz ele, enfiando a carteira de volta no bolso da jaqueta.

— Oito e meia, combinado! E prometo não usar gravata.

— O quê? Ah, sim... Certo...

E ele se vai, caminhando em direção à porta sem olhar para trás.

Observo-o sair e fico sentada ali por mais uns instantes, levemente em choque e marinando tontamente no meu bafo de vinho. Vinho do qual eu agora me arrependo muito, muito por ter bebido. Porque, sejamos francos, se eu vou sair com Dillon O' Hara hoje à noite, eu devia ter começado uma dieta detox e um regime estético... háaá, vamos pensar... uns dez anos atrás.

Na verdade, vamos apenas recapitular a parte mais importante dessa frase: *Vou sair com Dillon O'Hara hoje à noite.*

A não ser que eu tenha alucinado nas duas últimas horas — não *posso* ter feito isso, posso? —, então isso é, sem sombra de dúvida, a coisa mais excitante que me aconteceu desde... Bom, basicamente desde o primórdio dos tempos.

E agora tenho apenas três ou quatro horas para ficar apresentável o suficiente para a noite com o homem que costuma sair com modelos da Victoria's Secret.

Graças a Deus meu cabelo está OK agora, mas vou precisar fazer um esforço *e tanto* com relação à maquiagem e a encontrar algo para vestir, o que é um campo minado, porque o tipo de roupa que faz eu me sentir mais confiante e bonita provavelmente não é, nem de longe, o tipo de roupa que vai fazer eu me adequar à festa no... Vamos só ver onde é essa tal festa, segundo os rabiscos de Dillon na minha mão direita.

Depot. Avenida Shoreditch, 106.

— Merda — falo em voz alta.

É a festa da *Made Man* à qual Cass vai.

— Aqui está a sua tortinha. — Essa é a garçonete brasileira, vindo até mim com uma tigela grande e colocando na minha frente, com um pouquinho menos de cerimônia do que quando Dillon ainda estava na mesa. — Aquele era Dillon O'Hara, não era?

— Sim.

— Ele é *adorável*.

— Sim.

— Então, você trabalha para ele ou algo assim? — pergunta ela com a expressão confusa de alguém que acabou de passar a última hora tentando entender como alguém como eu (longe de uma amazona, longe de uma modelo de lingerie) poderia se encaixar na vida de alguém como Dillon O'Hara.

— Não, somos só…

— Aaaaah, você vai ao Depot com ele hoje à noite? — Ela viu o rabisco na minha mão. — Estou *morrendo* de vontade de ir lá! Dizem que vai ser *incrível*!

— Mesmo?

— Mas é *claro*! É impossível entrar, sabia? — Ela me dá uma olhada de cima a baixo discretíssima. — Espero que você tenha algo bom para usar.

Certo, isso encerra a questão. Não posso ir. Digo, eu simplesmente não posso, não é? Não são só os dez anos que passei sem cuidar da saúde e da estética. Ou o fato de que não tenho nada — *nada* — nem perto de bom o suficiente para usar. Ou o fato de que Cass vai estar lá e esta é a grande noite dela e, se eu aparecer lá com Dillon O'Hara, ela vai me matar. É tudo isso combinado.

Além do fato de que, agora que a tontura do vinho está começando a se esvair um pouco, eu percebi a verdade da situação: que eu sair uma noite com *Dillon O'Hara* é simplesmente… Bom, é simplesmente tão surreal quanto Audrey Hepburn foi ontem à noite. É um holograma. Uma miragem no deserto. Essa ideia nunca pode mesmo se tornar realidade.

Pego o celular e procuro o número de Dillon. Vou mandar mensagem para ele imediatamente dizendo que não posso ir. Arrancar o curativo de maneira limpa e rápida e, depois, simplesmente parar de pensar no assunto.

Aqui está, no D, de Dillon. Ele salvou, contudo, com o nome *Dillon Seamus Finlan Patrick Eoghan Diarmuid Patrick (de novo) Malachy O'Hara*.

Solto uma risada, que é seguida rapidamente por um choramingo desamparado.

Mas não posso fazer isso. Simplesmente não posso. É melhor, afinal, para mim, guardar a lembrança desse almoço perfeito — apesar de um tanto bizarro — com hambúrguer e vinho e deixar por isso mesmo, antes de macular a perfeição dourada desta tarde indo a essa festa malvestida, desleixada e levemente flácida.

E vamos combinar, Dillon não está me levando lá como sua *acompanhante*. Ele tem uma pseudonamorada (apesar de ela o trair com escandinavos pelados enormes). Eu provavelmente vou passar metade da noite tentando encontrá-lo em um mar de supermodelos antes de declarar falência em um táxi a caminho de casa, chorando, pateticamente, no sofá fedido pelo resto da noite.

Já estou pegando o celular. Vou ser vaga, porém firme, e recusar o convite.

Sinto muito, escrevo, *não vou poder ir, afinal. Obrigada mesmo assim, teria sido legal.*

Pronto.Vaga, porém firme. Nenhuma desculpinha ou mentirinha esfarrapada. Soou um pouco frio, contudo.

P.S.:, acrescento, *Se seu nome do meio realmente for Seamus Finlan Patrick Eoghan Diarmuid Patrick (de novo) Malachy, então você não precisa mesmo da minha ajuda para encarnar* As cinzas de Ângela *no mercado americano.*

Antes que eu possa mudar de ideia, toco em Enviar. Se Dillon responder imediatamente, dizendo *Não seja ridícula, você vai sair comigo e ponto final*, bom, aí eu vou reconsiderar, obviamente.

Ele não responde imediatamente. Mesmo depois de eu ter comido um pedaço da tortinha de geleia e creme, colocado a jaqueta, dado um pulo no banheiro, voltado e terminado o resto da sobremesa, ele ainda não tinha respondido.

6

Meu celular apita quando abro a porta do apartamento, mas ainda não é Dillon. É uma mensagem de Olly:

Que pena. Lamento muito por você não estar se sentindo bem. Posso fazer alguma coisa?

Isso é porque eu mandei uma mensagem para ele, no caminho da estação de metrô, para cancelar nossos planos de fazer cozido para esta noite.

Eu sei. Eu não devia mentir, especialmente para um dos meus melhores amigos. E eu também não devia cancelar nada, não agora que não vou à festa no Depot. Só fiz isso porque estou me sentindo tão furiosa comigo mesma por agir como um filhote assustado e patético com relação ao Dillon que, sendo bem masoquista, quero o castigo por não estar tendo uma noite legal.

Sinto-me ainda pior agora que ele mandou uma mensagem tão gentil. Na verdade, acaba de chegar mais uma mensagem no meu celular — Olly de novo.

Se for gripe, posso levar uma canoa de galinha?

Uma terceira mensagem chega alguns segundos depois.

Era pra ser canja, claro.

E outra uns dez segundos depois daquela.

Mas vou fazer o possível para encontrar uma canoa cheia de galinhas, se isso for ajudar.

Ele é um querido.

Sou uma boba por ter trocado uma noite gostosa e aconchegante com ele por uma noite sozinha. Apesar de que só estarei sozinha, é claro, se não alucinar um pouco mais com Audrey esta noite.

Não vai acontecer, contudo. Foi uma coisa única. E, aliás, eu não *quero* que aconteça de novo. Quando acontece só uma vez, dá para dizer que é estresse. Duas vezes... Bom, aí você tem permissão para pensar que pode ser algo um pouquinho mais... sinistro? Neurologicamente, quero dizer. Então é melhor esperar mesmo que *não* aconteça de novo. Esta noite ou qualquer outra noite.

A questão é, no entanto, que agora que estou de volta aqui, sozinha, não consigo não pensar que talvez fosse legal alucinar com Audrey Hepburn de novo. Porque foi meio divertido, ontem à noite, com tudo que aconteceu. Talvez não tenha sido a Quinta Avenida ou o Tuileries, mas, ainda assim, era *Audrey*. E se minhas sinapses excessivas a fizerem *realmente* aparecer de novo esta noite, eu poderia contar a ela sobre minha tarde com Dillon. E ela ouviria com cuidado e atenção, do jeito que sempre fazia no meu Mundo Imaginário da Audrey, e aí ela diria algo perfeitamente incisivo e compreensível que faria eu me sentir melhor, instantaneamente, sobre ser fraca demais para ir à festa com ele esta noite.

Mas suponho que, nesse caso, talvez a gente esteja mesmo adentrando um território assustador, com aquelas implicações neurológicas preocupantes em que não quero nem pensar, como... Bom, como esquizofrenia. Ou um tumor no cérebro.

Apesar de que acho que eu poderia... Não. Isso seria esquisito. Bom, eu só ia dizer que acho que o que eu *poderia* fazer é colocar Audrey Hepburn *na tela*, apertar o pause e recontar rapidamente os detalhes da minha tarde extraordinária com ela no iPad. Isso *seria* esquisito, não seria?

Mas não é como se eu estivesse, afinal, imaginando que ela estava realmente *ali*. Não é como se eu realmente acreditasse que ela pudesse me ouvir nem nada assim. Tudo que eu estaria fazendo é assistindo a um dos meus filmes preferidos de Audrey Hepburn. Não há nada de esquisito em se acomodar para assistir a *Bonequinha de Luxo*, depois de um dia longo e francamente peculiar, no qual fui analisada psiquiatricamente pela minha mãe, uma supermodelo gritou comigo, vi partes da anatomia de um desconhecido que eu estaria perfeitamente contente em *não* ver...

Sim. Acho que vou ligar o iPad de novo, tirar o *trench coat*, me acomodar no sofá e ver se consigo ir até o cantinho feliz da minha mente.

Três minutos depois, sei que foi a coisa certa a se fazer. Não estou preocupada com a bagunça nas caixas fechadas, com o sofá fedorento no qual estou sentada ou com o fato de que eu deveria estar me arrumando para ir à festa com Dillon O'Hara neste exato momento. Começo a relaxar no instante em que vejo Audrey Hepburn desfilar pela Quinta Avenida com seu copo de café e seu doce folhado. Ela é simplesmente tão requintada, e seu vestido e suas joias são tão lindos que quase dá para sentir o toque sutilíssimo de violeta e jasmim do perfume L'Interdit que ela provavelmente estava usando quando fez o filme.

— Você por acaso viu meus óculos de sol?

Solto um gritinho.

— Céus, mil perdões, eu assustei você?

É ela. É Audrey Hepburn. De novo. Sentada a poucos centímetros de mim, do outro lado do sofá.

Mas dessa vez, na verdade, ela não está usando seu uniforme vestido-preto-e-coque de *Bonequinha de luxo*. Seu cabelo está curtinho — corte que virou sua marca registrada —, e ela está usando o vestido com estampa de rosas que ela usou para embasbacar William Holden em *Sabrina*.

Não há palavras para descrever como esse vestido é lindo de perto, mesmo que concorra um pouquinho com as rosas alaranjadas do sofá, no qual ela está repentinamente mergulhando no meio das almofadas, com as sobrancelhas franzidas.

— Pensei que, talvez, meus óculos pudessem ter caído no meio das almofadas... Você por acaso não os encontrou e guardou em algum lugar seguro? É que eles são bem especiais...

Ela volta a olhar para mim, seus olhos quase absurdamente enormes naquele rosto perfeitamente emoldurado. Na verdade, ela está ainda mais linda do que ontem, apesar de eu sempre ter preferido a Audrey de *Sabrina* à de *Bonequinha de luxo*. O cabelo curtinho ressalta suas escápulas perfeitas, sua pele parece ter sido untada com uma fina camada de spray de pérolas moídas e o aroma do L'Interdit é mais forte agora. Então eu não estava imaginando nada daquilo... Só que eu *estava* imaginando, é claro. Porque estou alucinando com isso tudo de novo, não estou?

— Ah, merda.

— Libby!

— Desculpe... É só que... — É um tumor no cérebro, não é? Só pode ser. — Ou esquizofrenia — solto. — Pode ser esquizofrenia.

— O que pode ser esquizofrenia, querida? — Mas a atenção dela não está toda voltada para mim; ela está olhando para a tela do iPad. — Que docinho!

— Está falando — ahn — do folhado?

— Não, não, estou falando dessa televisãozinha fofa que você tem aqui. Apesar de que aquele folhado horrível *era* bem doce, para falar a verdade. Enjoativo. Não posso com isso. Eu implorei para eles me deixarem comer um sorvete naquela cena, em vez do folhado, mas não tive muita sorte... Não consigo ver a antena.

— Ahn?

— Da sua televisãozinha. — Ela aponta um dedo longo, encoberto pela luva, para o iPad. — Uma antena. Não precisa?

— Não é uma televisão, é um iPad. — Esfrego os olhos com força, mas quando afasto as mãos, ainda consigo vê-la. — Acho que preciso de uma bebida.

— Outro dia difícil, querida? — pergunta Audrey Hepburn enquanto pega o iPad e o estuda, admirada. — Impressionante! Do que você chamou mesmo? *Apede*?

— É um iPad. Serve para usar a internet, mandar e-mails...

Ela pisca para mim como se eu estivesse falando um idioma estrangeiro que ela nunca ouviu antes.

— Quer saber? Brinque com ele um pouquinho enquanto eu vou pegar uma bebida para mim. É fácil. Você vai pegar o jeito.

— Aaaaah, obrigada, querida! — Ela me obedece imediatamente e começa a tocar e apertar o iPad com as pontas de seus dedos longos e elegantes. — Minha nossa, como isso é inteligente — maravilha-se ela enquanto coisas aleatórias — a previsão do tempo; fotos de mim e de Nora em sua festa de noivado; o aplicativo da Net-a-Porter, que eu fuço quando estou com vontade de dar uma olhada em roupas de grife — surgem e desaparecem da tela. — Francamente, querida, você tem umas engenhocas incríveis! Ah! Isso me lembra da sua adorável máquina de café. Falei dela para todo mundo que conheço!

Que ótimo! Agora eu não apenas estou imaginando que estou *conversando com Audrey Hepburn*, mas também que *ela está conversando com outras pessoas*. Minha mente fica confusa, pensando em quem ela poderia estar se referindo: uma Marilyn espectral? Um Cary Grant fantasmagórico? Uma Liz Taylor virtual?

— Fiquei pensando… — começa ela, unindo as mãos de um jeito infantil. — Você já conseguiu encontrar as cápsulas?

— As cápsulas de café? Hum, na verdade, não…

— Bom, tenho certeza de que estão em *alguma* dessas caixas. Por que não dou uma olhada?

Antes que eu possa responder, ela salta do sofá e se ajoelha na frente de uma das maiores pilhas de caixas, sem parecer se importar em encher a barra de seu maravilhoso vestido de baile com a poeira da van de Olly.

— *Este* parece ser um bom lugar para começar. — Ela está abrindo a caixa do topo da pilha. — Oh, isto pode ser útil, na verdade. São seus panos de limpeza.

— Não tenho uma caixa de panos de limpeza… — Me levanto também e dou uma espiada na caixa que ela está abrindo. — São minhas roupas!

— Céus, eu sinto muito, querida!

Arranco a caixa da mão dela, desejando, mais do que nunca, que eu conseguisse, afinal, bancar as coisas pelas quais eu fico babando no aplicativo da Net-a-Porter volta e meia.

— Nem todas podem ter guarda-roupas com vestidos de festa de grife deslumbrantes, sabia?

— Ora, é claro que não, eu só pensei… Bem, tudo aqui parece tão *cinza*…

Vou até o frigobar para pegar aquela garrafa aberta ontem à noite.

— Se serve de consolo — continua ela, em um tom arrependido —, seu cabelo está absolutamente fabuloso.

— Você realmente acha?

— Acho! E eu disse a você que tudo que você precisava fazer era lavar e secar.

— Na verdade, isso aqui foi feito por um cabeleireiro — conto, apontando para o cabelo, enquanto pego o vinho na geladeira e volto para o sofá. — Não precisava lavar e secar, precisava de um profissional treinado com uma tesoura adequada.

— E eu não disse — acho que ela está me ignorando, porque se voltou novamente para as caixas e está abrindo outra — que uma franjinha iria combinar… Oh! Acho que encontrei!

Ela se vira, exibindo uma pequena caixa de madeira com um rótulo da Nespresso.

— Sim, são as cápsulas.

Ela solta um gritinho de satisfação, se levanta e quase cai ao pisar na barra do vestido empoeirado quando tenta dar a volta no sofá até a máquina de café no balcão.

— Oooooohhhhh — suspira ela, um instante depois, ao abrir a caixa e olhar, maravilhada, para o pequeno guia na parte de dentro da tampa. — *Sidamo* da Etiópia...

Não era isso que eu tinha em mente quando pensava que talvez gostasse de conversar com Audrey sobre os acontecimentos de hoje: eu no sofá mamando vinho na garrafa enquanto ela liga a máquina de Nespresso. Mas parece que meu subconsciente não está tão interessado assim nos detalhes do meu dia.

— Nem ao menos — murmuro para meu subconsciente — quando me chamaram para um *encontro de verdade* esta noite.

— Um encontro? — Audrey Hepburn se vira, o vestido esvoaçando, o café etiópio esquecido. — Libby, isso é tão *excitante*!

OK, então meu subconsciente está perdoado. Me sinto até um pouco constrangida, agora, por ter feito tempestade em um copo d'água.

— Não era um encontro mesmo...

— Quem é ele? Quando é?

— Bom, meio que agora.

— Como assim, agora?

— Era quando o encontro deveria estar acontecendo. Esta noite.

— E você *não vai*?

Sacudo a cabeça com firmeza e tomo um gole da garrafa de vinho.

— Libby, mas por que não? — Os olhos enormes de Audrey estão ainda mais arregalados, genuinamente incrédulos. — Você não gosta desse cavalheiro que a convidou para sair?

— Não, não é isso. Quero dizer, eu gosto muito dele... Isto é, do cavalheiro... — Apesar de que pensar em Dillon como um cavalheiro é distintamente engraçado. (Sem contar o fato de que nenhuma das coisas que ele fez desde que o conheci ontem de manhã é, na minha cabeça, nem um pouquinho cavalheiresca.) — Eu só decidi que não vou. E não era um encontro mesmo, de qualquer forma. Não no sentido verdadeiro da palavra.

— Ele chamou você para jantar? Para beber alguma coisa?

— Céus, não, nada assim. Apesar de termos almoçado juntos hoje, por sinal...

— Libby! — exclama ela. — Vocês almoçaram *e* ele convidou você para sair na mesma noite? Ele deve estar muitíssimo interessado em você!

— Ahn... Sinceramente, não é bem assim. Ele tem namorada, para começar. Bom, mais ou menos. Rhea Haverstock-Harley. Apesar de que eu a peguei traindo-o hoje com um sueco.

— Um *boneco*?

— Um *sueco*.

— Ah, ainda bem — diz ela francamente. — Apesar de não ser muito bacana, de qualquer forma, para o pobre cavalheiro amigo seu. E é provavelmente por isso que ele prefere levar você para sair esta noite.

— Mas ele não me chamou para sair *romanticamente*. Acho que ele só curte conversar com uma pessoa normal, para variar um pouco. Ele está acostumado a namorar modelos da Victoria's Secret, sabe? Modelos de lingerie — esclareço quando a testa dela se franze em confusão. — São todas lindas, pernudas, exóticas e desfilam para cima e para baixo na passarela usando apenas um biquíni e um par de asas de anjo.

— Isso me parece terrivelmente vulgar. Não é de se admirar que ele prefira conversar com você. — Ela me analisa por um instante. — Mas isso não quer dizer que não lhe faria bem exibir um pouquinho mais de pele quando você for sair com ele esta noite.

— Mas eu *não* vou sair com ele esta noite.

— Você simplesmente precisa ir.

— Mas eu simplesmente não quero.

— Mas. Você. Simplesmente. Vai.

Fico um tanto chocada quando, ao dizer isso, ela fixa os olhos em mim com uma expressão distintamente férrea. Uma expressão nada inocente, nada Audrey.

— Não vou aceitar "não" como resposta para isso, Libby — continua ela. — Porque, — me corrija se eu estiver errada — não é como se você estivesse arrebatando admiradores a cada esquina, é?

— Não precisa pôr as coisas *desse* jeito — murmuro.

— O que estou querendo dizer, Libby — ela se espreme para dar a volta no sofá, o que leva alguns instantes —, é que você não deveria ficar sentada aqui comigo. — Ela se ajoelha ao meu lado, segura minhas mãos e olha bem fundo nos meus olhos. — Você deveria sair! Deveria estar aproveitando uma noite maravilhosa! Com um homem que a adora!

— Ele definitivamente não me *adora*. De qualquer forma, não posso. — Minha garganta está ficando seca e parece estar inchando. — Sinceramente — consigo dizer, após um gole de vinho —, eu simplesmente não posso. Você não viu o tipo de menina com quem ele costuma sair.

— Posso apostar — grita Audrey — que elas não são páreo para você!

Pego o iPad, procuro "Rhea Haverstock-Harley" no Google e mostro as imagens resultantes para ela: Rhea esparramada de maneira sedutora em uma pedra perto do mar em um biquíni minúsculo; Rhea desfilando por uma passarela usando um sutiã de diamantes, um fio-dental do mesmo conjunto e asas de anjo brilhantes; Rhea posando apenas com saltos altos em uma cadeira de costas, estilo Christine Keeler...

— Bom! — diz Audrey, um pouco animada demais, após um longo momento de silêncio. — Só vamos ter que encontrar algo muito, *muito* bonito e que caia muito bem em você, não é?

— Não, não temos, porque, — como eu acho que já disse, — eu não vou.

— Querida, longe de mim querer fazer abuso de poder. — Ela se levanta, cruza os bracinhos magros e me encara novamente. — Mas eu *sou* Audrey Hepburn, você sabe.

Alucinação ou não, está um pouquinho mais difícil, agora, discordar dela.

— E você sabe do que mais eu me orgulho? — continua ela. — De não deixar nada me assustar. Eu não era qualificada para fazer par com Gregory Peck. Não era boa o suficiente para dançar com Fred Astaire. Mas mergulhei de cabeça e dei o meu melhor, porque essa é a única maneira de uma mulher encontrar seu lugar neste mundo.

Isso é algo que mexe com a gente, tenho que admitir.

E, um tanto repentinamente, ela se parece menos com a rainha da finesse que eu sempre imaginei sendo minha parceira de compras. Parada aqui, neste exato momento, ela é uma princesa guerreira. É a Boadiceia vestida de Givenchy, uma Joana D'Arc de delineador...

— Está bem. — Me levanto também. — Eu *vou* sair esta noite! Afinal de contas, se você pode dançar com Fred Astaire, eu posso entrar no metrô e...

— Meu Nespresso! — grita ela, subitamente, quando a máquina anuncia que está pronta para preparar seu café. Ela praticamente me nocauteia para dar a volta no sofá e chegar até a cozinha. — Agora, onde vai essa pequena cápsula?

— Olha, podemos nos preocupar com isso depois? Preciso me arrumar para a festa antes que eu mude de ideia.

— Sim, sim, você tem toda razão! — Audrey abandona a máquina de café pela segunda vez. — Agora, vamos encontrar alguma coisa espetacular para você vestir, não vamos?

— Não, não, não — respondo apressadamente enquanto ela se dirige, em um borrão de cetim e tafetá de alta-costura, para a caixa de roupas que descartou antes. —Você disse algo bonito e que caia bem. Nada de espetacular. Não quero espetacular. Minha irmã vai estar na mesma festa e é realmente uma noite importante para ela. E ela já vai ficar furiosa o suficiente por eu estar lá, para começar. Então o que eu realmente quero usar é algo... Bom, perfeitamente bonito, porém inofensivo.

— Um pretinho básico!

— Bom, acho que isso provavelmente daria certo...

— Querida, um pretinho básico *sempre* dá certo. — Ela já está imersa nas roupas da caixa, tirando um moletom cinza atrás do outro. — Você por acaso tem algum do Hubert?

— Se tenho algum pretinho básico de Hubert *de Givenchy*? Não, não tenho.

— Tudo bem, não precisamos nos preocupar com isso; tenho certeza de que vamos encontrar algo bonito! — Apesar de seus elegantes ombros despidos se arquearem visivelmente enquanto ela joga outro moletom cinza (quando é que eu *comprei* todos esses?) para o lado. — Você *tem* algum vestido, querida? Só precisamos de um.

— Sim, eu tenho um vestido! Olha, eu obviamente preciso dar uma renovada no guarda-roupa, está bem? — Mas, felizmente, acabo de enxergar um tipo diferente de tecido cinza no meio da pilha cinza e o puxo: é o vestido transpassado de seda cinza-ardósia que já usei em várias ocasiões especiais nos últimos anos, como meu primeiro encontro com Daniel; minha última noitada de drinks no meu aniversário; a festinha que fizemos quando Cass foi indicada (mas não ganhou) a um prêmio nacional de reality shows por sua ponta em *Mary Berry's Celebrity Cupcake-Off*. — Ahá! Um vestido! — declaro, sacudindo-o para ela, triunfante.

Audrey Hepburn fica olhando para o vestido transpassado.

— É um vestido?

— Sim! Um vestido transpassado!

— Mas, querida… — Ela parece indignada. — É só um pedaço de tecido. Não tem *corte*. Não tem *estrutura*.

— Não precisa ter! É universal, cai bem em todo mundo! Ele abraça suas curvas, cria cintura.

Percebo que estou simplesmente papagaiando tudo que já ouvi sobre vestidos transpassados, motivo pelo qual eu gastei uma pequena fortuna neste aqui, aliás. E, pensando bem, este vestido não abraça as minhas curvas e *nem* cria cintura; tudo que ele sempre fez foi ficar dependurado de um jeito um tanto flácido no meu peito insignificante e ameaçar expor porções nada lisonjeiras das minhas coxas toda vez que eu dava mais de três passos sucessivos. Mas é o vestido mais caro que eu já tive, por isso eu me apeguei a ele em vez de colocá-lo em um cesto para doação.

Pela expressão no rosto de Audrey, ele realmente precisa ir para o cesto de doação. Ou, mais provavelmente, para o cesto de lixo.

— Está bem — digo, largando o vestido. — Você venceu. Não vou usar este.

— Acho melhor — responde ela, delicadamente.

E aí ela praticamente desaparece dentro da caixa, enfiando a cabeça como um pato, não deixando quase nada de seu corpo à mostra a não ser a cauda bordada de seu vestido de baile. Leva um instante para ela ressurgir de lá com uma expressão triunfante no rosto e um vestido preto na mão.

— Ah, é *disso* que estou falando!

O vestido que ela está segurando é bastante sóbrio, com um decote canoa e na altura da canela, se não me engano. Eu o comprei sem nem me dar o trabalho de provar, na esperança inútil — ironicamente — de que ele me deixasse parecida com Audrey Hepburn.

Não é preciso dizer que não deixou e, o que é ainda menos necessário dizer, ele nunca viu a luz do dia desde a prova deprimente que fiz quando cheguei em casa e o tirei da sacola.

— Tem certeza? — Olho para o vestido com muito menos entusiasmo do que ela. — É só uma coisinha barata da lojinha.

— Bom, não posso dizer que conheço o trabalho da sra. Lojinha…

— Não, não é uma pessoa, é só uma…

— Mas acho que isso vai ficar *muito* bom mesmo! — Ela coloca o vestido na minha frente. — Tudo que você precisa é daquele *trench coat* descolado que você tem, pendurado nos ombros, e alguns acessórios escolhidos a dedo. Esse decote, por exemplo, simplesmente pede um pendente de diamante ou um colar elegante de pérolas.

— Certo, bom, posso ligar para meu banco em Zurique, pedir para eles abrirem meu maior cofre e enviarem umas peças selecionadas para mim, de jatinho particular.

— Infelizmente, não acho que haverá tempo para isso — diz ela com toda sinceridade. — Mas eu não vi você com um colar de pérolas e diamantes quando nos conhecemos?

— Duvido muito que... Ah, você está falando do colar de casamento de Nora?

— Tudo o que sei é que você o colocou nessa caixinha aqui. — Audrey está deslizando até o balcão da cozinha, onde minha caixa de miçangas está, e abrindo-a. — Ah, isto aqui vai ficar maravilhoso em você!

— Não sei, não. É para minha melhor amiga, para o casamento dela. Eu sequer tenho certeza se já terminei.

Ela está me ignorando, colocando o colar em torno do meu pescoço e fechando-o.

— Como eu tinha imaginado — diz ela. — Maravilhoso!

A sensação é boa, tenho que admitir, com o peso gelado do pendente brilhante na minha pele e a maciez sedosa das pérolas vintage... Bom, só vou ter que justificar como um teste do presente especial de Nora: para me ajudar a decidir se o colar deveria permanecer assim ou se precisa, afinal, de mais uma camada de pérolas.

— Agora, os sapatos, é claro, sempre completam ou detonam qualquer traje. Você tem uma sapatilha simples e bonita? — pergunta Audrey. — Algo com salto gatinho, quem sabe?

— Ah, não. Não vou usar salto gatinho. Não quando vou passar a noite com um monte de modelos de um metro e oitenta. — Não me esqueci da maneira como Rhea se sobrepôs a mim no FitLondon esta manhã; pode ser que haja um monte de motivos pelos quais eu vou me sentir pequena e insignificante nesta festa hoje, mas não vou permitir que meus sapatos sejam um deles. — Vou usar *estes* — completo, mergulhando novamente na caixa e catando o único par de sapatos realmente glamorosos que eu tenho, um par de sandálias prateadas com tira no tornozelo e um salto plataforma altíssimo.

Dessa vez, Audrey parece estar doente.

— Mas você pode quebrar o tornozelo usando isso! E certamente... Bom, um salto gatinho seria muito mais *sofisticado*...

— Foi isso que você disse antes de mutilar minha franja ontem à noite — retruco, feliz pelo fato de ela só existir na minha imaginação, porque não tenho certeza se essa é uma discussão que eu me sentiria confiante em ter, se eu realmente *estivesse* conversando com uma das mulheres mais inefavelmente estilosas que já existiu. — Enfim, não estou nem aí para se é sofisticado ou não. — Eles me deixam doze centímetros mais alta e três quilos mais leve. Vou usá-los. Agora, você acha que eu preciso de um modelador?

— Oh! — As mãos dela vão parar nas bochechas, que estão queimando de tão vermelhas. — Me desculpe, mas isso vai depender totalmente das intenções do cavalheiro com quem você vai sair esta noite! E, francamente, Libby, o que você quer fazer na privacidade do quarto não é da minha...

— *Modelador*! Não vibrador! — digo, ainda mais atormentada pela confusão do que ela. — É um tipo de roupa de baixo... Olha, deixa para lá. Eu realmente preciso começar a me arrumar.

— É claro. — Ela parece aliviada pela mudança de assunto. — A que horas ele vem pegar você?

— Ele não vem. Vou encontrá-lo na festa.

— Por que ele não vai vir buscar você?

— Primeiro, porque eu disse a ele que eu não ia. E segundo, porque aqui é Londres. No século XXI.

— Isso não é desculpa! — Ela parece genuinamente chateada. — Quando um homem a leva para sair à noite, ele deveria vir pegá-la na porta! Com um buquê das suas flores preferidas!

Novamente, estou começando a ver como a vida é quando se é uma linda estrela de cinema.

— Libby... — Ela está me estudando curiosa. — Algum homem, *alguma vez*, já lhe trouxe flores antes de um encontro?

— Não.

Não acrescento — porque ela é fruto do meu subconsciente e meu subconsciente já sabe disso — que eu nunca tive um *encontro* de verdade antes. Todos os meus supostos relacionamentos (Daniel, o Horroroso; Iain, o

Não Confiável; Martin, o Breve-Porém-Equivocado) começaram do mesmo jeito nebuloso e mal definido que continuaram sendo e como finalmente terminaram. Alguns drinks demais e uns amassos, seguidos por alguns meses (ou, no caso de Martin, graças a Deus, apenas semanas) de um sexo não-muito-satisfatório e apresentações desconfortáveis aos nossos amigos como "a pessoa com quem estou ficando". Nada de encontros. Nada de flores. Nada de *diversão.*

— Então os homens têm lhe tratado muito mal! — Audrey Hepburn soa bastante indignada. — E, francamente, esse tal de Dillon vai ter que se mexer se quiser ter a sorte grande de namorar você.

É por isso, exatamente por isso que eu sempre quis que Audrey Hepburn fosse minha melhor amiga. Sei que ela é fruto da minha imaginação; sei, portanto, que o que ela acabou de "dizer" é o equivalente a um bilhete motivacional colado no espelho do banheiro ("Você está magra e linda hoje!"). Mas, mesmo assim, o brilho quente que está se espalhando por mim não é fruto da minha imaginação. E é bom, mesmo que só por um instante, acreditar que o que ela acabou de dizer é verdade.

— Agora — continua ela —, é melhor você tomar um longo banho de espuma. Depois que você sair, posso ajudá-la com a maquiagem.

— Na verdade, só tem um chuveiro. Mas uma ajudinha com a maquiagem depois será ótimo!

Porque maquiagem não é como corte de cabelo, certo? Deixar minha alucinação de Audrey me ajudar a fazer um belo olho esfumaçado não vai envolver mexer na minha cabeça com um instrumento perigoso. O pior que pode acontecer é, no meu estado (presumido) de delírio, eu acertar meu olho com o aplicador de rímel ou algo assim.

— Então irei ajudar! — Ela já está se dirigindo à máquina de café. — Vá lá se lavar enquanto eu preparo um delicioso expresso fortificante para tomar enquanto maquiamos você. Cílios volumosos, lábios vermelhos elegantes... Vamos usar e abusar de todos os recursos, querida! Esse tal de Dillon não vai reconhecer você!

Certo, não tenho certeza se Dillon vai me reconhecer *mesmo.*

O problema é que há uma boa chance de que ele vá me confundir com uma drag queen.

— Você tem certeza — pergunto a Audrey Hepburn enquanto me olho em meu pequenino espelho redondo — de que está bom?

— Está pensando em aplicar mais uma camada de rímel? Mais cílios postiços?

— Não, não, Deus, não!

— Mais lápis nas sobrancelhas?

— *Definitivamente* não.

Estou me arrependendo, na verdade, de ter mergulhado nas profundezas da minha maleta de maquiagem para procurar um lápis de sobrancelha, um item que eu nunca usei desde que veio de brinde em uma compra na No. 7 alguns anos atrás. Eu estava torcendo para conseguir imitar a sobrancelha grossa que é marca registrada de Audrey Hepburn, mas ainda estou um pouquinho preocupada, porque parece que colei com Super Bonder duas lagartas queimadas pelo sol acima dos meus olhos.

— Bom, eu já passei pó no seu batom, querida, então não acho que eu possa voltar a trás e passar *mais*...

— Não, olha, não estou dizendo que quero mais nada. Na verdade, acho que eu deveria dar uma amenizada.

— Mas você está tão glamorosa! Tão feminina! E, falando sério, Libby, esse vestido é tão simples que o look não parece *completo* sem uma boa maquiagem. Essa besteira de *hidratante tonalizante*... — acrescenta ela, olhando para a bisnaga com quase tanto horror quanto tinha olhado para os meus sapatos. — E aquela meleca de frutas que você queria passar ao invés de um belo batom...

— Gloss labial.

Ela se encolhe só de ouvir falar naquilo.

— Querida, estou dizendo a você. Você está parecendo uma verdadeira *mulher* adulta. Isso não lhe dá uma sensação maravilhosa de confiança?

Visto que estou bastante convencida de que estou parecendo um verdadeiro *homem* adulto, isso não me dá tanta confiança assim. Mas Audrey está tão radiante de orgulho que não sinto que posso simplesmente tirar tudo com um lenço umedecido e passar só o hidratante tonalizante e o gloss que eu costumo usar. De qualquer forma, vamos combinar que, em algum nível, eu devo *querer* que pareça que eu enlouqueci na loja da Estée Lauder, porque o único jeito de eu me sentir corajosa o suficiente para me misturar com as pessoas bonitas nessa festa de celebridades é sob a proteção de uma boa camada (ou quatro) de pintura de guerra.

— Tudo bem, vou manter assim.

Me levanto — o que é complexo, visto que estou sentada no cavernoso sofá e usando esses saltos absurdamente altos dos quais (não conta pra ninguém) já estou começando a me arrepender — e pego a pequena *clutch* da Accessorize que Audrey encontrou no fundo da minha caixa de roupas. Essa é a primeira vez que percebo que minhas mãos estão tremendo. E percebo, por mais ridículo que pareça, que, para falar a verdade, eu realmente gostaria de poder levar minha Audrey imaginária para a festa comigo.

— Agora, querida, vá e divirta-se muito! E não se preocupe nem um pouquinho comigo — conclui ela. — Vou ficar perfeitamente bem aqui sozinha.

— Você vai... ahn... ficar aqui a noite toda?

— Só mais um pouquinho. Se você não se importar.

— Mas eu não preciso, afinal, *estar* aqui para que você... Você quer ficar para brincar com a máquina de Nespresso — acrescento, com um suspiro, quando vejo os olhos felinos dela se voltando para o balcão da cozinha —, não é isso?

Audrey fica delicadamente corada.

— Bem, eu gostaria, sim, de experimentar o cappuccino espumado.

— Está bem. Que seja. — Meu cérebro não é capaz de se estender a ponto de compreender isso, então se minha Audrey imaginária diz que vai ficar feliz em passar a noite aqui com um espumador e uma caneca de leite, isso é algo que vou ter que aceitar. — Espume o que você quiser.

Parecendo satisfeita, ela se inclina para a frente em uma nuvem de L'Interdit e me dá um beijinho extremamente delicado e gentil: primeiro, em uma bochecha; depois, na outra. Em seguida, ela pega meu *trench coat* do braço do sofá, onde eu o tinha largado, e o deposita estilosamente sobre meus ombros.

— Sei que você terá uma noite maravilhosa — diz ela.

E então, de alguma forma, ela consegue me arrastar até a porta, abri-la, me dar um leve empurrão para o patamar e fechá-la.

Consigo ouvir um gritinho de satisfação "capuccinada" enquanto desço cuidadosamente os quatro lances de escadas até o térreo.

Quando abro a porta da rua, há alguém parado bem do lado de fora, com a mão no interfone. É Olly.

— Desculpe — diz ele quando me assusto e dou um pulo. — Eu ia interfonar para o apartamento da minha am… — Ele para e olha para mim de novo. — *Libby*?

— Oi, Olly, eu…

— Mas eu achei… Você está… Você não estava doente?

Merda. Eu não devia ter passado todo aquele pó de arroz, devia?

Então eu me toco. Ele está me perguntando se estou doente porque minha maquiagem está horrível. Ele está me perguntando porque eu devia estar doente, porque foi por isso que eu disse que não podia jantar com ele.

— Sim. Estou doente. Bom, eu *estava*…

— E agora você está… saindo?

— Hum, de repente eu comecei a me sentir bem melhor. E você sabe como é, quando você está se sentindo doente, às vezes tudo de que você precisa é de um pouco de ar fresco, uma volta no quarteirão…

— Você está meio arrumada demais para dar uma volta no quarteirão.

— O quê? — Tento dar uma risada. Ele não me acompanha. — Esta coisa velha?

— Um vestido de festa e saltos altos. E um colar de pérolas.

— Ah, isto aqui é um vestido de festa? — Dou uma olhada para baixo, tentando parecer surpresa, como se eu pudesse ter imaginado que eu estivesse usando calça de agasalho e um dos meus incontáveis moletons cinza. — Eu só coloquei a primeira coisa que consegui tirar das caixas…

OK, desisto. Minto mal demais. E *odeio* mentir para Olly.

— Estou saindo — confesso. — E sinto muito, eu devia ter contado a verdade. Especialmente porque sei que você não teria se importado muito mesmo.

— Quem disse que eu não teria me importado?

Ele parece irritado. Não, pior: ele parece decepcionado.

— Ora, convenhamos, Olly, nós só íamos comer um cozido mal feito no meu apartamento horroroso. Tenho certeza de que você tem um milhão de maneiras melhores de passar a noite do que desse jeito!

Ele pressiona os lábios por um instante, então diz, com um ar severo:

— Eu cancelei outros planos com uns amigos para passar a noite com você, para falar a verdade.

— Olly, você realmente não devia ter feito isso!

— Então, aonde você está indo, afinal?

— Bom, você não vai acreditar, mas estou indo a uma festa com Dillon O'Hara.

— Dillon O'Hara, do programa de TV?

— Ele mesmo!

— É *sério*?

— Sim.

— Ele chamou você para sair?

— Obrigada — respondo friamente — pelo voto de confiança.

— Só estou... *surpreso*.

A surpresa dele machuca, mais do que eu teria pensado.

— Bom, você sabe, eu disse a ele que deixaria a maior das minhas duas cabeças em casa, se fôssemos sair à noite, e que tentaria disfarçar minha corcunda ao máximo.

— Eu não quis dizer... Olha, vamos esquecer isso. — Ele dá as costas para mim. — Tenha uma boa noite, então.

— Olly...

— Ah. — Ele se vira para mim de novo, enfia a mão no bolso enorme da jaqueta e tira um saco de papel pardo dobrado, daqueles que ele usa para servir sanduíches prensados em sua van. — Canja de galinha — diz ele, entregando-a a mim. — Em uma garrafa térmica, para ficar quentinha e gostosa. E uma torta banoffi. Você pode oferecer um pedaço para Dillon O'Hara, como um lanchinho no final da noite.

— Olly... — repito.

Mas ele já começou a andar rapidamente pela rua e meus sapatos são altos e desconfortáveis demais para eu conseguir segui-lo.

7

A discussão com Olly não tinha me deixado muito no clima para uma festa.

A questão é que nós não brigamos. Acho que *nunca* brigamos, em todos os anos que nos conhecemos. Nos bicamos algumas vezes, é verdade, mas nunca tivemos uma discussão séria, que o fizesse dar as costas, ir embora e se recusar a atender o telefone. Ao menos eu suponho que é isso que ele está fazendo. Porque tentei ligar umas três ou quatro vezes desde que saí do metrô na rua Liverpool — para me desculpar por ter mentido para ele e cancelado na última hora e, para ser sincera, para ver se talvez quisesse se desculpar por sugerir que Dillon O'Hara é areia demais para o meu caminhãozinho —, mas toca até cair. E Olly *sempre* atende o celular.

Não deixei mensagem.

Apesar de eu não estar exatamente em clima de festa quando comecei meu trajeto esta noite, estou menos ainda quando chego ao meu destino: Depot, na avenida Shoreditch.

Obviamente, o fato de o local ser um *bunker* de concreto gigante e sem janelas, nada diferente daquele em que Hitler passou seus últimos dias se escondendo enquanto Berlim era estraçalhada ao redor dele, não ajuda muito. Nem o fato de a porta ter uma grade de ferro e ser vigiada por um sujeito de terno preto com cabelo militar e cara de poucos amigos, que poderia muito bem ser o irmão mais musculoso de Obelix.

Ah, merda, meu nome não vai estar na lista, vai? E o irmão de Obelix não vai acreditar que fui convidada por Dillon O'Hara, vai? Provavelmente sequer vale a pena eu tentar dizer isso a ele, com essa expressão não-mexa-comigo e essa mão enorme que mais parece um presunto segurando a maçaneta da porta, só esperando para me barrar de...

Na verdade, a mão-presunto está pressionando a maçaneta para baixo e a outra (que também parece um presunto) está acenando para eu passar...

— Tenha uma boa noite — diz ele, com uma voz surpreendentemente agradável.

Bom, talvez pareça que eu estou lá para trabalhar — como RP, cerimonialista... —, pois o irmão de Obelix, certamente, jamais acharia que sou uma das Cem Mais Gostosas da *Made Man*. E isso não é só porque estou sendo modesta, aliás. Essa é uma constatação baseada em fatos. Porque a porta do Depot mal se fechou atrás de mim e já sou surpreendida, logo de cara, por uma enorme quantidade de pele tonificada e bronzeada à mostra. São peitos e bundas por todos os lados, até onde a vista consegue alcançar, com apliques loiros suficientes para afundar um navio de guerra. Não que apliques de cabelo *pudessem* afundar um navio de guerra, afinal, mas você me entendeu.

Todo esse cabelo loiro e essa pele alaranjada me lembra de que Cass estará aqui em algum momento esta noite, se é que já não está, e a última coisa que quero é topar com ela antes de tomar uma bebida para acalmar os nervos.

Decido que é melhor eu encontrar um bar para pegar um drink e, depois, um canto isolado para sentar e beber. O que, aliás, provavelmente não será um problema, pois o Depot parece *só ter* cantos isolados.

Quem quer que tenha projetado o interior deste lugar estava, com muita sensibilidade, tentando evitar a imagem de *bunker* nazista e optou por um visual de bordel misturado com casa de ópio. A boate é toda dividida com paredes de tijolos de vidro e parcialmente iluminada com um brilho vermelho levemente inquietante, através do qual eu consigo ver sofás baixos, com estilo de harém, e, para um toque mais libertino, várias camas enormes, muitas das quais estão ocupadas por indicadas às Cem Mais Gostosas da *Made Man*, que exibem todos aqueles peitos e bundas de que eu estava falando. Há ainda mais gostosas fazendo uma espécie de brincadeira de bambolê em torno das várias barras espalhadas em intervalos variados para qualquer um que possa querer um local propício para uma dancinha erótica, e pequenos grupos de homens reunidos em torno das barras e das camas, parecendo cachorros famintos que não comem há semanas. Enfim, em meio a todas essas traquinagens exaustivamente sensuais, consigo identificar, nos fundos da boate, um bar bem comprido, então abaixo a cabeça e sigo rápida e diretamente para lá.

À medida que me aproximo, vejo que há dezenas de barmen superocupados fazendo drink após drink com — o que é bem legal — coqueteleiras que brilham no escuro. Está bastante movimentado do lado de fora do bar, em sua maior parte por homens aparentemente famintos tentando pegar drinks para as gostosas escassamente vestidas, mas, — muito gentilmente, — dois deles se afastam para me deixar passar à sua frente. Eu os agradeço educadamente antes de voltar minha atenção para o barman (absurdamente lindo) que acaba de me perguntar o que quero beber.

— Estamos fazendo martinis com frutas frescas — acrescenta ele —, se você quiser.

— Ah, sim, seria ótimo!

— Qual, então?

— Ahn... — Todos os tipos de frutas de todo o planeta sumiram subitamente da minha cabeça. — Cunquate? — solto, presumivelmente porque toda aquele pele bronzeada em exibição me deixou com isso em mente.

— Cunquate daria um martini nojento. — Ele não parece impressionado. — Enfim, não estamos fazendo de cunquate. Você pode escolher entre santol, longana e lanzone.

— Como é?

Ele suspira, verdadeiramente cansado de mim.

— Santol, longana ou lanzone.

— Desculpe, mas não faço a menor ideia do que essas palavras significam.

— Um martini de santol para ela — diz uma voz atrás de mim.

Infelizmente, não é Dillon. É um homem alto, levemente careca, com um sorriso ofuscantemente branco, um relógio de pulso igualmente ofuscante e — não consigo deixar de reparar — uma *aliança de casamento* ainda mais ofuscante, e ele está se espremendo no pequeno espaço no bar ao meu lado.

— Oi — diz ele, me dando mais um daqueles sorrisos de gato risonho. — Você vai gostar de santol — acrescenta ele. — Parece uma maçã bem azeda. Eu como sempre nas Ilhas Maurício.

— Ah. Certo. Bom, sim, vou experimentar, então — digo ao barman, decidida a fazer meu próprio pedido em vez de deixar esse cara assumir o controle e pedir para mim. — Obrigada pela dica — acrescento, educadamente, antes de vasculhar minha *clutch* em busca do meu celular para mandar uma mensagem para Dillon.

Oi, digito, *consegui vir, no fim das contas. Este lugar é insano, por sinal.*

— Sou Dave. — Meu novo e indesejado amigo se aproxima, apoiando um cotovelo no bar. — E você é...?

— Libby — respondo e continuo a escrever para Dillon. *Tá por aí?* Isso, assim está ótimo. Curto, prático, descolado e confiante. Toco em *Enviar*.

— Libby. Que nome lindo! É apelido de alguma coisa?

— Liberty — respondo, só para ser educada.

— Liberty. Que nome lindo! — Como, dessa vez, ele não pode perguntar se é apelido, ele esquece o assunto dos nomes, lindos ou não, e se aproxima para chamar a atenção do lindo barman (que está, neste momento, medindo vodca com algum tipo de suco verde claro em copinhos de shot com a precisão e a concentração de um químico vencedor de Prêmio Nobel). — Vou tomar um desses também. E vou pagar pelos dois.

— Ah, obrigada — digo rapidamente —, mas, na verdade, vou pagar pelo meu drink.

Espere aí. Acaba de me ocorrer que não assinei a mensagem para Dillon. E, a não ser que ele tenha salvado o meu número com o meu nome, talvez ele não perceba que sou eu.

Começo uma segunda mensagem: *Aqui é a Libby, aliás. Caso não tenha ficado claro na primeira mensagem! Bjos*

Toco em *Enviar*. E me arrependo imediatamente, porque aquilo não foi nem descolado nem confiante. E por que é que eu fui mandar *beijos* no final, pelo amor de Deus?

— Então, Liberty... Se é que eu posso te chamar assim... — É Dave novamente, exibindo seus dentes impossivelmente brancos. — Qual número é você?

— Como?

— As Cem Mais Gostosas da *Made Man*, é claro. — Ele ri arrogantemente, como se eu fosse retardada. — Eu colocaria você... — Ele olha para mim, me avaliando dos pés à cabeça. — ... pouco depois da 80ª posição.

Não sei bem o que responder a esse… elogio? Insulto? Mas, por sorte, não preciso dizer nada, pois sou distraída por alguém gritando meu nome repentinamente a uma pequena distância do bar.

— *Libby*?

É uma voz de mulher, e parece tão brava que, por um instante, concluo que só pode ser Cass, voando na minha direção furiosa por eu estar de penetra em sua grande noite. Mas não é ela, e percebo, quando consigo contornar a cabeça brilhante de Dave, que meu nome não está sendo gritado *para* mim, mas *sobre* mim.

É Rhea Haverstock-Harley, que deve ter acabado de chegar ao bar, a uns cinco ou seis homens-cachorros de distância. E ela está gritando na direção de um celular. O celular de Dillon, só posso concluir, porque — se eu esticar o pescoço para olhar além da cabeça brilhante de Dave, em meio à multidão de homens-cachorro — consigo enxergar Dillon ao lado dela.

— Quem é *Libby*, porra? E *por que* ela está te mandando mensagem? Com *beijos*, ainda por cima!

Eu sabia que ia me arrepender daqueles "beijos". Eu sabia.

— E então? — pergunta Dave. — Que número você é? Oitenta e um? Oitenta e dois?

— O quê? Ah, não, não sou nada.

— Você convidou *outra mulher* para vir aqui hoje? — Posso ouvir Rhea berrando em um tom ainda mais alto — um tom que sugere que ela tem tanta certeza de que todos ao seu redor estão tão interessados nos detalhes de sua vida pessoal que não há necessidade de discrição. O que, para ser honesta, pela expressão nos rostos dos homens-cachorros, provavelmente é verdade. — Sendo que você sabia que *eu* estaria aqui?

— Jesus, Rhea. — É Dillon. Não consigo vê-lo direito — *maldito* Dave e sua grande cabeça brilhante — e preciso me esforçar para conseguir ouvir, porque ele, ao contrário da Rhea, não está erguendo a voz. (Ah, e também porque o barman finalmente terminou seu experimento químico digno de Prêmio Nobel e começou a sacudir meu martini na coqueteleira que brilha no escuro com o que parece ser um iglu inteiro de gelo.) — Você disse que não vinha. E, de qualquer forma, não tenho certeza do que você quer. Quero dizer, foi você que terminou comigo hoje de manhã. Por mensagem, o que foi *muito* bacana. Ou você não lembra?

— Ei! Liberty! — É Dave de novo, estalando os dedos na minha frente. — Você ouviu o que acabei de perguntar?

— O quê? Não, eu, na verdade, só...

— Eu perguntei se você estava na lista do ano passado.

— Na... Desculpa, na *o que* do ano passado? — pergunto, torcendo para que meu tom exasperado o fizesse perceber que não estou interessada nessa conversa, que estou ocupada demais prestando atenção, — como praticamente todo mundo no bar agora, — na discussão acalorada que está se desenrolando atrás dele.

— Da *Made Man*! Você não era a número 94? E você ganhou um pouco de peso desde então? Digo, não me leve a mal, você ficou bem assim, mas só estou perguntando...

— Ah, bom, me perdoe por ter sido eu quem terminou — Rhea está dizendo agora. — Digo, que Deus me perdoe por querer equilibrar as coisas depois de *você* terminar *comigo* nas últimas 87 milhões de vezes!

— Você está dizendo que terminou comigo por retaliação? — Dillon de novo, um pouquinho mais alto dessa vez. — Ah, que bom para você, Rhea. Quanta maturidade!

— Ah, então agora *você* vai *me* dar uma lição sobre *maturidade*, é isso? — grita Rhea.

— Então, você está na TV? — Dave — maldito! — está chegando ainda mais perto. Ele está me bloqueando de tal jeito que não consigo mais avistar a Rhea, apesar de ela ser bem mais alta que a maioria dos homens-cachorros. — Aliás, eu não vi você na última temporada de *MasterChef Celebridades*?

— Não. Olha, não estou na TV...

— Quer saber? Vá se foder, Dillon! — Esta é a Rhea de novo, jogando o cabelo para o lado e dando as costas para o bar, na direção da pista de dança. — Vou dançar.

Agora que eu posso vê-la direito, me sinto, é claro, completamente inadequada. Ela está usando um minivestido tomara que caia escarlate que envolve cada curva de seu corpo moldado pela ioga (presumivelmente por Willi também, graças a todos os exercícios físicos que ela estava praticando com ele mais cedo) e o cabelo dela parece ter saído diretamente de um comercial da L'Oréal. Não surpreendentemente, os olhos de cada um dos homens-cachorros estão fixos nela enquanto ela se dirige à pista de dança, para bem no meio e começa a dançar. Isto é, se é que se pode descrever o que ela está fazendo como *dança,* pois o que ela está fazendo, na verdade, é... Bom, não sei exatamente do que chamar.

Ela está parada no lugar, como se seus Louboutins tivessem sido colados com Super Bonder no chão, girando os quadris e jogando os cabelos abundantes. Tudo isso faz com que pareça que ela está, em vez de dançando, fazendo sexo com o Homem Invisível, em pé, enquanto seca os cabelos ao mesmo tempo, com um secador também invisível, e está começando a ficar desesperada para ir ao banheiro.

Quero dizer, não sou nenhuma Ginger Rogers, mas ao menos tenho a decência de perceber isso e ficar parada na beirada da pista de dança, balançando de um lado para o outro, e torcendo para que ninguém esteja reparando.

Não consigo ver o rosto de Dillon por causa de Dave e sua *maldita* cabeça, mas posso ver que ele está olhando para a pista de dança. Será que ele está indignado? Com vergonha? Excitado?

Será que ele está prestes a ir até lá, em passos largos, e se juntar a ela, para que os dois possam fazer as pazes em público depois da discussão também pública? E depois passar o resto da noite fazendo aquela dança esquisita de quem está apertado para ir ao banheiro, juntos, enquanto eu fico presa aqui com Dave e um martini de uma fruta com nome bizarro, que estou começando a achar que é tão mítico quanto o queijo de cabra misterioso, visto que *ainda* não se materializou de dentro da coqueteleira que brilha no escuro?

— Então, você *quer* fazer TV? — Dave está perguntando. — Porque sou agenciador de talentos e preciso dizer que pode ser que haja algo para você em reality shows. Você tem uma aparência ótima! Digo, não estou falando necessariamente de algo tão grandioso quanto *Geordie Shore* ou *Made in Chelsea*, mas ouvi dizer que eles estão procurando pessoas para a próxima temporada de *Mary Berry's Cupcake-Off*. Você deveria realmente ir ao meu escritório, um dia desses, para podermos conversar mais sobre isso. Ou, melhor ainda, porque nós dois não saímos daqui por um tempo e encontramos um lugar mais privativo? Você sabe, para uma... conversa.

Certo, isso está começando a mudar de Nada Bem-Vindo para Positivamente Nojento. E não tenho certeza quanto ao que fazer, porque estou meio que presa neste canto no qual ele me encurralou e não vejo nenhuma saída sem ter que fazer uma cena. Uma cena que talvez fosse capturar a atenção de Dillon, que talvez capturasse a atenção da *Rhea*... Mas, felizmente, é uma decisão que não tenho que tomar, pois os homens-cachorros do bar estão começando a dispersar (provavelmente desistindo de um dia conseguir pegar um drink neste lugar maldito) e, pela primeira vez, não há mais ninguém parado entre mim e Dillon.

Dillon se inclina para o lado para chamar a atenção do barman para pedir uma bebida (se ele tiver sorte), e nossos olhos se encontram.

— Oi — faço para ele com a boca, dando um aceno breve e que espero que não pareça muito desesperado.

— Para quem você está acenando? — Dave se vira e não parece muito contente por ter visto que eu estava cumprimentando outro homem. — Isso não foi muito legal — diz ele. — Sou eu quem está pagando um drink para você.

Ignoro isso e tento dar a volta nele, mas ele bloqueia minha passagem.

— Não seja uma vadia de merda — diz ele em voz alta.

E então Dillon dá três passos na nossa direção e dá um tapinha no ombro dele.

— Quer repetir isso? — pergunta ele a Dave, em um tom de voz perigosamente gentil. — Ou você quis dizer outra coisa?

— Ahn?

— Quando você chamou minha amiga de vadia de merda agorinha mesmo — explica Dillon. — É só que me parece algo particularmente desagradável de se dizer a uma moça. E é por isso que eu sugiro que a próxima coisa que saia da sua boca seja um pedido de desculpas educado.

Há um momento de silêncio enquanto Dave simplesmente fica encarando Dillon.

— Bem! — falo animadamente. — Vamos apenas...

Dillon não tira os olhos de Dave.

— Não vou a lugar algum até ouvir aquele pedido de desculpas educado.

— Quem você pensa que é, porra? — Dave dá um passo na direção de Dillon e pressiona um dedo em seu peito. — Você é Dillon O'Hara, certo?

— Não vejo o que isso tem a ver com o assunto em questão — responde Dillon com outro daqueles sorrisos perigosamente gentis.

— Você sabe para quem eu trabalho? — Dave o cutuca novamente no peito. — Para a porra da *Donaldson and Peake*.

Merda.

A Donaldson and Peake é uma das maiores agências do mercado. E, graças ao seu tamanho, não apenas agencia "celebridades" de reality shows, mas também músicos e atores de verdade. Eles são incrivelmente bem relacionados, têm escritórios enormes em Nova York e Los Angeles e não é uma boa ideia irritar qualquer pessoa que trabalhe para eles. Nem mesmo Dave.

— E o que você faz aqui? — pergunta Dillon. — Limpa as janelas? Rega as plantas do saguão da frente? Ou será que eles trouxeram você para administrar o novíssimo departamento de pessoas nojentas?

— Dillon, pelo amor de Deus…

Saio do local onde ainda estou encurralada na parede, agarro a manga da camisa de Dillon e tento puxá-lo na direção oposta à de Dave, mas ele não se mexe.

— Você é um cara engraçado — diz Dave a ele. — Mas sabe o que eu acho que seria *realmente* engraçado? Contar ao nosso escritório em LA *tudo* sobre você e seus distúrbios de personalidade. Isso seria engraçado, não seria? Descobrir que a sua reputação o perseguiu, na próxima vez que você aparecer para uma audição lá?

— Certo, certo — digo, esperando que, mesmo que eu não consiga arrastar Dillon dali, eu consiga acalmar os ânimos um pouquinho. Porque se as coisas ficarem ainda mais acaloradas aqui, há uma boa chance de que a Rhea pare de se exibir e comece a prestar atenção em nós. — Dillon não quis dizer nada daquilo. Ele só está… Ele está bêbado. — Essa, ao menos, é uma explicação convincente. — Não está, Dillon?

— Nem um pouquinho.

Dou uma encarada nele.

— Está, sim. Você não sabe o que está dizendo…

Mas, de repente, eu paro de me importar com uma possível briga entre Dave e Dillon. Porque ninguém menos que minha irmã está vindo na minha direção.

Tenho um instante breve para reparar que — sim, conforme avisado — o vestido dela tem, de fato, um decote perigosamente profundo e que ela fez alguma coisa (só Deus sabe o quê) com aquele pendente lindo, de modo que o cabochão granada está brincando de se esconder entre os seios dela. Mas o serviço que ela fez na minha obra de arte por conta própria é a menor das minhas preocupações. Porque ela está com uma expressão selvagem, e não apenas por causa dos apliques capilares abundantes.

— Cass, oi — começo, dando um passo na direção dela. — Olha, eu sei que você vai ficar irritada por eu não avisar que vinha hoje, mas eu não tive a...

— Não estou nem aí por você estar *aqui*. Quero é saber por que você está *tomando um drink com o meu namorado*!

Por um momento bizarro, acho que ela está falando de Dillon. Então, cai a ficha.

— Está falando de *Dave*?

— Sim, estou falando de Dave!

— Oi, gata — diz Dave, parecendo, precisamos destacar, mais do que um pouquinho constrangido. — Eu achava que você estava fazendo um social com os editores de projeto...

— Sim, e eu teria vindo diretamente para cá para fazer minha irmã *traidora* parar de dar em cima de você logo que a vi, cinco minutos atrás, se eles não tivessem começado a falar sobre uma possível divulgação de biquíni.

— Cass, eu não estava dando em cima dele, faça-me o favor...

Mas minha explicação é encerrada rapidamente por Cass, que se debruça por cima do bar, pega a coqueteleira que o barman *ainda* está chacoalhando, arranca a tampa e joga todo o conteúdo na minha cara. Isso mesmo: na *minha* cara.

É gelado pra caramba e ainda há vários pedaços grandes de gelo dentro e isso *machuca*.

Pior que a dor, contudo, é o fato de que todo mundo em um raio de dez metros — inclusive Rhea, ainda fazendo sua "performance" bizarra na pista de dança — está olhando para mim, enquanto vodca, suco de santol e, só posso concluir, boa parte de todas as camadas de rímel e lápis para sobrancelha que passei escorrem lentamente pelo meu rosto, do meu cabelo encharcado até o meu queixo.

Mas aí Dillon está pegando minha mão. E ele está me levando para o outro lado do bar, passando pelo barman ainda chocado, na direção de uma porta de saída, presumivelmente usada pelos funcionários, parcialmente escondida em meio a todas as garrafas de bebidas alinhadas.

Só que aquela saída não deve ser usada só por funcionários, pois há um monte de táxis pretos estacionados do lado de fora. Deve ser uma saída secreta da qual só as celebridades sabem, para quando elas estão tentando sair à francesa.

Dillon me leva até o primeiro carro, abre a porta e me enfia lá dentro antes de entrar.

— Vamos dar o fora daqui — diz ele, — para mim ou para o taxista, — antes de o carro arrancar suavemente.

8

A primeira coisa que Dillon faz quando o táxi sai da rua lateral e entra na avenida principal é se inclinar para a frente a fim de falar pela divisória de vidro.

— Você pode seguir na direção de Angel, por favor, parceiro?

Angel? Espere aí: ele *mora* em Angel. Isso significa que ele está me levando para o apartamento dele?

— Tem um pub pequenininho ótimo perto do meu apartamento — explica ele, voltando a se recostar no banco ao meu lado. — Podemos tomar uns drinks lá. Sem pedaços enormes de gelo dentro. E confinados em um copo, não espalhados em todo o seu rosto.

Ah. Um pub. Bom, isso ainda é muito legal, obviamente. E é absurdo que eu me sinta, mesmo que só um pouquinho, decepcionada.

Sem contar o fato de que seria um desfecho perfeito *demais*. Quer dizer, não basta ele ter me resgatado, como um cavaleiro em um cavalo branco, da morte certa nas mãos da Rhea Haverstock-Harley? Ou de mais mísseis de gelo sendo arremessados em mim por Cass? Ou pelo terrível — e *casado, além* de *namorado da minha irmã* — Dave? E também não basta que, — do nada, — uma das mãos dele esteja segurando o meu rosto e me virando para olhar para ele...?

— Isso vai doer — diz ele.

— Como?

— Todo aquele gelo, bem no seu olho. — Ele está analisando meu olho esquerdo (e não, é claro, prestes a me beijar nem nada assim), antes de passar a ponta do indicador em volta dele. — Dói?

— Sim, um pouco.

O que é verdade. *Não* estou, categoricamente, dizendo isso só para que ele continue passando o dedo macio pela minha pele. Apesar de eu achar que poderia ser perdoada, se esse fosse o caso.

Perto desse jeito, por sinal, ele tem um cheiro de algum tipo de sabonete líquido cítrico (com mais do que uma pequena pitada de uísque turfoso ao fundo) e seus olhos estão mais escuros e mais intensos do que nunca.

— Ela é que é uma vadia de merda — diz ele após um instante. — Sua irmã.

— Não fale assim. Ela é minha irmã.

— Sim, e acabou de jogar um drink na sua cara. Depois de o namorado dela te agredir.

— Ele não me agrediu.

— Só porque eu estava lá para me intrometer e proteger você.

— Sim, você fez um belo trabalho mesmo — digo a ele. — Você quase apanhou, eu levei um drink na cara e sua agente vai receber uma ligação de alguém da Donaldson and Peake amanhã de manhã dizendo que ninguém em LA vai lhe dar um papel lá até o dia do apocalipse.

Dillon bufa.

— Isso nunca vai acontecer! Aquele cara é peixe pequeno. E, para seu governo, eu não quase apanhei. Eu podia ter acabado com ele. Agora, tire esse casaco úmido e coloque isto.

Ele tira o *trench coat* molhado dos meus ombros, depois tira a própria jaqueta e a coloca em mim.

— Por causa do susto — diz ele.

— Não estou assustada.

— Por causa do frio, então.

— Não estou com frio.

— Pelo amor de Deus, Menina do Fogo, será que você pode me deixar ser um cavalheiro uma vez na vida? Deus sabe que é uma ocorrência rara.

E, para ser sincera, não tenho muita certeza do que estou fazendo, tentando *impedi-lo* de colocar a jaqueta em mim. Não quando ainda está quente do corpo dele e tão inebriantemente aromatizada com o perfume cítrico (e o uísque) de todas aquelas horas na pele dele.

— Afinal — continua ele —, você saiu parecendo uma verdadeira dama hoje, então acho que ao menos posso *tentar* ser um cavalheiro.

Faço uma nota mental: se um dia eu alucinar de novo, tenho que agradecer a Audrey pela transformação. Pelo conselho quanto ao vestido e às joias. Mesmo que ela tenha passado um pouco do ponto com a maquiagem dos olhos. (Mas eu também contaria a ela que Dillon disse que eu estava uma verdadeira dama *apesar* de eu estar usando os sapatos inadequados, o que desbanca o salto gatinho e as sapatilhas elegantes dela. Mesmo que eu não consiga sentir nada, neste momento, abaixo dos tornozelos.)

— Na real, quer saber? Não quero levar você ao pub.

Não sei ao certo como isso aconteceu... Mas ele já está me dispensando?

— Olhe para você, nesse vestido lindo, com essas belas pérolas. Não, você está bem-vestida e elegante demais para meu boteco mixuruca. — Ele se inclina novamente para a frente e diz para o motorista: — Pequena mudança de planos, parceiro. Você pode nos deixar na rua Owen? Virando logo depois da estação de metrô Angel?

— Você iria comigo para o meu apartamento? Aí podemos beber alguma coisa lá... — pergunta Dillon.

Pisco para ele.

— Prometo — acrescenta — não bancar o engraçadinho!

Como é que eu posso indicar (sem parecer o verdadeiro oposto da dama que ele, enganosamente, acha que sou) que eu ficaria extremamente feliz se ele *bancasse* o engraçadinho? Quanto mais engraçadinho, melhor, na verdade.

— Isso seria... ótimo — respondo, com aquele tom empertigado que talvez se use quando você aceita um convite para uma festa da igreja.

— Ótimo! Está decidido, então.

Ficamos em silêncio por uns instantes, enquanto o táxi continua seguindo pelas ruas ainda movimentadas.

Dillon está olhando pela janela. Não sei o que ele está pensando. Eu estou olhando pela outra janela. E é isto que estou pensando: *caceteeeeeeeeee.*

Digo, isso tudo é, de fato, uma ideia muito, muito ruim, não é?

Eu adoraria ter um momento de alucinação de Audrey Hepburn silencioso agora, para ser totalmente franca, porque não seria nada mal ter alguém — mesmo que alguém irreal — para colocar algum juízo na minha cabeça. Porque Dillon está, obviamente, se recuperando. Ele acabou de ter uma discussão (bem) em público com sua muito recente ex-namorada e está visivelmente mais do que um pouquinho bêbado. Quanto a mim, não faço sexo há tanto tempo que pode ser, para falar a verdade, que eu tenha esquecido completamente como se faz.

Mas talvez eu esteja sendo ridícula. Porque, convenhamos, Dillon deixou bem claro que não vai rolar nada de mais. E eu certamente não tenho ilusão de que, — apesar dos elogios deliciosos dele esta noite, — ele vai descobrir que não consegue tirar as mãos de mim assim que passarmos pela porta do apartamento dele. Apesar de que isso, obviamente, seria muito bom. E acho que eu provavelmente me *lembraria* de como se faz assim que Dillon... Você sabe... Refrescasse minha memória.

— Você pode parar aqui, parceiro — Dillon diz ao motorista antes de o táxi parar rente ao meio-fio. — E pode ficar com o troco — diz ele, enfiando uma nota de vinte libras pela pequena abertura na divisória, apesar de a corrida ter custado apenas 8,50.

Acho que estou começando a entender por que a agente dele está tão desesperada para que ele consiga algum trabalho na TV de Los Angeles. Depois disso e da gorjeta generosa que ele deixou para a garçonete brasileira mais cedo, ele quase gastou mais em gratificações hoje do que o aluguel de uma semana inteira que pago a Bogdan Sênior.

— Venha — chama ele, segurando a porta do táxi aberta para eu sair.

Ele coloca a mão na minha lombar enquanto atravessamos a rua na direção de um galpão reformado enorme do outro lado, o que me dá um arrepio na espinha. Mas esse se parece menos com um *bunker* nazista e mais com um... abrigo de Charles Dickens.

— Costumavam fazer geleia aqui. Lá em... — Ele faz um movimento vago com a mão — épocas passadas. Período vitoriano, talvez. Eu acho que era geleia, de qualquer forma. Pode ser que fosse cereal matinal.

— Não acho que os vitorianos comiam cereal matinal.

— Então você já sabe bem mais sobre eles do que eu e, portanto, passarei a considerá-la minha consultora especialista em todas as questões pertinentes à alimentação vitoriana. Pode esperar uma ligação, minha caríssima Menina do Fogo, se eu um dia acabar participando do *Jogo do Milhão para Celebridades* quando só houver uma pergunta sobre geleias vitorianas entre mim e um milhão de libras para uma entidade beneficente de minha escolha.

Eu rio, o que o faz sorrir, e daí, do nada, a mão dele está deslizando pela minha cintura e descendo pela parte externa da minha coxa esquerda... Ó Deus, é isso... Está acontecendo... Eu achava que ele seria um *pouquinho* menos, bom, estabanado é a palavra que me vem à cabeça, mas é maravilhoso mesmo assim, obviamente...

— Só estou procurando minhas chaves — diz ele. — Coloquei no bolso interno da jaqueta.

As chaves. É claro. Não sei por que pensei outra coisa.

— Achei. — Dillon tira a mão do bolso interno e sacode o molho de chaves para mim. — Vamos subir — acrescenta ele, usando uma das chaves para abrir as grandes portas duplas da fachada da antiga fábrica de geleias e me empurrando para dentro — e podemos providenciar aquele drink que eu prometi.

Primeiro, passamos por um saguão enorme e arejado, rodeado de tijolos e vigas de ferro fundido à vista. Depois, entramos em um elevador panorâmico, que subiu graciosamente, passando por mais alguns andares de tijolos e vigas de ferro fundido expostos; e agora chegamos ao último andar do prédio e as portas do elevador estão se abrindo diretamente na cobertura que eu concluo ser a casa de Dillon.

— E então? — pergunta ele antes de eu sequer sair do elevador. — O que acha?

Acho bastante espetacular, é isso que acho. É absolutamente enorme, para começar: uma sala gigantesca que deve ter as dimensões de toda a planta da fábrica de geleias e com pelo menos seis metros de pé direito entre o chão de madeira e as vigas inclinadas.

Há uma sala de estar completa, com sofás de couro e um suporte que deve ser da maior TV do mundo na parede; uma salinha de jogos de menino no meio (com mesa de sinuca, Xbox, mesa de pingue-pongue); uma cozinha lustrosa e aberta que se estende por quase todo o comprimento da parede, com balcões de granito de alto brilho e — oooh, lindo demais — um daqueles refrigeradores estilo anos 1950 de um vermelho vivo de chamar a atenção; e aí *beeeeeem* no fim tem uma escada de ferro fundido, em espiral, que leva a um grande mezanino no qual (sinto um arrepio na espinha quando vejo isso) só há uma cama colossal desarrumada.

— Você acha que tem muita cara de homem solteiro — diz Dillon —, não acha?

— Não, não, nem um pouco... Apesar de que, obviamente, se você estava tentando evitar essa impressão, talvez fosse prudente optar por uma mesa de sinuca *ou* uma de pingue-pongue, em vez das duas.

— Isso é só porque, desde que eu tinha sete anos, tudo que eu queria era uma mesa de sinuca *e* uma de tênis de mesa.

— Bom, então eu estava certa. Você está vivendo a vida dos sonhos.

Ele sorri para mim.

— Eu sabia que você entenderia. Quer dizer, pode até ser que você esteja toda linda e sofisticada hoje, mas, debaixo de tudo isso, você é, no fundo do coração, só uma criança de sete anos também. É uma das coisas que eu gosto em você.

Pode ser que eu tenha ouvido mal. Mas ele acabou de dizer que estou linda?

Se ignorarmos a segunda parte — aquela levemente preocupante sobre ele gostar de crianças de sete anos —, essa é a coisa mais incrível que alguém já me disse.

— Certo, desculpe, isso soou estranho — acrescenta ele apressadamente. — Não quis dizer que gosto de criancinhas. Tudo que eu quis dizer é que você é meio... inocente. Não afetada por frescuras. *Esse* tipo de infantilidade. Não quis dizer que você fica sentada o dia todo brincando de Lego e conversando com sua amiga imaginária.

Solto uma risada nervosa repentina.

— Amiga imaginária? É claro que não! O que faz você pensar que eu tenho uma?

— Libby, eu *não* acho que você tem uma. É isso que estou dizendo.

— Sim, exatamente! Porque amigos imaginários não existem. Qualquer pessoa que *pense* que tem um... Mesmo que *soubesse* que é imaginário... Bem, seria completamente louca, né? Ou estaria sofrendo de estresse pós-traumático. Ou talvez de um estágio inicial de... de algum tipo de distúrbio neurológico desagradável...

— Certo, nós precisamos *mesmo* pegar aquela bebida para você — diz Dillon, pegando minha mão e me arrastando na direção da cozinha. — E estou achando que precisamos colocar alguma coisa nesse seu olho.

— Tipo um tapa-olho, você diz?

— Sim, Libby, um tapa-olho. E um chapéu com uma caveira e um papagaio no seu ombro para completar. É claro que não estou falando de um tapa-olho! Eu quis dizer... Sei lá... Gelo ou algo assim.

— Mas eu acabei de ser lesionada *por* gelo.

— Eu sei, mas... Espere. — Ele está abrindo a geladeira vermelha com uma mão e usando a outra para pegar um telefone que está no balcão de granito preto. Em seguida, tira uma garrafa geladíssima de vodca do freezer — selecionando apenas uma, não consigo deixar de reparar, das quatro ou cinco que ele tem ali — e gesticulando para que eu a segure enquanto ele usa o polegar para ligar para um número. — Você se importa em ir servindo enquanto eu só... Mãe! — diz ele de repente, ao telefone.

Ele está ligando para a *mãe*?

Não me entenda mal, é legal o fato de ele ser próximo da mãe. Mas acho que é seguro dizer que ele estava sendo sincero quando disse que não bancaria o engraçadinho. A não ser que uma ligação para a mãe seja algo habitual nas preliminares dele. E não tenho certeza se nem mesmo Dillon é maravilhoso o suficiente para se safar dessa.

— Sei que é tarde, mãe... Sim, me desculpe... Sim, eu sei que é o único horário que você tem para assistir à gravação de *Great British Bake-Off*... *Copinhos no armário do lado direito da geladeira* — ele faz, para mim, com a boca, sem parecer nem um pouquinho constrangido por ter levado uma menina para seu apartamento com a maior cara de homem solteiro pegador e ter sentido a necessidade súbita de ligar para a mamãe. Na verdade, ele parece ainda mais satisfeito consigo mesmo do que de costume. — Bom, que tipo de cobertura ela *pôs* no bolo de cenoura, então? Sim, também acho que parece um pouco presunçoso demais, mãe...

Por mais charmoso que tudo isso seja, não sei ao certo o que devo fazer enquanto ele bate um papo com a mãe sobre o *Great British Bake-Off*. Porque apesar de ele ter me dito para servir para nós dois, não existe mais aquele clima para ficarmos sentados bebericando vodca. Parece mais que eu deveria estar colocando a chaleira no fogo para fazer chá e sugerindo uma rodada de torrada quente com manteiga.

Apesar de talvez haver uma vantagem nessa prosa de Dillon sobre bolos de cenoura (acredite em mim, só existe uma): acho que isso me dá um momento para dar uma escapadinha ao banheiro ou algo assim, para ver se consigo agilizar um encontrinho rápido com Audrey aqui, como faço em meu apartamento.

Quero dizer, obviamente, uma pessoa normal, sem lendas hollywoodianas passeando em seu subconsciente, estaria mandando mensagens para os melhores amigos para pedir conselhos agora. Mas Nora está ocupada demais cuidando dos doentes e feridos em Glasgow, e Olly está me dando um gelo — o que é perfeitamente justificável — e, obviamente, eu por acaso *tenho* uma lenda de Hollywood passeando pelo meu subconsciente.

— *Banheiro*? — pergunto sem emitir nenhum som, para Dillon, fazendo meio que uma mímica com o indicador para mostrar que precisava de direções, e ele responde com um dedo apontado na direção dos fundos do apartamento, atrás da escada em espiral.

— Ah, ela fez um piercing no nariz, é? Bom, não, mãe, eu não acho que isso possa *causar* um problema de higiene. A não ser que ela esteja batendo a massa do bolo com o nariz...

Chego ao banheiro — que é, apesar de, obviamente, apenas um lavabo para visitas, com uma privada e uma pia, não muito menor que o meu apartamento — e fecho a porta. Então, como não quero ficar tempo demais ali, por motivos óbvios (se você quer arranjar algo para acabar com clima que seja ainda pior do que uma conversa com sua mãe sobre o *Great British Bake-Off*, acho que ir ao banheiro e não sair de lá depois de dez minutos seria uma boa aposta), eu me sento no vaso tampado, fecho os olhos e... Bom, o quê?

Não faço ideia do que foi que eu fiz para que as alucinações de Audrey se materializassem antes. Ela meio que simplesmente surgiu, bem quando eu não estava esperando.

Mantenho os olhos fechados e sussurro:

— Audrey?

Mas nada acontece. A não ser uma sensação de que eu sou ainda mais idiota do que eu me sentia um minuto atrás, é claro. Mesmo assim, isso não me impede de tentar de novo.

— *Audrey* — sibilo, só para o caso de eu precisar ser mais intensa para fazer dar certo. — Olha, eu realmente preciso conversar. Estou no apartamento de Dillon e ele está mandando vários sinais controversos e eu realmente não sei se ele vai me beijar ou sugerir que a gente faça um pão de ló.

Hesitantemente, abro os olhos. Mas tudo que vejo é a pia, muito bem servida com um sabonete líquido chique e hidratante, e meu próprio reflexo no espelho.

— Estou falando sério — continuo, me aproximando do espelho para ajeitar a maquiagem dos olhos enquanto tento, ao mesmo tempo, persuadir meu cérebro a produzir mais uma miragem clara de Audrey Hepburn sob encomenda, por favor. (Apesar de, na verdade, as camadas grossas de sombra, delineador e lápis para sobrancelha terem permanecido memoravelmente intactas, dada a agressão líquida de Cass que elas sofreram no Depot, então obviamente ter saído como se eu tivesse assaltado a fábrica de uma empresa de cosméticos foi, afinal, uma boa ideia.) — Eu nunca esperava que ele fosse me chamar para vir ao apartamento dele e agora está ficando tudo esquisito e eu não sei o que estou fazendo aqui.

Há uma linha, noto repentinamente, de um pó branco bem fino, espalhada pela superfície de mármore da penteadeira abaixo do espelho. Por um instante, penso que é aquela coisa cristalina que você mistura quando usa descolorante de pelos. Mas, muito rapidamente — porque não sou uma idiota completa —, percebo que não tem nada a ver com isso.

Bom, este é o banheiro de visitas, certo? Tenho certeza de que Dillon já deu algumas festas animadas aqui, algumas bem recentemente. O pó branco não precisa necessariamente ser algo que *ele* está enfiando no nariz, certo?

Limpo a garganta e continuo, apressadamente, a conversar com Audrey. Sem mencionar uma palavra sobre o pó branco, porque não acho que Audrey aprovaria, em primeiro lugar, e também porque prefiro simplesmente esquecer isso.

— Você acha que ele só quer conversar? Acha que talvez ele se sinta sozinho?

Mas a Audrey imaginária não tem nada a dizer sobre o assunto. Ao menos nada importante o suficiente a ponto de fazê-la aparecer e me falar.

— Bom, valeu mesmo, pra caralho — sussurro, ressentida, já indo na direção da porta, porque eu já estou aqui dentro há um pouquinho mais de tempo do que eu consideraria um tempo médio para fazer xixi. (Não quero que Dillon pense que *eu* sou do tipo de convidado que some no banheiro e enfia pozinhos brancos suspeitos nas narinas. Só para o caso de, você sabe, ele sugerir se juntar a mim ou algo assim.) — Você está sempre tão disposta quando estou querendo passar uma noite tranquila no sofá, mas, quando eu realmente preciso de uns conselhos sérios, você não dá o ar da sua graça! E, aliás — acrescento, abrindo a porta —, fiquei perfeitamente confortável com esses sapatos *a noite toda. E* não quebrei o tornozelo, então chupa essa na sua piteira!

Pode ser que eu tenha me gabado disso cedo demais, contudo, porque tropeço na saída do banheiro, viro o tornozelo para o lado e sinto um *click* agudo e doloroso que, felizmente, não se transforma em um *crack*.

— Você tem certeza disso, mãe? — Dillon está dizendo ao telefone enquanto manco, de leve, de volta na direção dele. — É só que não entendo como eles podem ter um episódio *inteiro* dedicado a barrinhas de cereal na semana que vem… Certo, bom, olha, mãe, eu liguei, na verdade, para fazer uma pergunta rápida. Eu só queria perguntar qual o melhor tratamento para alguém que foi atingido no olho por pedaços voadores de gelo.

Ahhhh. Entendi. Ele ligou para a mãe para pedir *conselhos sobre o meu olho.* Isso, na verdade, é ridiculamente fofo. E me faz querê-lo, neste exato momento, mais do que nunca.

— De uma coqueteleira — diz ele ao telefone. — Não, mãe, não fui eu… Sim, eu sei que prometi não me envolver mais em brigas… É uma menina… Não, mãe, não se preocupe, não é ela… Eu sei… Eu sei… Sim, eu sei… Eu não prometi isso, na verdade… O nome dela é Libby… Não, nem um pouco…

Nem um pouco o quê? Não sou nem um pouco *o quê*? Algo *bom* (nem um pouco gorda e feia?) ou algo muito, muito *ruim* (nem um pouco atraente)?

— Certo… Certo… Mesmo que ela tenha sido atingida por gelo antes? Está bem… Conversamos de manhã, mãe. Amo você. Sim — diz ele, aproximando-se da geladeira de novo. — Eu estava certo desde o começo. Ela disse que você precisa pôr gelo.

— Ah. Certo.

— E é bom dar ouvidos a ela — acrescenta ele, pressionando o botão na porta da geladeira, colocando a mão debaixo do *dispenser* de gelo e pegando um punhado. — Visto que ela criou com sucesso eu e todos os meus dezenove irmãos durante toda a adolescência sem nenhum dano visível ou duradouro em nenhum de nossos órgãos principais.

— Achei que fossem onze irmãos.

— Ah, não, posso te garantir que eram dezenove. Pode ser que eu tenha me esquecido de mencionar o Brendan, o Lorcan e o Cormac…

Ele coloca o punhado de gelo em um pano de prato que está ali perto, embrulha apertado e, então, leva até a lateral do meu rosto. Ele mantém a mão ali. Nenhum de nós diz nada por um momento. Meu coração está aos pulos. Não só isso, parece ter escalado para cima, até minha garganta, e está fazendo um trabalho e tanto atrapalhando minha respiração.

— Adoro as suas sobrancelhas — diz Dillon subitamente.

— Como?

— Suas sobrancelhas. — Ele limpa a garganta, o que faz eu me perguntar se ele também está com dificuldades para respirar. — Eu realmente gosto delas. São diferentes das de todas as outras pessoas.

— Obrigada. Faz um tempo que não tiro.

Meu Senhor, por quê? Por que, por que, *por que* eu maculei esse momento com a imagem de mim mesma inteiramente coberta por uma sobrancelha peluda, como o Capitão Caverna depois de um tempo incomumente longo entre as visitas ao salão de beleza?

— Não que eu precise tirar! — praticamente grito antes que ele possa dizer qualquer coisa. — Só quis dizer... A razão para todo o lápis... Nós só estávamos tentando tirar proveito da situação.

— Nós?

— Sim, eu e a Audrey. Ela é minha... — Qual seria um fim aceitável para essa frase? — Designer de sobrancelhas.

O que é meio que verdade, no fim das contas.

— Bom, certamente são sobrancelhas dignas de uma designer exclusiva. Dói?

— Ahn... Usar lápis de sobrancelha? Talvez doa, se estiver afiado demais, eu suponho...

— Eu estava falando do gelo — esclarece ele. — O frio. Dói?

É só agora que percebo que o gelo está, realmente, fazendo com que a área dos olhos doa um bocado. Está sendo tão bom ter a mão dele ali que eu não tinha reparado.

— Dói um pouco.

— Acho que eu deveria começar a chamar você de menina do gelo agora — diz ele, removendo o pano de prato e, lamentavelmente, a mão e pegando seu copinho de vodca. Ele o bate no meu.

— Então... A Audrey.

— Ahn?

— Sua designer de sobrancelhas.

— Ah. Certo. A... hum... Audrey.

Mesmo que ela tenha me decepcionado no banheiro agora há pouco.

— Mas não são só as suas sobrancelhas — acrescenta Dillon.

— O quê?

— O que há de diferente em você esta noite.

— Eu *estou* diferente esta noite?

— Aham. Quero dizer, não me leve a mal, eu achei você bonita desde a primeira vez que a vi…

Ele larga o copo e se aproxima um passinho.

— Mas agora… Não sei o que dizer a não ser… Bom, você está muito, muito sexy, Menina do Fogo.

Consegui impedir que a palavra *sério?* saísse da minha boca. Mas, para ser honesta, mesmo que eu não conseguisse ter impedido, eu teria sido interrompida pelos lábios de Dillon. Porque, bem do nada, ele me pressionou contra a geladeira e começou a me beijar.

9

Em termos de Caminhada da Vergonha, essa é uma bem ruim.
São oito da manhã, horário de pico do trânsito, e eu acabei de encarar uma viagem de metrô lá de Angel até Kennington ainda usando meu vestido preto, o casaco fedendo a coquetel, o colar de pérolas, saltos impossível-andar-com-eles e maquiagem borrada da noite passada. Ah, e óculos Ray-Ban que peguei da mesa de cabeceira do Dillon antes de sair, porque meu olho esquerdo, cortesia de Cass, agora parece que passou por alguns rounds com um boxeador campeão peso pesado. Ou, o que é mais verossímil, que eu me meti em uma confusão daquelas com algum homem aleatório com o qual eu fui para casa ontem à noite, demonstrando meu péssimo julgamento, além de uma moral bem duvidosa. E os olhares tortos dos meus colegas passageiros da linha norte foram julgadores e compassivos o bastante, obrigada. (Bom, os olhares tortos das passageiras foram julgadores e compassivos; os mocinhos da cidade, com seus ternos de risca de giz, a caminho de seus empregos regados a testosterona, onde ficam gritando um para o outro no pregão, estão me dando olhadas mais longas e demoradas por detrás de seus exemplares do *Financial Times*, presumivelmente apimentando seu trajeto matinal com imaginações fétidas sobre o que, exatamente, eu estava aprontando antes da Caminhada da Vergonha.)

Eu nunca tinha ficado tão aliviada ao sair de um metrô, vou te contar. Até mesmo a caminhada — ou melhor, um rastejo — agonizante da estação até o apartamento de Olly é um piquenique em comparação, não importa o quanto as solas dos meus pés estejam queimando ou meu tornozelo doendo ou com quanta fúria meus dedos do pé estejam gritando comigo para eu colocar um par de mocassins de camurça e *dar um tempo a eles.*

Eu, na real, não tinha *planejado* ir até o apartamento de Olly quando peguei o metrô lá em Angel. Só me toquei (enquanto olhava com *muita atenção* para o mapa do metrô na parede do trem, em uma tentativa de ignorar os olhares alheios) que minha rota de volta para casa ia me fazer passar pela estação Kennington a apenas cinco minutos a pé (ou dez minutos de um rastejo agonizante) da casa de Olly, logo depois da rua Kennington Park. E depois que eu saquei isso, também saquei que não há nada, neste momento, que eu quero fazer mais do que me sentar à mesa na cozinha de Olly, tomar uma xícara quente e gostosa de chá e tentar deixar que o aconchego me inunde.

Além disso, eu odeio deixar as coisas do jeito que estão entre nós e vou me sentir ainda pior o dia todo a não ser que converse com ele cara a cara e peça desculpas, novamente, por ter mentido para ele ontem.

Quando dobro a esquina e entro na rua lateral onde fica o prédio dele, eu finalmente desisto de me torturar e paro para tirar os sapatos para os últimos passos na calçada.

Ahhhhhhhhhh.

É uma bênção. Uma bênção completa e avassaladora. Quase tão maravilhosa quanto as coisas que fiz com Dillon naquela cama enorme e amarrotada até as primeiras horas da manhã.

Oh, meu pai amado, foi bom. Não, foi mais que bom. Foi incrível. Ele foi incrível. *Eu*, pela primeira vez na vida, fui incrível. Não sei se foi a vodca ou o efeito motivacional de estar fazendo sexo com um homem que é a) muito, muito, muito bom nisso; e b) acostumado a ser muito, muito, muito bom nisso com modelos de lingerie ágeis e graciosas. De qualquer forma, eu mandei ver noite passada. Parecia não haver nada que eu não pudesse (e, admitidamente, não *fosse*) fazer. Digo, é sério. Fui atlética, fui engenhosa, fui intrépida...

E mesmo assim, apesar de tudo isso, eu estava sozinha na cama quando acordei esta manhã. Não sei o que é pior agora, na verdade: a ressaca, os pés queimando ou a humilhação. Na real, isso é mentira. Sei exatamente o que é pior.

Me ocorre que talvez Olly não esteja em casa — que ele certamente já saiu para o trabalho, dada a agenda que ele costuma cumprir — uns três segundos depois de eu interfonar para o apartamento dele. Então fico bastante surpresa quando ouço, no momento em que eu estava prestes a me mandar, um "pois não?" levemente cansado.

— Céus, Olly, sinto muito, parece que eu acordei você.

— *Libby*? Você está... Que horas são?

— Hum, 8h15.

— Da *manhã*?

— Sim... — Oh, Deus, por favor, não me diga que estou prestes a descobrir que Olly também é um usuário casual de cocaína — ele parece totalmente desnorteado. — Olha, foi estúpido da minha parte aparecer sem avisar. Vou simplesmente para casa e...

— Não, não, claro que não! Desculpe, só estou um pouco... As coisas estão um pouco caóticas.

Um pensamento perturbador, — ainda mais perturbador que a questão da cocaína, — acaba de me ocorrer.

— Oh! Você está com uma menina aí! Merda, desculpe, vou deixar você...

— Não, não, Libby, não tem nenhuma menina aqui! Só... Só me dê dois minutinhos que eu já desço para abrir a porta para você.

O que é um alívio e tanto. Não que fosse haver algo de *errado* com o fato de ele ter uma menina lá. Na verdade, não tenho certeza de por que eu usei a palavra *perturbador* porque, obviamente, seria ótimo se ele arranjasse uma namorada. Deus sabe que ele merece alguém incrível. Já faz anos que ele terminou com a Alison e... Bom, eu só quis dizer que, realmente, seria constrangedor se eu acidentalmente interrompesse... o que poderia estar acontecendo se houvesse uma menina lá.

Mas não quero pensar nisso na prática, por mais bacana que a ideia seja na teoria. Não sei por quê, exatamente, mas só de pensar nisso já sinto uma espécie de sensação desconfortável, impetuosa, como se houvesse pedrinhas no meu sapato e areia no meu olho.

Agora Olly está abrindo a porta, parecendo tão cansado quanto sua voz soava. Ele obviamente colocou a camiseta e a calça de agasalho com pressa, porque a camiseta está de trás para frente e a calça está do avesso.

— Você está bem? — pergunta ele, tendo a audácia de olhar para mim como se fosse *eu* que estivesse um caco.

Ah. Para ser honesta, ele não está tão errado assim.

— Sim. Bom, sim e não. Houve uma...

— *Puta que pariu!* Seu *olho*.

— O quê? Oh, Deus, meu olho, sim... Dá para ver o hematoma por trás dos óculos? Porque eu esperava...

— Foi ele? Foi Dillon O'Hara? Porque eu juro por Deus, Libby, vou esmagar o crânio dele com... com a maior panela Le Creuset que eu tenho!

— Olly, Olly, acalme-se. — Eu meio que o empurro para trás, para o saguão do prédio, antes que algum estranho ouça essa ameaça preocupantemente específica de bater na cabeça de alguém com um utensílio doméstico grande de ferro, e, então, tiro o Ray-Ban. — Não foi Dillon. Foi minha irmã.

— A *Cass* esmurrou você?

— Não, ela não me esmurrou, ninguém me esmurrou, ela só jogou um drink cheio de cubos de gelo na minha cara. Agora, olhe, acho que nós dois precisamos de uma xícara forte de chá, então podemos entrar e pôr a chaleira no fogo?

Parecendo parcialmente tranquilizado (e, me parece, um pouquinho envergonhado por toda aquela coisa da Le Creuset), Olly concorda com a cabeça e guia o caminho escada acima até a porta do apartamento dele, no primeiro andar.

— Caramba — falo assim que entramos, pois dentro do apartamento dele, que geralmente é aconchegante e bastante organizado, parece que uma pequena bomba explodiu. Uma pequena bomba de caixinhas de comida chinesa, algumas dúzias de latas de Stella Artois e... Ah! Dois homens grandes e bastante peludos, dormindo de cueca e camiseta no sofá e na poltrona, respectivamente.

Definitivamente não estava rolando um esquema com uma menina, então.

— Melhor entrar aqui. Não quero acordar Charlie e Adam — diz Olly, me *puxando* na direção da cozinha e fechando as portas de correr que as separam do resto da sala de estar.

— Ah, aqueles são Charlie e Adam. — São velhos amigos de Olly, um dos tempos de colégio e o outro da faculdade de gastronomia. Me afundo em uma das cadeiras da cozinha e começo a massagear meus pés maltratados e cheios de hematomas. — Eu não os reconheci... ahn... sem as calças.

— É, desculpe por isso. Foi uma noite meio pesada ontem. — Olly está colocando a chaleira no fogo e se esticando para pegar, em uma prateleira alta, — logo acima das panelas Le Creuset, não consigo deixar de notar, — o bule de chá. — Charlie acabou de terminar com a namorada, então vai dormir no sofá por um tempo, e aí o Adam apareceu e acabamos tomando umas cervejas além da conta.

— Estou vendo.

— Ah, por favor, Libby. Você parece minha mãe.

— Em que sentido?

— Desaprovando.

— Não estou desaprovando nada! É só que isso... não é você.

Quero dizer, ressacas exaustas e ir tarde para o trabalho soa muito mais como a maneira como Dillon O'Hara começaria o dia do que como Olly Walker. Só que, no caso de Dillon, as pessoas dormindo no sofá *seriam* meninas. Loiras de lingerie, não tenho dúvida.

— Bom, todo mundo faz coisas que não costuma fazer de vez em quando. — A voz dele é abafada e ecoa de leve por um instante, enquanto ele pega algo bem no fundo da geladeira. — Tipo eu ter ficado tão irritado com você ontem à noite — acrescenta ele, quando ressurge. — Eu não devia ter ficado daquele jeito. Sinto muito mesmo, Libby. Oferta de paz?

Ele coloca um pacote de papel manteiga na mesa de madeira.

— Não tenho certeza — diz ele —, então não fique toda esperançosa. Mas acho... que rufem os tambores e tudo mais... que pode ser o queijo misterioso.

— Do Le Grand Fromage? Eu comprei um lá esses dias também! Era para ser uma surpresa para você, mas aí eu esqueci, deixei fora da geladeira e tive que jogar tudo fora.

— Ah. — Ele parece um tanto arrasado. — Então você já sabe sobre ele.

— Sim, mas não consegui provar nem nada assim... Vamos provar agora? Se você conseguir encarar essa antes mesmo de tomar uma xícara de chá, claro.

— Na real, queijo é um antídoto muito bom para ressaca, eu sempre achei. Gostoso, saboroso e salgado... Espere um minutinho que eu vou fazer umas torradas com um pão de nozes. — Podemos comer com ele.

Já me sinto umas cinquenta vezes melhor do que dez minutos atrás. É tão reconfortantemente aconchegante aqui na cozinha de Olly, como sempre foi, com a chaleira no fogo e ele se alvoroçando com pedaços de pão e a torradeira, que o aborrecimento desta manhã está retrocedendo. Bom, *boa parte* do aborrecimento. Ainda me sinto um pouco nauseada toda vez que me lembro de ter erguido a cabeça do travesseiro e visto a cama vazia ao meu lado... Mas talvez seja uma náusea tão relacionada à vodca quanto a qualquer outra coisa.

— Então, o que aconteceu com a sua irmã? — pergunta Olly enquanto pega facas e pratos no armário. — Jogar um drink na sua cara é novidade, mesmo para ela, não?

— Ah, foi só um desentendimento idiota sobre o cara que ela está namorando. Ela achou que eu estava dando em cima dele... Você sabe como ela gosta de tornar tudo dramático.

Olly faz uma cara surpresa.

— Ela achou que você estava dando em cima do namorado dela, jogou um drink em você, mas deixou você passar a noite na casa dela mesmo assim? Eu nunca vou entender a sua irmã e as mudanças de humor dela, Libby, preciso confessar.

— Céus, não, não passei a noite na casa dela! Está maluco?

— Ah, certo... — Agora ele só parece um pouco confuso. — Então onde você dormiu? Digo, estou supondo que você não foi para casa, a não ser que tenha levantado hoje de manhã e colocado uma versão idêntica da roupa que você estava usando ontem!

Agora é minha vez de ficar confusa, porque eu achei que ele já teria juntado as peças a essa altura, visto que ele sabe que fui a uma festa com Dillon ontem à noite e já esteve prestes a dar um chilique superprotetor, estilo Le Creuset, por causa do olho roxo que ele pensou que tivesse sido causado por Dillon.

Mas evidente e constrangedoramente, vou ter que falar para ele.

— Ahn... Eu passei a noite com o Dillon — murmuro.

Olly fica olhando para mim.

— Ah — diz ele, após um instante. — Certo.

Na torradeira, o pão de nozes salta. Olly se levanta, vai até lá e o enfia de volta para ficar um pouco mais torrado.

— Não sei onde eu estava com a cabeça — digo, falando bem mais rápido do que eu achava ser capaz, com essa ressaca. — Digo, você me conhece, Olly. Não faço coisas assim. Isto é, dormir com os caras no primeiro encontro. Não que esse tenha sido um encontro de *verdade*, na real.

Mas Olly está superocupado com a torradeira e não diz nada.

— E obviamente, isso se voltou contra mim — continuo desamparadamente —, porque ele não estava lá quando acordei hoje de manhã. O que qualquer pessoa com meio cérebro teria percebido a um quilômetro de distância.

Nenhuma resposta de Olly, que *ainda* está se alvoroçando com a torradeira. Sei que ele é um perfeccionista quando se trata de comida, mas parece que ele está criando uma refeição com entrada, prato principal e sobremesa digna de estrelas no Guia Michelin com todo o esforço que está aplicando a um pedaço de pão.

— Eu só me sinto muito estúpida — continuo com uma vozinha fraca, que combina com a fraqueza que estou sentindo nesse momento. — Olly, eu gostaria de nunca ter feito isso. Gostaria de poder voltar no tempo e nunca ter sequer ido àquela festa.

— É, mas você foi. — As torradas estão evidentemente prontas agora, de acordo com os padrões de precisão de Olly, visto que ele está voltando para a mesa com elas. Ele coloca uma fatia em cada prato. — Olha, não se sinta tão mal quanto a isso, Libby — diz ele, um tanto bruscamente. — O que foi feito, já foi feito. Desde que você tenha tomado cuidado...

— Cuidado?

— É, com, você sabe... — Ele está ficando roxo. — *Coisas.*

— Oh, Deus, *Olly*! — Não quero conversar sobre sexo seguro com ele! Não quero conversar sobre *nada* de sexo com ele! É simplesmente estranho demais. Assim como a sensação impetuosa, desconfortável e incômoda que eu estava sentindo agora há pouco na rua, quando achei que ele estava com uma menina no apartamento. — Sim — coaxo, quando consigo formular palavras de novo —, mas você pode me fazer um favor enorme, Olly, e nunca, *nunca* mais tocar nesse assunto de novo?

— O assunto da sua única noite de sexo com Dillon O'Hara? — pergunta ele, ainda mais bruscamente do que antes. De um jeito totalmente *abrupto*, na verdade. — Sim, Libby, não tocar mais nesse assunto me parece ótimo.

Eu o observo por um instante enquanto ele começa a desembrulhar o queijo do papel manteiga. Então, respiro fundo.

— Olly, escute, se eu decepcionei você de alguma maneira...

— Não decepcionou, Libby. — Ele para de desembrulhar o queijo e olha para mim. — Desculpe. Você só me pegou de mau humor hoje. A ressaca e tudo mais. E estou furioso com o velho Pica de Ouro O'Hara por tratar você desse jeito.

— Não fique. É como ficar bravo com o Papa por ser católico, afinal.

— Libby, não me faça nem *começar* a falar de todas as coisas pelas quais eu poderia ficar bravo com o Papa se me dessem meia chance.

É bom que ele tenha feito uma piada, — mesmo uma não lá muito boa, — porque passa a sensação de que voltamos ao normal de novo.

— Me desculpe também, por sinal. Por ter mentido para você ontem e ter furado na última hora. Não que fosse ser legal furar com você com mais *antecedência,* mas... Bom, você entendeu o que eu quero dizer.

— Entendo. Está tudo bem, Libby. Mesmo. Vamos só esquecer isso tudo e provar o queijo, sim?

— Com certeza! Corte um pedacinho para mim que eu vou prová-lo sozinho primeiro.

— Aqui está — diz Olly, cortando duas fatias do queijo, me entregando uma e ficando com a outra.

Nós dois mordemos o queijo. E mastigamos, solenemente, por alguns minutos.

— Não é esse — dizemos ao mesmo tempo.

— O de Paris era meio que mais... cremoso...

— Mais leve, quase...

— Ah, sim, leve é uma boa descrição, na verdade. Enquanto este...

— Digo, é muito bom, Olly, não me leve a mal...

— Mas não é o mesmo.

— Não. Não é.

— Então a busca continua.

— A busca continua — concordo.

E então ficamos ali sentados em um silêncio amistoso por um minuto, mordiscando um pouco mais do queijo e provando com a torrada de nozes também. Ao menos eu *espero* que seja um silêncio amistoso. Eu *acho* que está tudo bem entre nós agora — certamente sei que Olly não é do tipo de guardar rancores — e ainda estou feliz por ter conseguido pedir desculpas pessoalmente a ele.

Eu só suspeito que a prova daquele queijo misterioso teria sido um pouquinho mais divertida, se não tivéssemos decidido fazer isso em um dia em que estamos os dois de ressaca e quando eu ainda estou sofrendo com a humilhação de ter sido dispensada tão descaradamente da órbita de Dillon. E varrida da mente dele também, muito provavelmente. Mesmo com todos os meus esforços olimpianos.

Ou talvez *por causa* de todos os meus esforços olimpianos. Talvez — oh, Deus — todas aquelas posições mirabolantes que eu testei e toda minha agitação na cama, talvez isso... tenha enfatizado meus pneuzinhos de um jeito nada lisonjeiro. Talvez se eu tivesse ficado só *deitada* lá, fazendo meu melhor para encolher a barriga e garantindo que Dillon não correria o risco de dar sequer uma olhadinha no meu traseiro...

— Libby? Está tudo bem aí?

— Sim, desculpe, Olly, eu só...

A porta da cozinha se abre e nela entra Charlie. Ou Adam. Eu sempre vi os dois juntos, então — especialmente quando estou tentando não ficar olhando demais para toda aquela perna peluda à mostra — não tenho certeza de qual é qual.

— Ah, oi, Libby — diz Charlie/Adam, fazendo um trabalho incrível em *me* reconhecer, visto que nós provavelmente só nos vimos umas quatro ou cinco vezes nos últimos 15 anos e geralmente quando um de nós (ou nós dois) estava bêbado. — Jesus, que belo olho roxo você arranjou! Não foi naquele encontro que você tinha ontem à noite, foi?

— Cancelei meus planos com Adam quando eu achava que ia ver você, mas depois eu liguei e falei para ele que você tinha um encontro e a gente podia tomar umas cervejas, afinal — Olly começa a dizer, claramente sentindo a necessidade de explicar como Adam (e *não* Charlie) sabia que eu *tinha* um encontro ontem à noite. — Ei, por que você não toma um banho, parceiro, e aí põe uma roupa para que Libby não precise ficar sentada aqui sendo agredida pelos seus joelhos ossudos e os seus pés peludos?

— Está tudo bem. Digo, não estou dizendo que você tem joelhos ossudos e pés peludos! — asseguro a Adam enquanto me levanto. — É melhor eu ir para casa mesmo.

— Mas Libby, você nem tomou o seu chá ainda. E, por favor, não vá para aquele apartamento vazio sendo que você pode ficar aqui um tempo. Vou preparar café da manhã para todo mundo.

— Ah, não se preocupe, o apartamento não vai estar vazio. — Hum, admitir isso foi, possivelmente, um erro, visto que não posso, afinal, explicar *por que* meu apartamento não estará vazio. — Quero dizer, não vai *parecer* vazio, com aquele sofá enorme ocupando todo o espaço! E eu preciso recuperar o sono de qualquer forma, estou totalmente acabada… — Mais uma vez, um erro potencial, visto que isso nos faz navegar perigosamente perto de toda aquela questão de sexo com Dillon, que concordamos em nunca mais discutir novamente. — Tchau, Adam. Tchau, Olly. Obrigada pelo queijo. E por tudo. Ligo mais tarde.

Coloco o Ray-Ban emprestado de volta e, choramingando, com os sapatos errados, dou aos dois um aceno alegre falso e saio do apartamento, rastejando novamente na direção da estação Kennington com ainda mais dor do que quando eu saí dela.

10

De volta a Colliers Wood, eu mal tinha passado da Pizzaz Praz... Ah, não, espere. Mudou a placa desde que saí ontem à noite. Agora é Fish 'n' Chipz do Bogdan e um dos moldavos de aparência assustadora está decapitando linguados de olhos vítreos do outro lado da vitrine. Enfim, eu mal tinha passado do restaurante de Bogdan quando desisti dos sapatos de novo e os tirei antes de chegar até a porta do meu prédio.

Não sei o que é — o silêncio inquietante, o aroma (imaginário?) de L'Interdit que sobe toda a escadaria comigo —, mas não fico nem um pouquinho surpresa ao ver, assim que abro a porta do apartamento, que Audrey Hepburn está reclinada no sofá.

É claro. É claro.

Eu não consegui alucinar com a presença dela por nada nesse mundo ontem à noite, quando realmente precisava de uma conversinha rápida. Mas agora, que tudo que eu quero é me encolher em uma bola, bem aqui onde estou parada, e dormir, dormir e dormir por toda a eternidade, a Audrey imaginária reaparece.

Ela está deitada, usando — exatamente como em *Bonequinha de luxo* — apenas uma camisa masculina branca e uma máscara de cetim azul-calcinha.

Não sei por que faço questão de reparar que ela trocou de roupa desde a última vez em que eu a vi a não ser pelo fato de que, caso contrário, isso sugeriria que talvez ela tivesse passado *a noite toda* aqui... O que, visto que ela só existe na minha cabeça, é complexo *demais* para meu cérebro desordenado processar, para ser bem sincera.

— Não, não, só chá e torrada para mim, por favor... — Murmura ela, mexendo-se em seu sono elegante quando fecho — certo, *bato* — a porta.

— Receio ter tomado café demais ontem à noite. Não tenho certeza se um dia vou querer *ver* outro cappuccino, querida.

Subo todo o caminho, vou até o sofá e ergo a pontinha da máscara de dormir dela.

— Bom dia — digo secamente.

Ela se ergue de supetão.

— Querida! — Ela tira a máscara completamente e olha para mim, os olhos arregalados de horror. — Seu *olho*!

— Ah, isso. — Tiro o Ray-Ban de novo e coloco a mão na pele latejante em torno do meu olho; o conselho da mãe de Dillon pode ter impedido que ficasse pior do que isso, mas ainda está dolorido e sensível. — Está muito ruim?

— Péssimo, mas essa não é a questão! — Audrey está em pé, as mãos nos meus ombros. — O que o motivou a *fazer* isso com você?

— Não, não... — Logo ela vai estar ameaçando cometer um ato violento com um utensílio de cozinha também. — Não foi Dillon.

— Ele quis que você fizesse alguma coisa na cama, querida, e você não fez?

— Céus, não, não teve nada que ele quis que eu fizesse na cama que eu não... Digo, o olho roxo não tem nada a ver com ele. Foi minha irmã. Ela jogou um drink cheio de cubos de gelo na minha cara.

— Por que ela faria isso?

— Por que é que minha irmã faz todas as coisas que faz? — pergunto, exausta, me afundando no sofá em uma nuvem de poeira com cheiro de cachorro. — Enfim, estou bem. Coloquei gelo ontem à noite. Não sei se tem mais alguma coisa que eu possa fazer quanto a isso agora.

— Está bem, então me deixe fazer um bom cappuccino para você.

— Achei que você não pudesse nem ver um cappuccino na sua frente mais.

— *Tomar*, querida. Fico plenamente feliz em fazer um para você! Na verdade, fiquei bastante boa nisso ontem à noite. Você gostaria que eu fizesse com chocolate em cima em formato de um coraçãozinho? Ou a inicial do seu nome? Ou um lindo...

— Obrigada, mas estou bem.

— Oh, amada Libby, você realmente parece acabada. — Ela se senta e coloca os pés em cima do sofá, envolvendo os joelhos desnudos, levemente esqueléticos, com as mãos. — Mas deve ter sido uma noite *maravilhosa*, querida, se você está chegando só a esta hora da manhã...

Na minha antiga fantasia, aquela em que Audrey Hepburn era minha melhor amiga e passeávamos pela Quinta Avenida e pelo Tuileries juntas, enchendo a cara de champanhe e sendo fabulosas, esse era o momento em que eu, como uma menininha, contaria a ela em segredo sobre como a noite foi maravilhosa. Na verdade, estou sentindo um pequeno arrepio em toda a espinha de novo ao me lembrar de como tudo foi extraordinário: aqueles amassos na geladeira vintage e depois os amassos, ainda mais deliciosos, na mesa de sinuca, na qual — graças à sua força impressionante dos membros superiores — Dillon conseguiu, de alguma forma, me colocar sem usar um pequeno guindaste, e depois a subida inacreditavelmente sexy pela escada em espiral, deixando vários itens de nosso vestuário pelo caminho; os lábios macios e delicados de Dillon acariciando meu pescoço e os músculos das costas dele se *tensionando de verdade* quando ele me pegou no colo novamente e me carregou os últimos degraus até a cama...

Mas em nenhum momento da minha fantasia na Quinta Avenida eu contemplava ter que contar a Audrey Hepburn os aspectos distintivamente menos maravilhosos da minha vida amorosa. As partes deprimentes e vergonhosas em que você acorda em uma cama vazia às seis e meia da manhã, sem nem um bilhete com uma única frase para dizer tchau.

Quer dizer, não estou pedindo muito. Eu não estava mesmo esperando encontrar um poema épico — *A ti, Menina do Fogo* — colado na torradeira ou mesmo uma mensagem impertinente no meu celular explicando por que ele teve que dar uma saída para comprar leite/pão/equipamentos para reforçar a estrutura da mesa de sinuca, mas que ele voltaria logo para outro round de sexo sacana e que eu devia me preparar.

E, convenhamos, Audrey Hepburn nunca vai entender como é a sensação de acabar humilhantemente dispensada depois de uma única noite insensata com alguém. No caso extremamente improvável de ela já ter feito, alguma vez, sexo casual, ela com certeza deve ter acordado com uma bandeja de café da manhã, um buquê de flores frescas e muito provavelmente um ou três diamantes da Tiffany, todos despejados sobre ela pelo sortudo que a cativou.

— Libby?

— O quê? Ah, sim, foi maravilhoso. Mas acho que não vai rolar mais nada.

Audrey dá um sorriso empático.

— Oh, querida, sinto muito. Apesar de que, com um homem daqueles, não sei ao certo o que mais você poderia esperar. Quero dizer, Bella, Gina, Maggie, Courtney...

— Quem são todas essas mulheres?

— As ex-namoradas desse tal de Dillon, é claro. — Ela se debruça sobre a lateral do sofá e pega meu iPad. — Li sobre elas aqui. Modelos, a maioria, mas o que você esperaria de um modelomaníaco em série?

— Um o quê em série?

— Modelomaníaco. Um homem que só namora modelos. Ao menos foi isso que eu li na Wikipédia.

— Por que... *Como*, melhor dizendo, você entrou na Wikipédia?

— Com o seu lindo *apede*, querida. É extremamente fácil de usar, depois que você pega o jeito. E a Wikipédia é simplesmente maravilhosa! Eu nunca teria sabido nadinha sobre o seu Dillon sem ela. Ou sobre a Kim Kardashian, afinal.

Minha cabeça está girando.

— Desculpe, o que fez você querer saber *qualquer* coisa sobre a Kim Kardashian?

— Bem, eu fiquei completamente intrigada, querida. Digo, eu supus que ela fosse imensamente importante, porque não se fica nem dois minutos nesta coisa sem se ler *algo* sobre ela.

Ela está, agora percebo, com aquele rosto levemente vítreo de quem passou tempo *demais* pulando de link em link na Wikipédia.

— Certo, mas você estava falando algo sobre as ex de Dillon...?

— Só que há muitas delas. E a mais recente — Rhea, não é? —, bom, eu não iria querer me indispor com *ela*. Você sabia que uma vez ela recebeu uma advertência da polícia por ter jogado um celofane na cabeleireira?

— Ahn... Você quis dizer ter *embrulhado* algo em celofane para a cabeleireira?

— Não, não, era, definitivamente, *jogado*. E ela deve ter jogado com uma força tremenda, para a polícia acabar se envolvendo.

Acho que entendi qual é a confusão.

— Celular. Não celofane. Você quis dizer celular.

— Ah, bem, sabia que era algo que começava com "ce"... Oh! — Audrey de repente pula do sofá quando o interfone toca. — Será que é o meu pedido?

— Seu pedido?

— Sim, querida, tenho uma surpresa tremenda para você! — Ela bate palmas animadamente. — Não pude deixar de notar como você parecia ávida para renovar o guarda-roupa...

O interfone toca de novo.

— E preciso dizer que acho que Net-a-Porter é um nome *muito* inteligente. É uma brincadeira, presumo, com *prêt-à-porter*? E algumas coisas deles são simplesmente deslumbrantes! O estilo deixa um pouco a desejar e, obviamente, quanto menos falarmos sobre a seleção de sapatos deles, melhor, mas mesmo assim...

O interfone toca pela terceira vez.

Com uma sensação crescente de pânico, me levanto e atendo.

— Pois não?

— Aqui é o Ravinder. — A voz educada de um homem sai pelo receptor enquanto o trânsito da avenida Colliers Wood ribomba ao fundo. — O motorista da sua entrega Net-a-Porter. Você pode descer para assinar a entrega, por favor?

— Mas eu não... — Coloco o interfone no gancho e me viro para olhar para Audrey, que está praticamente pulando de excitação, como uma criança na manhã de Natal. — Você *fez um pedido* na Net-a-Porter? — sibilo para ela.

— Sim! Pedi tudo que estava na sua lista de desejos! Bom, tirei algumas coisas que tenho bastante certeza de que estavam lá por engano — umas calças jeans horrorosas com pernas que pareciam calhas e uma ou duas blusas nada atraentes — e coloquei dois vestidos de baile que tenho certeza que você vai poder usar por *anos* e...

— Tinha o equivalente a duas mil libras em coisas naquela lista!

— Ah, não, não, eu não tive que pagar nada! Eu só cliquei em "Fazer pedido" e tudo pareceu simplesmente acontecer.

— Porque eles têm as informações do cartão de crédito que eu usei na primeira e única vez que comprei alguma coisa lá!

— Ah, bem, eu simplesmente assumi que eles deviam mandar coisas para você de graça, querida, porque você é atriz. Parece ser assim que as coisas funcionam hoje em dia, não? Eu sempre fiz questão de pagar meu querido Hubert por tudo que ele me mandava, mas, segundo o seu *apede*, as atrizes ganham a maioria das roupas, sem precisar pagar por elas.

— Supercelebridades, como Kim Kardashian, sim! Não zeros à esquerda como eu!

— Querida, não vou deixar você se chamar de zero à esquerda...

O interfone toca de novo.

— Sinto muito estar sendo chato — continua Ravinder quando atendo —, mas quanto mais rápido você descer, melhor. Vou ter que voltar à van pelo menos três vezes para trazer todas as suas coisas, então...

— Vá embora! — grito para Ravinder antes de, de alguma forma, conseguir me lembrar do que sobrou das minhas boas maneiras. — Desculpe, desculpe, Ravinder, mas o que eu quis dizer é que houve um engano. Eu não fiz nenhum pedido. Ou melhor... — Minha cabeça está girando. — Não sei... Devo ter, acidentalmente, feito o pedido enquanto dormia ou algo assim...

Digo, essa é a única explicação, não é? As pessoas fazem tudo quanto é tipo de coisa quando estão dormindo, não fazem? Andam, conversam... Fazem pedidos no valor de duas mil libras de vestidos de baile de grife em sites badalados de roupas... Porque ao contrário da ocasião recente em que cortei meu próprio cabelo (enquanto alucinava que era Audrey quem estava cortando) ou exagerei na minha própria maquiagem (enquanto alucinava que era Audrey quem estava fazendo), dessa vez eu *não tive* uma alucinação de Audrey sentada aqui com meu iPad, comprando metade da minha lista de desejos da Net-a-Porter. Dessa vez, só estou alucinando com ela *me contando* sobre isso, como algo que ela *fez sozinha*.

Mas minha alucinação de Audrey Hepburn não pode, de jeito nenhum, ter *transbordado* para a vida real. Ela só existe na minha cabeça, cacete.

O único jeito de essa compra ter realmente sido realizada — e claramente *foi*; Ravinder, esperando lá embaixo com sua van superlotada, é a prova disso — é se fui *eu* quem fez a compra, enquanto dormia. Ou enquanto estava bêbada na casa do Dillon ontem à noite, quem sabe. Talvez, apesar de eu não ter lembrança alguma de ter feito nada do tipo, eu tenha pegado meu iPhone entre a Sessão Número 2 de Sexo Sensacional e a Sessão Número 3 de Sexo Sensacional e feito umas comprinhas na internet, só por diversão.

Eu perguntaria a Dillon sobre isso, se houvesse a mínima chance de um dia vê-lo novamente.

Qualquer que seja a explicação (preocupante e neurologicamente sinistra?), não vou ficar com milhares de libras em roupas de grife que eu não tenho como bancar.

— Obrigada, Ravinder, mas não vou aceitar os pacotes. Eu lamento muito, muito mesmo — acrescento, antes de desligar o interfone.

Quando me viro para encarar Audrey novamente, ela está olhando para mim, absolutamente perplexa.

— Mas, Libby, você não estava dizendo, ontem à noite mesmo, que precisava urgentemente de uma renovada no guarda-roupa?

— Sim, mas eu quis dizer roupas para usar em... Em entrevistas de emprego e drinks com os amigos! Não vestidos de baile deslumbrantes! Da Net-a-Porter! Quando é que eu vou ter a chance de usar qualquer uma daquelas coisas, mesmo que eu pudesse bancá-las?

— Ah, bem, se você os tivesse *visto*, querida, você não estaria fazendo essa pergunta! Eles são tão versáteis! Um é de uma seda preta arrebatadora, do meu velho e caro amigo Oscar de la Renta, e o outro é um vestido justo e elegante de chiffon, de uma pessoa chamada Victoria Beckham. Eu não tinha ouvido falar dela antes, então a procurei na Wikipédia. Os dotes dela como estilista podem deixar um pouco a desejar, mas preciso dizer que ela tem um marido extraordinariamente bonito...

Me sento pesadamente no sofá e apoio a cabeça nas mãos.

— Se eu só fechar os olhos e relaxar — murmuro —, tudo isso vai embora... Fechar os olhos e relaxar... Fechar os olhos e relaxar...

Silêncio.

Ergo a cabeça e abro os olhos.

— Querida? — diz Audrey Hepburn. — Você está se sentindo bem? Porque se você mudou de ideia quanto àquele cappuccino, posso preparar um rapidinho.

— Não! — grito, pegando de surpresa tanto a mim quanto a ela. — Não quero uma porcaria de um cappuccino! Quero cinco minutos, só *cinco minutos*, em paz no meu apartamento! Sem cappuccinos ou compras on-line ou cortes de cabelo ridículos! Sem *você* — acrescento, apesar de em um tom de voz um pouquinho mais calmo, já que ela está parecendo tremendamente assustada com minha gritaria —, o que quer que você seja.

— Querida, não sou um "o quê", sou um "quem"! Sou Audrey Hep...

— Pare de dizer isso! Você não é! Você não é *real*. Você é estresse pós-traumático ou um tumor cerebral, mas não importa que diabos você seja, eu realmente só queria que você me deixasse em paz!

Silêncio de novo. É mais duradouro que o anterior e muito mais desconfortável.

— Bem — diz Audrey, seus enormes olhos escuros estão se enchendo de lágrimas, mas sua voz é firme. — Sei que você foi dormir tarde, querida, e que está chateada por esse seu tal de Dillon tê-la abandonado. Mas é extremamente indelicado, você sabe, chamar alguém de tumor cerebral.

— Desculpe. — Ergo os olhos para ela, desesperada. — Não faço ideia de por que continuo vendo você desse jeito. Ou como é que eu pude ter feito uma compra enorme na internet sem perceber.

— Mas você *não* fez a compra, Libby. Eu disse, fui eu! Olha, eu sei que você está um tanto irritada comigo, por alguma razão, mas eu só estava tentando fazer algo que achei que talvez deixasse você feliz. Você sempre parece tão estressada e...

— Estou estressada por continuar alucinando com você! Porque você continua aparecendo do nada! Não era assim que era para ser, quando eu fantasiava sobre você.

— Você *fantasiava* sobre mim?

— Sim, mas não do jeito que parece. Eu só costumava ter esse sonho em que você e eu éramos amigas. Para falar a verdade, pensando bem, você era mais como uma fada madrinha. E nós passávamos um tempo juntas em Nova York, Paris, não no meu apartamento mixuruca, bebíamos champanhe, íamos olhar as vitrines e, no caminho, eu contava a você tudo que estava me incomodando. Digo, eu costumava mesmo ter essas conversas imaginárias com você, nas quais eu contava coisas sobre os meninos de que eu gostava, minha mãe irritante e... Bom, às vezes, sobre meu pai. O bosta do meu pai idiota e egoísta. Mas eu sempre imaginava o *seu* lado da conversa também e você costumava me dar conselhos tão bons, ou, de vez em quando, só ouvia... Mas agora eu estou efetivamente *vendo* e *ouvindo* você, e você não está me dando conselho nenhum! Você sequer aparece na hora certa, poxa! Quero dizer, onde você estava ontem à noite, quando eu queria pedir seus conselhos com relação à situação do Dillon?

— Ora, querida, eu estava aqui, é claro. Sinto muito por não estar por perto se você precisava de mim, mas, na próxima vez, você pode simplesmente me mandar um e-mail! Eu criei uma conta em um negócio chamado Gmail. As instruções eram extremamente fáceis de seguir e...

— Você não pode ter um e-mail! Você não é *real*!

Mas sou impedida de dizer mais por uma batida repentina e extremamente alta do outro lado da divisória.

— Libby? — É a voz de Bogdan, Filho de Bogdan. — Está em casa?

— Sim, Bogdan, estou em casa, mas...

— Está perto de divisória?

— Não, estou no sofá, mas...

— Por favor, fica aí um instante. Obrigado — conclui ele.

E, então, há um barulho alto quando, primeiro, aparece uma marreta no meio do gesso e, depois, o rosto de Bogdan, Filho de Bogdan.

— Meu Jesus! — grito.

— Estou assustando você? Eu desculpas.

— Sim, você está me assustando!

Não estou assustada o suficiente, contudo, para perceber que Audrey Hepburn desapareceu. Ou então que, agora que Bogdan está aqui, a alucinação foi estraçalhada e eu não posso mais vê-la. Bom, ou isso ou ela está simplesmente escondida atrás do sofá.

Dou uma checada rápida... Nada escondido. Nada de Audrey.

— Que diabos — pergunto a Bogdan depois de espiar atrás do sofá — você está fazendo?

— Estou enfrentando pai!

O fato de ele estar dizendo isso enquanto ainda brande sua marreta é mais que levemente alarmante.

— Estou derrubando — declara ele, batendo no peito com a mão livre, da mesma maneira que os Defensores da Liberdade de Berlim — divisória.

— Bodgan, isso é muito legal da sua parte, mas, na verdade, estou me acostumando com o tamanho do apartamento. E não quero que você tenha problemas com seu pai.

— Não estou importando. Não estou querendo vida de mentira.

— Bem, que bom para você! — Eu preferiria, no entanto, que o desejo de Bogdan, Filho de Bogdan, de não viver uma mentira, não tivesse nada a ver comigo. — Mas acho que teria sido uma boa ideia ter falado comigo antes, Bogdan, antes de você destruir minha divisória com a marreta.

— Não estava achando que você está em casa até ouvir vozes. Estava supondo que você está fora porque não foi assinar entrega. Mas não esteja se preocupando, Libby, eu assino por você.

Meu coração fica apertado quando ele mostra, pelo buraco na parede, a maior sacola que eu já vi. Com *Net-a-Porter* escrito do lado.

— Tem quatro mais no corredor. Só estou trazendo menor para cima.

— Ai, meu Deus…

— Está ganhando na loteria de repente, Libby?

— Não! Foi um engano.

Já estou pegando meu celular na bolsa para ligar direto para a loja e avisar que Ravinder precisa voltar para coletar as roupas imediatamente.

— Engano bem caro. — Bogdan fica me olhando. — Libby, não é pessoal, mas você não está com melhor aparência.

— Ah. Bom, o olho roxo provavelmente não está ajudando…

— Não é só olho roxo, é você toda. Maquiagem de olho está muito manchada. Está fazendo você parecer guaxinim, a caminho de festa chique, vestido de Marilyn Manson.

Ele reconsidera por um momento.

— Ou, mais provavelmente, pensando bem, Marilyn Manson a caminho de festa chique vestido de guaxinim…

— Obrigada, Bogdan, já entendi.

Espere aí. Algo acaba de passar pela minha cabeça. Algo que Bogdan disse logo depois que destruiu a divisória de gesso, há alguns instantes.

— Bogdan, você disse… *vozes*?

— Como é?

— Vozes. Você disse que assinou a entrega do pedido porque achava que eu não estava em casa. E só soube que eu estava quando ouviu vozes.

— Verdade.

— *Plural*?

— O que é esse plural?

— Mais de um. Mais de uma voz. *Vozes*. Foi isso o que você ouviu?

— Mas é claro. Ouvindo duas vozes, Libby. Sua voz e voz de amiga. Amiga está contando a você sobre novo e-mail do Gmail, e você está dizendo que ela não é real. Não estou ouvindo escondido, Libby, você e amiga falam alto e divisória é só de gesso… Qual problema, Libby? Você está muito pálida.

Tenho certeza de que *estou* pálida. Porque se Bogdan ouviu duas vozes, então só há uma explicação lógica.

— Transtorno de múltiplas personalidades — coaxo.

— Como é?

— Eu li sobre isso na internet... É como em *Clube da luta*... Ou aquele filme de terror nojento que se passa no hotel...

— *Psicose*?

Eu estava, na verdade, pensando em algo significativamente menos clássico: uma produção meio ruinzinha com John Cusack chamada *Identidade*, até onde me lembro, em que um dos personagens acaba matando todos os outros personagens — que são, no fim das contas, todos alter egos dele mesmo — em um hotel encharcado pela tempestade em Nevada.

Sinto como se eu fosse vomitar a qualquer segundo.

— Bogdan — coaxo —, acho melhor você ficar longe de mim. Estou falando sério. Há... Há algo muito errado comigo. Não estou bem. Não estou nem um pouco bem.

— Está precisando de médico?

— Não sei. Na verdade, sim. Sim, acho que preciso de um médico.

Ele já está enfiando a mão no bolso do macacão em busca do celular.

— Não entre em pânico, Libby. Estou ligando para seis, seis, seis.

— Nove, nove, nove. Mas não faça isso, Bogdan! — grito. — Não é uma emergência. Acho só que talvez... Bom, minha melhor amiga é médica. Eu só realmente preciso conversar com ela sobre isso. — Agora estou procurando meu celular. — Vou ficar bem, Bogdan. Mas, por favor, acho que preciso ficar sozinha agora. Digo, *espero* que eu possa ficar sozinha agora.

Porque eu juro que se Audrey Hepburn aparecer no minuto em que Bogdan for embora, vou perder a cabeça.

— Não estou querendo deixar você...

— Estou bem, Bogdan, prometo. Só preciso conseguir falar com a minha amiga por telefone.

— Está bem. — Ele parece relutante, mas desaparece do buraco, apesar de ressurgir um instante depois. — Posso estar pegando alguma coisa para você lá embaixo? Café? Fish and chips? Frango e costela?

— Obrigada. Estou bem mesmo.

Só que não.

Toco no nome de Nora no celular, com o indicador tremendo de leve, e não fico nem um pouco surpresa quando cai direto na caixa postal.

— Nora, oi. Sou eu... Olha, eu sei que você é ridiculamente ocupada, mas tem uma coisa muito importante que eu preciso conversar com você. Bom, algumas coisas muito importantes, na verdade, porque tenho feito tudo quanto é tipo de coisa idiota ultimamente, como botar fogo na minha própria cabeça ou dormir com alguém que é considerado um modelomaníaco e... e brigar com Olly... E a única pessoa viva e real que tenho para conversar sobre tudo isso é um cabeleireiro-barra-faz-tudo moldavo que é supergentil, mas que realmente não tem a capacidade médica para lidar com tudo isso... Enfim, estou divagando — digo, apressadamente, ao perceber que estou divagando. — Mas se você tiver um tempinho para me ligar de volta, eu agradeço muito, muito mesmo. Ah, e se você puder dar uma lidinha sobre transtorno de múltiplas personalidades antes de me ligar, acho que seria um uso mais eficiente do seu tempo. Obrigada, Nora. Te adoro.

Percebo, quando encerro a ligação, que talvez essa tenha sido uma mensagem levemente preocupante. Mas não tenho como deletá-la agora. E, de qualquer forma, me sinto repentinamente tão, tão cansada, que tudo que quero é me deitar no sofá, fechar os olhos e torcer para que eu seja deixada em paz pelo que agora parece ser meu alter ego assustador, para poder dormir um pouco.

11

Sou acordada por um ruído agudo e estridente.

Rolo até a ponta do sofá e vasculho no escuro — quando é que ficou *escuro*, meu Deus? — em busca do celular. É só quando pego, tento atender e percebo que o zunido ainda está soando que eu me toco: não é o celular, é o interfone.

Aos tropeços, atravesso os três pequenos passos até o interfone e atendo.

— Pois não? — murmuro. (Na verdade, o som que sai é apenas ão, pois minha garganta está seca como o deserto do Saara e não consegue pronunciar o resto). — Quem é? (O que sai mais como *nhenhé.*)

— Libby? — A voz soa alarmada. — É você?

— Sou eu. (*Zeu)*

— É a Nora! Deus, Libby, você parece péssima! Me deixe subir!

— *Nora*?

Aperto o botão para deixá-la entrar e fico parada olhando, através da escuridão, confusa, para o interfone por alguns instantes. Não tenho muita certeza de que diabos está acontecendo.

Eu estava literalmente falando com Nora no celular, agora há pouco... Bom, quer dizer, deixando uma mensagem na caixa postal dela... Agora, do nada, ela está *aqui*? Veio lá de *Glasgow*? E está batendo na porta do meu prédio como se tivesse começado o Grande Incêndio de Colliers Wood e ela fosse minha única chance de escapar com vida?

Abro a porta.

— Nora! Que diabos você está fazendo aqui?

— Vim ver se você está bem, ora essa! — Ela parece péssima. Bom, ela está maravilhosa, porque é bem-vestida, glamorosa e muito, muito bonita. Mas, por debaixo da bela maquiagem, do blazer elegante e da nuvem de cabelos loiros macios, ela parece um caos. Pálida, estressada e levemente maníaca. — Quer dizer, que diabos foi aquela mensagem que você me deixou hoje de manhã? Ouvi no final do meu turno, na hora do almoço, e tentei ligar para você por duas horas sem parar até que Mark sugeriu que seria melhor eu simplesmente pegar um avião e vir para cá.

— Você acabou de *vir de Glasgow de avião*?

— Bom, não precisa falar como se eu tivesse pegado o tapete voador mais próximo. Nós temos aviões lá, sabia? E aeroportos. — Ela já está abrindo os botões do blazer, entrando no apartamento e encontrando o interruptor. — Muito bem, me deixe dar uma olhada em você — diz ela, antes de gritar: — *Jesus*, Libby! Quem deixou você com o olho roxo desse jeito?

— Ah, foi a Cass. Ela jogou um coquetel cheio de gelo na minha cara porque achava que eu estava dando em cima do namorado dela.

Nora que, — assim como Olly, — conhece Cass, obviamente tem mais facilidade em acreditar nisso do que Audrey Hepburn.

— Certo — diz ela, segurando meu punho com uma mão para sentir minha pulsação e colocando a outra na minha testa. — Você tem tido febre? Usou alguma droga? Quando foi a última vez que comeu alguma coisa?

— Nenhuma febre. Nenhuma droga, é claro, e... quer saber? Não me lembro. — Fico olhando para ela. — Meu Deus, Nora! Você acha que é só fome?

— Acho que *o que* é só fome?

— Toda essa coisa de transtorno de múltiplas personalidades! As alucinações!

— Certo, foi por isso que eu peguei um avião. — Nora agora assumiu sua Cara de Médica: calma, capaz e preocupada em um nível meramente profissional. — Sente-se, Libby, e... Jesus, que diabos é essa monstruosidade?

Ela está olhando para o Chesterfield.

— É meu novo sofá.

— Mas está ocupando boa parte do espaço aqui. Você não precisa, bem, de uma cama, uma mesa e coisas assim?

— Sim, foi o que eu pensei no começo, mas, na verdade, dá para fazer praticamente tudo que você precisa neste Chesterfield! Dá para comer aqui, dormir aqui...

— Teoricamente, sim, mas não parece que você tem feito muito dessas duas coisas. — Ela se senta no sofá e me puxa para sentar ao seu lado enquanto busca, na mala de mão enorme que está pendurada em seu braço, pela maleta de instrumentos médicos. — Agora, me deixe tirar a sua temperatura, aí vou olhar os seus olhos e, enquanto isso, você deve continuar me contando sobre essas... do que você chamou? Alucinações?

— Sim. Ah, você teve tempo de ler um pouquinho sobre transtorno de múltiplas personalidades? Porque, é sério, tudo que quero saber é se tem cura. Não preciso saber de todos os detalhes assustadores, mas se houver alguma medicação boa que eu possa tomar, ficarei perfeitamente feliz em fazer isso.

— Libby. — Ela respira fundo. — Por que é que você enfiou na cabeça que tem transtorno de múltiplas personalidades? Que, por sinal, não tem mais esse nome. Agora se chama transtorno dissociativo de identidade e é extremamente sério. Acho que, a essa altura, todos nós saberíamos, se você tivesse.

— Como? — pergunto, me inclinando para a frente, ansiosa. — Como a gente saberia? Por que eu acho que estive conversando com uma pessoa que não poderia estar aqui? E respondendo eu mesma a essa pessoa? E cortando meu próprio cabelo com a faca de pão enquanto alucino que é ela que está fazendo isso? Porque todas essas coisas têm acontecido, Nora. Todas elas.

— Espere aí. Você cortou o próprio cabelo com uma faca de pão?

— Sim. Na verdade, não. Foi o que Bogdan disse que parecia, antes de ele mesmo cortar. Na real, acho que eu devo ter usado a tesoura de cozinha.

— Certo... E essa pessoa com quem você diz que está alucinando... É um cabeleireiro chamado Bogdan?

— Não, não! — Me sinto ligeiramente ofendida, por um instante, por Nora pensar que meu alter ego poderia ser um cabeleireiro chamado Bogdan. — Céus, não, Bogdan é real. É o filho do meu locador. Ao menos... — Um pensamento horrível acaba de me ocorrer. — Eu *acho* que ele é real. Nora, me diga. — Agarro o braço dela. — Você consegue ver aquele buraco enorme na parede ali ou sou só eu?

— Sim, consigo ver.

— Ah, graças a Deus. Porque se eu estivesse imaginando um moldavo enorme com uma marreta, isso seria *mesmo* assustador.

— Acho que simplesmente *conhecer* um moldavo enorme com uma marreta já é um tanto assustador, Libby. — O ar de calma profissional de Nora está diluindo, por mais que ela tente fingir que não está. — Agora, escute. Não posso dizer com certeza absoluta, é claro, mas eu sinceramente acho que é muito improvável que você tenha, subitamente, desenvolvido transtorno dissociativo de identidade. Há muitas outras explicações mais prováveis e menos sérias se você acha que está... O quê? Vendo coisas?

— Coisas, não. *Pessoas.* — Respiro fundo. — Audrey Hepburn.

— O que tem ela?

— Ela é a pessoa que eu tenho visto. E conversado.

— Audrey Hepburn?

— Sim!

— Sua estrela de cinema preferida?

— Sim!

Nora fica em silêncio por um momento, então diz, em um tom de voz excepcionalmente delicado:

— A estrela de cinema sobre a qual seu pai está escrevendo um livro há vinte anos?

— Sim! Quer dizer...

Certo. Tenho a impressão de que Nora acaba de elaborar uma teoria. E, como boa parte das Teorias de Nora sobre Libby (meu histórico catastrófico com homens, minha indecisão com relação à carreira etc.), parece que ela decidiu que tudo se resume ao meu relacionamento com meu pai. Ou, mais precisamente, a falta dele.

— Ele está escrevendo um livro sobre *dezenas de estrelas de cinema* há vinte anos — continuo — e *elas* não estão todas surgindo do nada no meu sofá. Não tenho batido papos com Humphrey Bogart. Lauren Bacall não apareceu para fazer tranças no meu cabelo. Judy Garland não ficou viciada no espumador de leite da minha máquina de Nespresso. Apesar de que, para ser honesta, se eu *estivesse* alucinando com Judy Garland, ela provavelmente estaria mais interessada no conteúdo da minha adega de vinhos... Enfim, a questão é, Nora, que isso não tem absolutamente nada a ver com meu pai. Eu sequer o *vejo* mais. Eu nem penso mais nele.

Por um instante, acho que ela vai continuar expondo essa nova teoria, mas ela simplesmente fica quieta enquanto pega o negocinho-de-olhar-no-olho (ela já me disse o nome técnico, mas agora não me vem à cabeça), o ergue e ilumina primeiro um olho meu, depois, com mais cuidado, por causa do hematoma, o outro.

— Muito bem, então — diz ela, após um momento. — Ainda tem um monte de outras explicações. Você tem passado por muito estresse recentemente, com a mudança e tudo isso, e claramente não tem comido regularmente. Sua irmã deixou você com o olho roxo ontem à noite e, — se eu não entendi sua mensagem errado, — você, de alguma forma, acabou envolvida com um modelomaníaco...

— Então você também sabe o que é um modelomaníaco?

— Claro. — Ela parece surpresa. — Um homem que só namora modelos. Acho que isso é do *Sex and the City*. Você poderia procurar na Wikipédia, para descobrir...

— Não! Não quero procurar na Wikipédia! E você está enganada, aliás, porque não estou nada *envolvida* com o Dillon.

— Dillon... Espere, não é o Dillon que ia trabalhar no mesmo programa que você? Não... — O queixo de Nora cai. — Não é o *Dillon O'Hara*?

— Certo, por que todo mundo parece achar tão incrivelmente impossível que eu possa ter dormido com ele? Quer dizer, você... Olly...

— *Olly* sabe que você dormiu com ele?

— Sim, e essa é uma conversa que eu nunca mais quero ter com o seu irmão de novo, Nora. Quer dizer, quando você começou a namorar o Mark, o Olly ameaçou bater na cabeça dele com uma panela Le Creuset?

— Não, mas... — Nora parece um pouco alvoroçada. — Olha, é claro que não estou dizendo que é incrivelmente impossível que você tenha dormido com o Dillon O'Hara, mas você *disse* que tem alucinado com conversas inteiras com Audrey Hepburn.

— E você acha que talvez eu tenha alucinado que fiz sexo com Dillon O'Hara também? — Fico olhando para ela. *Até tu, Nora*? — Bem, obrigada pelo voto de confiança, Nora. Se fosse você na cama com ele, você saberia que não era alucinação, pode ter certeza.

— Mesmo? — Nora se inclina para frente, minha melhor amiga por um instante, em vez da médica preocupada. — Ele é tão bom assim?

— Ah, Nora... Não há palavras.

— *Mesmo*? Bom, suponho que, por todas aquelas coisas que a gente lê sobre ele nas revistas de fofocas, ele obviamente já praticou bastante.

— Então você acredita em mim?

— Mas é claro que eu acredito em você, Libby! É só que tudo isso é um pouco demais para assimilar. E eu estava tão preocupada quando recebi sua mensagem mais cedo, correndo para o aeroporto para pegar o primeiro voo que desse...

— Desculpe. — Pego a mão dela. — Eu não estava raciocinando. Você é uma amiga incrível, Nora. Pegar um avião assim, especialmente depois de um turno longo no hospital. Você deve estar acabada.

— Estou, um pouquinho. Morrendo de fome, acima de tudo. E você também deve estar. Olha, por que a gente não pede alguma coisa para comer? Quem sabe tomamos uma taça relaxante de vinho, e aí você pode me contar mais sobre essas alucinações. Porque, sinceramente, Libby — ela põe a mão em cima da minha —, não acho que há muito com que se preocupar. Existem mil explicações perfeitamente simples, sem precisar entrar em pânico quanto a transtornos mentais ou, bom, tumores no cérebro.

Ótimo. Então a médica totalmente qualificada também não descartou completamente a possibilidade de tumor cerebral. E ainda não discutimos de verdade o fato de que eu, evidentemente, não estou apenas alucinando com Audrey Hepburn, mas também conversando comigo mesma *como se fosse ela*.

Mas não há motivo para isso tudo não ser discutido com um linguado gostoso, recém-decapitado do Fish 'n' Chipz do Bogdan, ou uma porção robusta de frango frito e costelas e — apesar de eu estar um pouquinho preocupada que uma parte do gosto excessivo por álcool de Dillon possa ter passado para mim recentemente — uma ou duas taças daquele vinho calmante que Nora mencionou.

— Não, não, não se preocupe. Eu vou — diz Nora, delicadamente me empurrando de volta para o sofá quando começo a me levantar. — Ainda estou de casaco e de sapatos e você está... Bom, parece que você talvez ainda esteja usando as mesmas roupas de ontem. — Ela dá uma olhada mais de perto no meu vestido. — Você não estava tentando *parecer* com a Audrey Hepburn, estava? Quer dizer, o vestido, seu cabelo e o colar de pérolas...?

Ah, merda. Além de tudo, Nora viu seu presente de casamento, o colar que eu ia dar a ela como uma grande surpresa na manhã de seu casamento. Então vou ter que começar outro do zero. Afinal, as contas delicadas podem muito bem estar permanentemente arruinadas pela camada de martini de santol que provavelmente ainda está impregnado nelas. De qualquer forma, não tenho certeza se eu conseguiria dar o colar a Nora para ser usado com um vestido branco de noiva virginal no dia do casamento, não depois de eu tê-lo usado (e, se me lembro bem, *somente ele e mais nada*) enquanto aprontava tudo quanto é tipo de sacanagem com o Dillon ontem à noite.

— Não — suspiro, cansada. — Eu não estava tentando parecer com ela, ela só estava me dando conselhos de estilo... Olha, eu conto mais depois que você voltar com a comida, está bem? Se eu fosse você, dava um pulo em uma dessas lanchonetes lá embaixo — acrescento, pegando a bolsa, tirando a carteira e entregando a ela a única nota que tenho (que é, deprimentemente, só uma nota de cinco). — Diga a eles que você é amiga do Bogdan Sênior. Ele é o chefe deles, um lorde do crime organizado moldavo, então eles devem ficar assustados o suficiente para dar um belo desconto.

Nora fica simplesmente olhando para mim por um momento.

— Francamente, Libby, nós temos muito o que pôr em dia quando eu voltar com essa comida.

— Eu sei. Acredite em mim.

Me afundo de volta nas almofadas do Chesterfield enquanto Nora sai do apartamento. Meu celular está me dizendo que são 20h36, então eu dormi por... Deus, é isso mesmo? Quase dez horas. E não parece ter ajudado muito, porque eu ainda sinto que poderia pegar no sono de novo a qualquer instante. Na verdade, enquanto estou esperando Nora voltar com a comida, acho que vou só fechar os olhos de novo. Só por alguns minutos. Eu adoraria conseguir curtir uma noite com minha melhor amiga, agora que tiramos todas as questões neurológicas do caminho, sem bocejar a cada cinco minutos e dormir em cima da janta. Quer dizer, temos meses de conversa para pôr em dia: os planos do casamento, que ela certamente já começou a organizar, como as coisas estão com Mark agora que eles estão noivos e…

— Sinto muito.

É — quem mais? — Audrey Hepburn, sentada ao meu lado no sofá. Ela está totalmente vestida agora, em vez de usando só a camisa masculina de antes, e com seu traje icônico de *A princesa e o plebeu*: blusa branca de manga bufante, saia cheia e um lenço amarrado estilosamente no pescoço.

— Eu sinto muito, muito mesmo, querida — repete ela, colocando a mão fria em cima da minha. — Estive pensando no que você disse mais cedo e me sinto totalmente arrasada por causa daquilo.

Tenho que revirar meu cérebro confuso para entender exatamente do que ela está falando.

— Você disse que queria conselhos meus. Disse que queria conversar sobre as coisas. E você tem toda razão: eu *passei* tempo demais brincando com sua máquina de Nespresso e *não devia* ter comprado todas aquelas roupas.

Ah, merda, a compra na Net-a-Porter. Preciso fazer alguma coisa a respeito disso logo, antes que a compra seja cobrada na fatura do cartão de crédito.

— Eu fiquei imensamente tocada — continua Audrey, com o tom de voz mais delicado do mundo — quando você disse que sempre me viu como uma espécie de fada madrinha. E eu entendo que talvez você quisesse algo mais de mim, algo diferente de um corte de cabelo deformado e opiniões firmes a respeito dos seus sapatos.

Eu rio. Bom, é uma espécie de risada, em meio a um suspiro longo e aliviado. E Audrey sorri — aquele sorriso de um milhão de dólares de tirar o fôlego, que deu o pontapé inicial para todas as minhas fantasias ridículas sobre ela, todos aqueles anos atrás.

— Não sei ao certo o que eu poderia ter a oferecer — diz ela —, mas eu só queria que você soubesse que estou aqui se você precisar de mim.

Estou um pouco chocada demais para responder qualquer coisa.

— Ah, e, aliás, sou meio que uma expert em pais bostas, idiotas e egoístas.

— Audrey!

Estou realmente chocada por ouvir aquela palavra que começa com B sair da boca dela.

— Bem, sou mesmo. — Ela tira as sapatilhas e senta em cima das pernas cruzadas no sofá. — Então, se um dia você quiser trocar figurinhas...

— Eu sei. Seu pai teve um caso com a babá, largou a sua mãe quando você tinha seis anos, se mudou para a Irlanda e se tornou um simpatizante do nazismo. Meu pai largou minha mãe quando eu tinha três anos, para ter mais tempo e espaço para trabalhar. — Ao mesmo tempo em que estou dizendo essas palavras, consigo ouvir a voz de meu pai na minha cabeça; afinal, ele repetiu essa frase várias vezes ao longo dos anos. — Ao menos ele não começou a simpatizar com os nazistas. Mas talvez só porque era final dos anos 1980, e não metade da década de 1930, e não havia mais muitos nazistas por aí. Tenho certeza de que, se houvesse, meu pai teria encontrado algum jeito de simpatizar com eles, só para me irritar ao máximo.

— Minha nossa! — A boca de Audrey está aberta. — Como é que você sabe tudo isso sobre o meu pai?

— Parcialmente porque o *meu* pai está escrevendo um livro sobre você há vinte anos. Bom, você e outras poucas lendas de Hollywood.

— Que extraordinário!

— Bom, suponho que seja um pouco de coincidência — respondo, cansada —, pensando bem.

— Não, não, falo do fato de ele estar escrevendo esse livro há *vinte anos*. Ele é um pesquisador extremamente meticuloso?

— Não, é um babaca irremediavelmente preguiçoso.

Meu celular apita, de repente, no chão ao meu lado.

— Oh! — arfa Audrey. — Será que é o seu modelomaníaco?

Eu não deveria ficar animada, mas, mesmo assim, sinto um vazio no estômago quando me abaixo para pegar o telefone e ler a mensagem. Mas não é o Dillon. É a Cass.

Libby, vc vai amanhã no spa pro aniversário da mãe ou não?

Oh, Deus, isso é tudo de que eu preciso. A ida anual ao spa das Mulheres Lomax para o aniversário da minha mãe. Este ano, vamos ao FitLondon — onde mais? —, onde os preços são tão astronômicos que eu só consegui encontrar um único e solitário tratamento que custava menos que cem pilas para mim: uma porcaria com algas que parece péssima, com duração de 15 minutos em uma sauna, e vai me custar setenta libras. Provavelmente, vão me deixar sozinha em uma sala vazia com uma chaleira, uma bacia e um pano de prato grande para colocar na cabeça, como eu costumava fazer quando tinha treze anos, para tentar desobstruir os poros do nariz e da testa com vapor.

Sim, respondo para Cass, *vou ao spa, apesar do OLHO ROXO ENORME na minha cara.*

— Não é o seu modelomaníaco?

— Não é o meu modelomaníaco.

Ah, ótimo, é a resposta de Cass. *Posso dividir o presente q vc comprou, o q quer q seja?*

— Sabe, acabei me entendendo com o meu.

Ergo os olhos para Audrey, confusa.

— Desculpe, você acabou se entendendo com... o seu modelomaníaco?

— Não, não, querida. Eu nunca tive um modelomaníaco! Apesar de meu segundo marido, em particular, não resistir a um rabo de saia. Mas eu estava, na verdade, falando do meu pai.

— Ah, desculpe, eu achei que não estávamos mais falando de pais.

Ela dá de ombros.

— Só se você quiser.

— Céus, sim. Eu quero.

Começo a escrever uma resposta para Cass.

PQP, vc não pode simplesmente pegar...

E então eu paro. É incrivelmente rude ficar sentada aqui mandando mensagens enquanto estou no meio de uma conversa, em primeiro lugar, e em segundo, eu quero perguntar algo a Audrey, depois do que ela acabou de dizer.

— Você acabou se dando bem com ele?

— Meu pai? — Audrey confirma com a cabeça. — Bem o bastante. Trocávamos cartas. Eu o visitava, ocasionalmente. Foi muito terapêutico.

Ergo uma sobrancelha, cética.

— Foi mesmo, Libby, de verdade. Quer dizer, é claro que eu gostaria que ele não fosse...

— Simpatizante do nazismo? Amante da babá? Seu pai?

— Do jeito que era — termina Audrey, me dando uma olhada delicadamente repreendedora, que faz eu me sentir minúscula e envergonhada por ser tão petulante. — Mas a parte boa de estar em contato com ele novamente, já adulta, foi que comecei a ver que a maneira como ele era não tinha nada a ver comigo. Nada das coisas que ele tinha feito foram para — como foi que você disse agorinha mesmo? — me irritar ao máximo. Ele fez simplesmente porque não era capaz de fazer mais nada.

Não digo nada.

— Enfim, você não precisa me dar ouvidos. Não sou nenhuma especialista. Mas eu sei, afinal, como é sentir que você tem tudo no mundo, menos um pai de verdade.

Ela parece tão desesperadamente triste, de repente, que eu instintivamente me estico no sofá para colocar um braço em torno dela.

Mas ela se foi.

A alucinação foi... o quê? Interrompida? E dessa vez nem foi preciso que Bogdan atravessasse a parede com uma marreta.

Dessa vez, no entanto, eu teria gostado se ela tivesse ficado um pouquinho mais. Só até Nora voltar, pois eu estava meio que curtindo nossa conversa sobre nossos pais.

Bom, tanto quanto é possível *curtir* uma conversa sobre dois perdedores completos que vivem ou a) ostentando suásticas ou b) dizendo às filhas que *queriam* ter ligado no aniversário delas/aparecido na noite dos pais no colégio/cumprido o combinado de sair para jantar, mas o livro deles sobre a era de ouro de Hollywood é um pouquinho mais importante neste momento.

Eu reconheço, por sinal, que a questão da suástica é um pouquinho pior que a questão do livro sobre Hollywood.

Mas também, como Audrey acabou de dizer, antes de a alucinação se desfazer, ela tinha tudo no mundo, menos um pai de verdade. E eu... não. Não sou uma beldade internacional, uma lenda do estilo ou uma estrela do cinema vencedora de Oscar. Eu certamente não tenho o necessário para viajar para favelas miseráveis na América Central ou vilarejos de pessoas famintas na África, aproveitando para alegrar um pouquinho a vida de algumas crianças desesperadas e arrecadar montanhas de dinheiro para o Unicef no caminho.

Não sou Audrey Hepburn que, por acaso, tem um pai ruim. Sou Libby Lomax e, por acaso, tenho um pai ruim.

Apesar de que, neste momento, eu preciso urgentemente parar de pensar em pais ruins, porque Nora vai voltar a qualquer minuto com a comida, e eu não quero me prender mais a esse assunto. Em parte, porque eu quero muito, muito mesmo ouvir os planos de Nora para o casamento, e em parte porque não quero acidentalmente provar que a teoria dela sobre as alucinações está certa.

Me levanto do Chesterfield e me espremo até chegar à cozinha para começar a pegar a louça para a nossa janta.

12

Nora vai pegar o Paddington Express para o Aeroporto de Heathrow a fim de pegar o voo de volta para Glasgow esta manhã, e como ela viajou seiscentos quilômetros para vir me ver ontem à noite, acho que nada é mais certo e justo que eu a acompanhe até Paddginton para dar tchau.

— Agora me prometa que você está se sentindo melhor esta manhã, Libby — diz Nora enquanto entramos na WH Smith da estação para comprar revistas, balas e chocolates para sua viagem de volta. — Depois de tudo que conversamos ontem à noite.

Tudo que conversamos ontem à noite foi a sessão intensa de Nora para desmascarar completamente, em meio a iscas lamentavelmente mal fritas de linguado e um balde de frango frito lamentavelmente seco, minha teoria das múltiplas personalidades.

Nora, sendo Nora, não descansou até me apresentar o máximo possível de evidências frias, duras e científicas de que minhas alucinações são, muito provavelmente, causadas pelo estresse combinado da mudança, de ter perdido o emprego e de acidentalmente ter botado fogo na minha cabeça na frente de todo o pessoal da produção.

O que, convenhamos, é basicamente o que eu pensei na primeira vez que aconteceu.

E ao menos ela conseguiu me fazer relaxar um bocado com relação à possibilidade de eu estar sofrendo de um transtorno raro e apavorante de identidade; um transtorno que talvez sequer exista, aliás, segundo a análise breve, porém meticulosa, das pesquisas psicológicas mais atualizadas. Ela foi uma médica perfeitamente enérgica e firme com relação ao fato de Bogdan, Filho de Bogdan ter afirmado que ouviu *duas* vozes aquele dia também:

— Francamente, Libby, a acústica aqui em cima, nesse ático velho, é horrível, você sabe. É perfeitamente possível que pudesse parecer que havia duas pessoas aqui conversando quando, na verdade, era só uma pessoa e o encanamento, seriamente danificado, respondendo.

O que, visto que a qualidade do encanamento não é, realmente, algo a ser discutido, ao menos tem um quê de verdade.

— E mesmo assim — ela está dizendo agora enquanto perambulamos por entre as prateleiras de revistas da WH Smith —, a probabilidade de qualquer uma dessas coisas estar sendo causada por um tumor cerebral é *extremamente* remota, então tudo que você precisa fazer é ficar de olho caso apareçam outros sintomas — dores de cabeça, luzes piscando, vista embaçada... Ligue para mim e conversarmos mais sobre isso. Promete?

— Prometo — digo a ela, apertando sua mão.

— As coisas mais importantes que você precisa fazer para dar um fim a essas alucinações são: comer direito, dormir direito e, o mais importante de tudo, descansar. O que, idealmente, significa não ficar saracoteando por aí com atores maravilhosos e nada confiáveis.

— Eu não acho que saracotear por aí com atores maravilhosos e nada confiáveis seja uma opção — digo a ela —, mesmo se eu quisesse que fosse.

E então, antes que eu possa acidentalmente confessar que, — apesar de tudo, — não tenho certeza se *quero* que as alucinações parem, digo a ela que vou pegar umas balas de menta e a encontro no caixa.

Quando a encontro no início da fila, alguns minutos depois, ela está com uma cara estranha.

— Está tudo bem, Nora? Precisa que eu corra até a Boots e compre um absorvente interno de emergência para você ou algo assim?

Ela meneia a cabeça, pega as balas da minha mão e paga por elas e pelo monte de revistas que estão debaixo de seu braço, no caixa que está livre. É só quando saímos no saguão principal que ela volta a falar.

— Acho melhor você dar uma olhada nisto aqui — diz ela, colocando a mão na sacola fina de plástico cheia de revistas, pegando um exemplar da *InStyle* deste mês e entregando-o a mim.

Fico olhando para — adivinhe? — Kim Kardashian na capa, tentando entender para que Nora está olhando com essa expressão tão profunda.

— "O novo salto — Você nas alturas"?

— Não.

— "Pó compacto: testado e aprovado"?

— *Não*! Aqui, Libby, olhe.

Ela aponta para uma chamada no canto inferior esquerdo da capa, bem na parte mais baixa do decote de Kim Kardashian.

— "A Hollywood de Ouro revelada"?

Ela confirma com a cabeça.

— Abra na página do índice.

Isso está começando a parecer um pouquinho como aquelas corridas com obstáculos inúteis que eu sempre era obrigada a fazer no colégio, e estou meio que esperando que Nora me jogue um saco para eu sair pulando ou um bambolê, cumprindo as ordens dela, quando chegar na página do índice.

O título *A Hollywood de Ouro* reaparece na seção de Cinema e captura minha atenção imediatamente.

Página 123: A Hollywood de Ouro revelada. Edward Lomax, autor do novo guia definitivo da história de Hollywood, escreve sobre as vidas ocultas das damas protagonistas da era de ouro da Tinseltown, desde a vida amorosa complicada de Ingrid Bergman até o relacionamento trágico de Audrey Hepburn com seu pai.

Edward Lomax, autor do novo guia definitivo da história de Hollywood — e, aparentemente, especialista internacional em relacionamentos trágicos com pais, — é meu pai.

O livro do meu pai foi publicado e eu sequer sabia disso.

— Você sabia...?

— Não. Não tenho mais contato com ele, Nora, eu disse.

— Mas eu pensei que, se o livro dele vai ser finalmente publicado... E parece ser um negócio importante, se ele está escrevendo artigos para a *InStyle*... Sei lá, talvez tenha rolado uma festa de lançamento ou algo assim...

— Talvez tenha rolado, mas, se rolou, eu não fui convidada.

Um silêncio curto e constrangedor se instaura.

— Bom, talvez, mesmo que você só tivesse uma suspeita minúscula quanto a isso, pode ter sido isso que engatilhou...

— Nora, pela última vez, eu não sabia que o livro do meu pai tinha sido publicado e isso não tem nada a ver com as minhas alucinações!

O condutor de um trem passa e me olha com uma cara muito estranha, passando bem longe de mim, então acho que é melhor eu abaixar o tom de voz.

— Sinceramente, isso é novidade para mim, Nora — sibilo. — E você está fazendo uma tempestade em copo d'água, de qualquer forma.

— Libby, seu pai deixou a sua mãe para escrever esse livro... Uma vez ele disse que teve que escolher entre o trabalho de sua vida e a filha e que tinha certeza de que tinha feito a escolha certa...

— Meu pai me disse muitas coisas — retruco, abruptamente. — A maioria era só besteira.

— E agora o livro está pronto. E de repente você está tendo conversas imaginárias com as mesmas lendas de Hollywood que fizeram com que ele abandonasse a família para poder escrever sobre elas?

— Lendas de Hollywood, não. Só Audrey Hepburn.

Nora solta um suspiro longo, bem longo.

— Certo. Bom, acho que preciso pegar um desses trens se quiser chegar ao aeroporto a tempo. — Ela pendura a mala no ombro. — Vou repetir, Libby, que é para você ligar para mim se precisar conversar. Prometo que vou separar mais tempo para você do que eu tenho feito nos últimos meses. O trabalho está uma loucura, e o casamento...

— Eu sei. Você não precisa me explicar nada, Nora. Eu ainda não consigo acreditar que você pegou um avião até aqui por minha causa.

Ela se aproxima e me dá um abraço rápido, um tanto violento.

— Diga "oi" para a sua mãe e a sua irmã por mim, tá?

— Vou dizer. E dê um grande beijo em Mark por mim.

Eu a observo caminhar na direção da plataforma do Heathrow Express e aceno quando ela entra no trem, que sai da estação um instante depois.

Certo, bom, não vou ler o artigo do meu pai. E certamente não vou ler o livro dele.

Eu só vou curtir o dia no spa com minha mãe e a Cass, mesmo morrendo de raiva, se for o caso, e afastar todos os pensamentos sobre Edward Lomax. E lendas de Hollywood, já que estamos tocando nesse assunto.

Me viro e sigo na direção da linha Circle, enfiando a *InStyle* bem no fundo da bolsa.

A entrada do spa do FitLondon é, graças a Deus, na rua Baker, e não na praça, então não preciso encarar Pippa, a recepcionista mal-humorada, na entrada principal. Na verdade, a menina da recepção do spa é incrivelmente gentil e está totalmente disposta a fazer um tour pelo estabelecimento comigo, desde a sauna, onde eu farei o meu tratamento, até os vestiários, onde, aparentemente, um roupão e um par de chinelos me aguardam.

Por mais que eu adore roupões, o que eu realmente preciso agora é de cafeína, então eu só peço para a recepcionista me mostrar onde fica o café.

— Ah, bom, não temos um café desse tipo... Temos uma casa de sucos maravilhosa, que serve sucos de frutas frescas e chás de ervas, você gostaria de beber algo assim?

Não muito, mas, obviamente, é o que tem para hoje, então eu sigo os direcionamentos dela na esperança de que eu possa ao menos persuadir alguém a acrescentar uns saquinhos extras de chá no meu bule de camomila.

Na verdade, é uma pequena área com mesas e cadeiras ao lado da luxuosa piscina de estilo romano, repleta, em sua maior parte, por mulheres de roupão. Uma delas é Cass.

Ela está sentada em uma das mesas mais próximas do bar com um copo alto de um *smoothie* cor-de-rosa à sua frente. Seu roupão está apenas jogado, glamorosamente, sobre os ombros e, por baixo, ela não está usando nada além de um maiô vermelho extremamente sexy que mal segura seus seios fartos e que, com os apliques loiros bagunçados, faz com que ela fique muito parecida com a Pamela Anderson em um episódio antigo de *S.O.S. Malibu*.

— Ah, oi, Libby — diz ela, erguendo os olhos do celular quando me aproximo da mesa. — Por que os óculos escuros? Você está morrendo de ressaca ou algo assim?

Me sento de frente para ela, tiro o Ray-Ban de Dillon e olho bem nos olhos dela.

— Ah, certo — diz ela. — Isso.

— Isso.

— Está horrível.

— Obrigada. Caso você esteja se perguntando, também está doendo.

— Talvez eu tenha um pouco de arnica na bolsa — diz ela.

Isso é o mais perto que ela vai chegar de admitir que sente muito.

A questão é, contudo, que, apesar de minha irmã não ser a melhor pessoa do mundo na hora de pedir desculpas, ao menos ela não costuma ficar amuada ou estender o problema ou ficar emburrada. Qualquer que tenha sido a sandice que ela talvez tenha pensado ontem à noite sobre eu dando em cima do namorado horroroso dela, ela já esqueceu. Quase com a mesma rapidez com que ela jogou aquele coquetel cheio de gelo na minha cara, para falar a verdade.

— Você está péssima, sabia, Libby? — continua ela enquanto me sento à mesa e largo a bolsa.

— Como assim? Além do olho roxo, você diz?

Ela ignora isso.

— Então, o seu novo namorado não está deixando você dormir?

— Meu novo...?

— Dillon O'Hara.

— Ele não é meu novo namorado!

— Ah, *disso* eu sei, Libby. — Ela revira os olhos. — Estou *brincando*, é óbvio.

— Ah. Certo. É óbvio.

— Mas todo mundo viu vocês irem embora da festa juntos, por sinal. E estou falando de todo mundo *mesmo*, inclusive aquela modelo que ele costumava namorar: Regan ou Rhesus ou o que quer que seja.

— Rhea.

— Essa aí. Melhor você torcer para não cruzar com *ela* em um beco escuro, Libby. Ela estava soltando fogo pelas ventas quando viu que ele tinha ido embora com você.

Soltei uma risada que era para ser "tô nem aí" e cheia de imponência, mas acabou saindo aguda e levemente confusa.

— Então, ele foi com você até o metrô ou algo assim?

Fiz um movimento com a cabeça que não foi nem uma confirmação nem uma negação, não me comprometendo, portanto, a dar nenhum tipo de resposta. Não que a Cass esteja mesmo muito interessada; ela já decidiu que me levar até o metrô é tudo que o Dillon poderia querer comigo, então uma resposta de verdade é irrelevante.

— Sabe, eu decidi — continua ela — que, na real, não há nada de tão especial assim no Dillon O'Hara. Quer dizer, ele nem é tão bonito assim. E agora que ele deixou o Dave irritado, por sinal, a carreira dele vai, tipo, rolar ladeira abaixo.

— Por falar em Dave — digo rapidamente, em parte para mudar de assunto e em parte porque isso não saiu da minha cabeça —, suponho que você tenha visto que ele usa uma aliança de casamento.

Cass sacode os cabelos com uma pitada forte daquela atitude "tô nem aí" que eu tentei empregar agorinha mesmo e ignora a pergunta.

— Gostei *disso* — diz ela com um tom bastante decidido, apontando com a cabeça para o colar de pérolas com a orquídea que, — como decidi não dá-lo mais a Nora (vou começar a fazer um novo para ela, ao invés disso), — ainda estou usando. — Você pode transformar aquele meu de rubi em algo assim? Eu meio que estraguei o fecho quando fui personalizá-lo *sozinha* aquela noite.

— Cass, por favor. Estou falando muito sério.

— Então, quando eu for fazer meu tratamento de fortalecimento corporal — ela tenta outro assunto —, devo pedir a eles que se concentrem no meu bumbum e nas minhas coxas ou na minha barriga e nos meus braços?

— Cass...

— Porque como eu tenho a audição para aquela tal de Emily amanhã de manhã, eu realmente preciso pensar nos meus pneuzinhos nojentos, super-rápido.

— Emily?

— Você sabe, Libby! Aquela coisa da RTE, o programa sobre a Emily Blunt.

— Emily *Brontë*.

— Isso, é essa aí, eu acho. Espere aí: ela tinha irmãs?

— Duas.

— Sim, é ela mesma, então. — Ela pensa por um momento. — Então elas são meio que como as Kardashians? Tipo, uma versão medieval?

— Não! E elas não eram medievais, eram... — Na verdade, quer saber? Eu desisto. — Olha, Cass, por favor, podemos só terminar de conversar sobre o Dave?

— Puta que pariu, Libby, ele não é *casado*! — Ela revira os olhos para mim como se eu tivesse acabado de dizer a coisa mais estúpida que ela já ouviu. — Não de verdade. Ele e a mulher estão separados. Bom, quer dizer, eles ainda moram na mesma casa e tudo mais, mas é só porque ele é um cara legal demais para magoar os filhos.

Sinto, inesperadamente, um nó na garganta.

— Oh, Cass…

— Ele é agente — diz ela, como se isso fosse dar um fim às minhas preocupações com tanta firmeza quanto se ela tivesse acabado de dizer: *Ele é um santo recém-beatificado por curar doenças terminais só com o toque de suas mãos.* — E eu andei pensando, eu realmente preciso me mexer para conseguir um agente de verdade, agora que a mãe vai se distrair com a escola de teatro e com toda essa merda com o seu pai.

— Mas, Cass, se você quer um agente de verdade, você pode conseguir um sem precisar… Que merda com o meu pai?

— Hum, não sei bem. Alguma coisa a ver com a casa… Ah, você pode perguntar para ela mesma. Ela está voltando agora do tratamento facial antienvelhecimento. Mãe. aqui!

Para alguém que acabou de gastar quase duzentos pilas em um tratamento antienvelhecimento, minha mãe está horrorosa. Os apliques selvagens e levemente embaraçados não ajudam, mas o problema maior é que os olhos dela estão inchados e seu nariz está vermelho e brilhante.

— Mãe? — Meio que me levanto e puxo uma cadeira para ela desabar. — O que aconteceu?

— Aquele *cretino* — diz ela, ofegando.

Certo, agora eu *sei* que tem alguma coisa a ver com meu pai.

Minha mãe está remexendo nos bolsos do roupão e pega um pedaço de papel creme um pouquinho amassado, que ela entrega a mim.

— Leia isto — soluça ela. — Preciso de uma porcaria de uma bebida.

— Tome o meu *smoothie* — diz Cass, generosamente, empurrando o copo praticamente cheio na direção de minha mãe. — Vou pedir para eles me fazerem um suco de ameixa. É a única maneira que me vem à cabeça de eliminar um quilo antes da audição, se eu quero chegar *perto* de ficar como a Kim Kardashian.

Abro o papel. É uma notificação oficial digitada de um lugar chamado Latymer Postlehwaite Karney, um escritório de advocacia.

Cara sra. Lomax, diz a notificação,

Fomos informados pelo nosso cliente, o sr. Edward Lomax, que você recentemente vendeu o imóvel da rua Travelyan, nº 21, em Londres, adquirido por você e o nosso cliente em 1985, de propriedade conjunta das partes desde então. O sr. Lomax nos informou que a senhora ainda não repassou a ele a metade do lucro da venda da casa.

Ergo os olhos para minha mãe, que está engolindo o *smoothie* rejeitado por Cass como se fosse o gin com tônica que ela preferiria estar tomando agora.

— Não devo a ele nem uma porra de um centavo da venda da casa — diz ela quando larga o copo. — Muito menos metade. Você sabe com quanto ele contribuiu para o financiamento nos últimos vinte anos? Qual a quantia tremenda que ele se dignou a embolsar? *Zero.* Essa foi toda a quantia que aquele filho da puta pagou.

O que é, eu sei bem, verdade. Consigo me lembrar de ouvir, escondida, ligações tensas o suficiente ao longo dos anos para saber que minha mãe tem razão quando diz que meu pai não pagou um centavo do financiamento. E praticamente nada da pensão também, por sinal.

Estamos, portanto, continua a notificação dos advogados, *entrando em contato para solicitar que você transfira a metade que cabe ao sr. Lomax do lucro da venda do imóvel da rua Trevelyan, nº 21, para a conta de nosso cliente em um prazo de cinco dias úteis do recebimento desta notificação ou, infelizmente, seremos obrigados a entrar na justiça.*

— Acabei de gastar quinze mil em uma franquia de uma escola de teatro — choraminga minha mãe, uma lágrima enorme escorrendo por sua bochecha e caindo dentro do *smoothie* de Cass. — E o aluguel da locação é de doze mil por ano, e eu já gastei cinco mil em propaganda e quase três mil no meu guarda-roupa de diretora-de-escola-de-teatro…

— Mãe, isso é ridículo! Você não tem que dar nem um centavo a ele, está bem? Agora, só precisamos arranjar um advogado para você e ele pode responder imediatamente, além de dizer a esse tal de Latymer que você foi a única pessoa que pagou o financiamento nos últimos vinte anos. Vamos encontrar um bom advogado para você, está bem? — Coloco a mão nas dela. — Ele vai cuidar de tudo para você e você não vai precisar ter nenhum contato com o meu pai.

— Ah, não, não, não, não, não. Não quero um advogado! Vai me custar uma fortuna! Além disso, não dá para confiar neles. São todos traiçoeiros e ardilosos, que dormem com seus colegas e desviam dinheiro dos clientes.

É bem possível que minha mãe esteja baseando suas opiniões nos advogados dos romances de John Grisham e nos episódios de *Boston Legal.*

— Sabe, *você* poderia falar com ele, Libby — continua ela. — Fazê-lo entender que ele está sendo irracional. Fazê-lo recuar sem que eu precise contratar advogado nenhum.

Sorrio, porque tenho certeza de que ela está brincando. Minha mãe não sorri de volta.

— Você está brincando — digo.

— Não, estou falando sério, Libby! Ele vai ouvir você! Ele nunca conseguiu negar nada a você...

Minha mãe para, incapaz de continuar com esse absurdo por mais tempo.

— Está bem, está bem... — continua ela, parecendo um pouquinho — bem pouquinho — encabulada e sem me olhar direto nos olhos. — Mas talvez ele esteja com vontade de recompensar você, querida! Por ter sido um pai tão ruim todos esses anos.

— Não vou falar com ele, mãe — digo, tentando angariar um pouquinho daquela elegância graciosa que (quase) funcionou com ela na última vez em que ela começou a me aporrinhar. — Vou dar toda a ajudar que eu puder. — Vou encontrar um advogado, vou conversar com o advogado, vou até *pagar* pelo advogado, se você quiser. (Apesar de que, visto que não tenho um centavo no bolso, essa seria uma conversa interessante com o gerente do banco.) — Mas não vou conversar com o meu pai — concluo, de um jeito elegante e gracioso, — porém bem firme. — Não faria bem absolutamente nenhum, além de todo o resto.

— Oh, Libby. — Minha mãe usa uma de suas táticas favoritas para me fazer concordar com alguma coisa: o escárnio. — Você está sendo boba. Dramática demais. É um favorzinho tão pequenininho...

— Mãe, eu disse que não.

Ela me encara, seus olhos se arregalando, e posso sentir que outra de suas táticas preferidas está a caminho: a vitimização.

— No meu *aniversário*...

Posso estar elegante e graciosa por fora (ao menos eu espero que esteja; os óculos idiotas gigantes não ajudam muito), mas posso sentir meu coração começando a acelerar. A confrontação não é meu ponto forte, mas isso é algo em que não vou ceder, nem um tiquinho.

— Eu sinto muito, mãe. Sinto mesmo. Mas não quero vê-lo.

Os olhos dela se iluminam: ela encontrou uma brecha.

— Ah, mas você não precisa *vê-lo*, Libby! Você pode simplesmente ligar para ele! Até mandar um e-mail! Ou só uma mensagem rápida. Quer dizer, essa é uma das grandes vantagens de viver no século XXI, não é mesmo? Todas essas formas maravilhosas de se comunicar com as pessoas com quem você não quer ter uma conversa cara a cara!

(Não me apego — demais — ao fato de que minha mãe, invariavelmente, entra em contato *comigo* por mensagem de texto, mas sempre prefere conversar com Cass pessoalmente, preferencialmente durante um longo almoço de meninas.)

— Mãe, por favor. Me escute. Não vou entrar em contato com ele. Nem por telefone nem por e-mail nem por mensagem de texto nem por Facebook nem por Twitter. Nem por pombo-correio. Nem por sinais de fumaça.

O que deve ter englobado praticamente tudo.

— Dá para usar o WhatsApp — sugere Cass.

Dou a ela uma olhada. Não é nem elegante e nem graciosa.

— Bom, só estou *falando*, Libby... É o aniversário da mãe, no fim das contas. Não se faz sessenta anos todo dia.

— Tenho 56! — ralha minha mãe.

— Certo, então *praticamente* sessenta...

— Olha, acho que podemos encerrar toda essa discussão — digo, antes que minha mãe perca completamente a cabeça — concordando que as exigências do meu pai são completamente irracionais e que vamos arranjar um advogado legal, compreensivo e de valor *razoável* que vai escrever uma carta para os advogados do meu pai dizendo a eles para caírem na real. Está bem?

Minha mãe só funga e não diz nada.

— Vou entender isso como um "sim", então — digo, me levantando. — Agora, se vocês não se importarem, preciso ir passar os próximos vinte minutos na sauna. Encontro vocês duas, de volta aqui na piscina, depois.

— Deixe para lá, mãe — ouço Cass dizer atrás de mim quando, presumivelmente, minha mãe abre a boca para me chamar de volta. — Libby tem razão. Você precisa de um advogado. Não precisa forçá-la a conversar com o pai idiota dela.

O que, muito mais do que qualquer outra coisa que Cass podia fazer um dia, é suficiente para compensar o drink que ela jogou na minha cara.

Mas, falando sério: que diabos minha mãe estava *pensando* ao sugerir que eu confrontasse meu pai? E que diabos ela estava pensando, agora que estamos realmente envolvidas nisso, ao não procurar um aconselhamento adequado quanto às finanças matrimoniais quando se separou dele, 25 anos atrás? E, o mais importante de tudo, que diabos meu *pai* está pensando? Por que ele está indo atrás da minha mãe para receber metade do dinheiro da casa? Justo quando o maldito livro dele foi publicado, então ele deve finalmente ter ganhado algum dinheiro com isso? Depois de três décadas de *enrolação*?

Me sentindo menos elegante a cada segundo que passa, saio da área da piscina pisando duro e volto ao corredor com aroma de lavanda, onde sou quase imediatamente abordada por uma bela terapeuta ruiva do spa, que está usando um uniforme futurista branco. O nome *BETSY* está impresso, em letras garrafais, em seu crachá.

— Você é a Libby? — pergunta ela, olhando para os meus óculos escuros. — Da experimentação de vapor das 11h?

Imagino que acrescentar a palavra "experimentação" é simplesmente uma maneira de justificar o custo de setenta mangos. Mas isso não é culpa da Betsy, então simplesmente respondo, educadamente:

— Sim, sou eu.

— Ótimo! Você vai adorar esse tratamento, Libby! É totalmente divino! Você já fez alguma coisa assim antes?

— Eu... ahn... ainda não sei exatamente do que se trata.

— Certo. Bem, é supersimples. — Betsy abre a porta de uma sala de tratamento próxima e ambas somos completamente engolidas por uma onda enorme de vapor rodopiante. — Você entra aí — explica ela, abanando o vapor —, tira a roupa... — hum, sugiro tirar também os óculos de sol... — e coloca a calcinha descartável que eu deixei para você no banco. Aí você simplesmente se cobre de lama! Tem uma bacia grande ao lado da calcinha descartável.

— Lama?

Estou um pouco preocupada com relação a isso.

— Bom, é, na verdade, mais parecido com algas, que são total e completamente excelentes para melhorar a aparência da celulite e os depósitos de gordura. Quer dizer, obviamente, não vai transformar você em uma supermodelo...

— Obviamente.

— ... Mas você com certeza vai se sentir mais leve e firme depois! É só aplicar as algas nas partes que mais preocupam você, aí deitar em um dos bancos e relaxar por quinze minutos. Depois, você pode se limpar no chuveiro.

Então esse é um trabalho para fazer por conta própria. Setenta pilas por quinze minutos de lama, vapor e chuveiro. De qualquer forma, é melhor eu tentar ao máximo aproveitar a "experimentação", agora que já estou comprometida. E, para ser sincera, enquanto Betsy acena um "tchau" e fecha a porta da sala, percebo um local calmo, pacífico e livre da minha mãe. Há umas luzinhas piscantes bonitinhas e o vapor, — depois daquela onda que saiu pela porta, — está rodopiando delicadamente como uma fumaça. O cheiro também é, de fato, muito bom: lavanda, eu acho, com uma pitada de eucalipto. Uma oportunidade de ouro para alguns minutos preciosos daquele relaxamento no qual Nora estava insistindo.

Tiro o Ray-Ban, penduro a bolsa em um ganchinho na porta, tiro a roupa, penduro ao lado da bolsa, encontro a calcinha fio-dental descartável em um dos bancos encostados na parede, coloco e aí enfio as mãos no balde de algas da Betsy para começar a espalhar por todo meu...

Eca.

Isso não é nada divino. Quer dizer, tem *cheiro* de paraíso, mas isso é uma coisa completamente diferente.

Espalho um punhado daquela coisa marrom lamacenta asquerosa no meu bumbum e nas minhas coxas e outro punhado na minha barriga, aí me sento no pequeno banco de madeira, debaixo da maior seção de luzinhas piscantes e... Bom, o quê? O que devo fazer agora? Pensar em coisas emagrecedoras?

Será que eu preciso *imaginar* que essas algas nojentas estão derretendo toda a minha celulite e os depósitos de gordura (que eu acho que foi a maneira delicada da Betsy dizer *pneuzinhos*, por sinal)? Ou será que só devo ficar aqui em meio ao gostoso vapor rodopiante, ignorar o cheiro inebriante e tentar relaxar? Ou...

Não. Eu disse que não ia ler o artigo do meu pai na *InStyle* e estava falando sério.

Então, não sei ao certo o que foi que me possuiu e me fez levantar, ir até a bolsa pendurada na porta, procurar a revista e abri-la na página 123. Mas veja bem, meu pai não vai *saber* que eu li. Ele não vai ficar ainda *mais* insuportavelmente egocêntrico e narcisista só porque eu dei uma olhadinha rápida no maldito artigo dele, na privacidade total desta sauna. Não é como se eu tivesse que mandar mensagem para ele dizendo: *Belo artigo na* InStyle, *pai, e parabéns pelo livro! Muito amor da sua única filha (é a Libby, aliás), bjos.*

Só vou dar uma lidinha rápida, de qualquer forma. Passar o olho e captar a essência geral.

Pulo a introdução da própria revista e vou direto na prosa — ainda — familiar do meu pai.

> *Ícones; deusas; lendas da telona: as damas protagonistas da Hollywood dos anos 1950 eram tudo isso e muito mais. Que dona de casa do Kansas não derramou uma lágrima quando Judy Garland ansiou para voltar para casa em* O mágico de Oz? *Qual jovem deslumbrado não se apaixonou por Marilyn Monroe quando ela confessou seu desejo por saxofonistas em* Quanto mais quente melhor? *E será que houve alguma estudante introvertida em todo o mundo que não sonhou em trajar um tailleur Chanel, acomodando um cachorrinho debaixo de um braço e deixando que William Holden a levasse às nuvens, do mesmo jeito que Audrey Hepburn em* Sabrina?

Certo, isso é totalmente típico. Não apenas o estilo pomposo (existe alguém, em todo o planeta, pergunto, que goste de uma pergunta retórica mais do que meu pai?) ou os clichês paternalistas (*dona de casa do Kansas... Estudante introvertida*), mas os *erros* displicentes. Era um tailleur da Givenchy, porra! Não da Chanel! Ninguém precisa passar as últimas noites batendo papo com uma Audrey imaginária para saber disso.

> *Mas por trás do encanto e do glamour, a vida privada da elite de Hollywood era, na maior parte do tempo, complicada, na melhor das hipóteses; e catastrófica, na pior delas.*

Certo, então parece que o livro do meu pai vai ser um best-seller estrondoso, que vai, portanto, atrair, tenho toda certeza, a atenção da única pessoa do mundo todo que não sabe sobre o alcoolismo de Judy Garland, a overdose de Marilyn Monroe ou os casamentos fracassados de Audrey Hepburn...

Espere aí. Essa foto.

Está no meio de uma montagem na segunda página da reportagem de duas páginas, exatamente entre uma foto em preto e branco de Marilyn Monroe usando um lenço na cabeça, fazendo um piquenique em uma praia, e uma foto colorida de Jayne Mansfield no intervalo de uma gravação, esparramada em uma cama, fumando um cigarro.

É Audrey Hepburn, sentada no meu sofá Chesterfield. Ou, ao menos, um sofá idêntico ao meu Chesterfield. As mesmas rosas alaranjadas, as mesmas almofadas laterais cheias demais, o mesmo... Espere aí, o vapor está ficando denso demais para ter certeza absoluta, mas, por um instante, tenho bastante certeza de que vi um arranhão fundo de pata de cachorro na parte de madeira do braço direito...

A legenda — ao menos o que consigo ler dela (as letras são pequenininhas, e o vapor está tornando a ação quase impossível) — diz: *Audrey Hepburn alguma coisa antes de seu teste alguma coisa para A princesa alguma coisa nos Estúdios alguma coisa.*

Pinewood.

Era essa a última palavra, encoberta pelo vapor? Pinewood? Porque se for — se eu estiver preenchendo as lacunas corretamente e meu pai não tenha cometido outro erro factual relativamente importante —, então a legenda está me dizendo que esta é uma foto de Audrey Hepburn antes de seu teste de elenco para *A princesa e o plebeu* nos Estúdios Pinewood.

Pinewood, onde peguei o sofá Chesterfield. Não sei o que isso significa.

Acho que eu já disse que não acredito em fantasmas. Ao menos eu não *acreditava*, até uns quinze segundos atrás. E eu nunca tinha imaginado que móveis pudessem ser... assombrados?

Certo, preciso dar uma olhada melhor nessa fotografia e não vou conseguir fazer isso aqui com toda essa névoa. Vou pegar uma toalha e dar uma escapada para o corredor por um instante para poder fazer isso lá, onde tem luz e não tem vapor.

Com mãos trêmulas, pego uma das toalhas da grande pilha ao lado da porta, enrolo no corpo, abro a porta, — que preciso empurrar com força, — e saio... na rua Baker.

Pisco várias e várias vezes para limpar meus olhos da umidade do vapor — ou de pedaços de alga fedida? — que pode estar embaçando minha visão. Mas quando os abro novamente, ainda estou na rua Baker.

No meio da calçada, ao lado de um congestionamento de ônibus de dois andares, algumas luzes temporárias onde uns homens estão trabalhando na pista e um monte de turistas — que parecem extremamente perplexos — e que estão subindo a rua para visitar o Museu Sherlock Holmes, no número 221b, três quadras ao norte daqui.

Certo, não sei muito bem como isso foi acontecer.

Apesar de suspeitar que pode ter algo a ver com a sirene ensurdecedora que acaba de começar a soar atrás de mim. É o alarme de incêndio do FitLondon, se não estou completamente equivocada, e isso deve querer dizer que havia uma segunda porta na sauna. Uma saída de incêndio, para ser mais precisa, que dava para o lado de fora do prédio, para a rua. A rua na qual eu agora estou parada usando nada mais do que uma camada grudenta de algas fedidas, uma calcinha descartável que coça, um colar de pérolas inapropriadamente glamoroso e uma toalha extremamente pequena.

Certo, preciso sair da rua e voltar lá para dentro antes que mais alguém, — além dos turistas perplexos, — repare em mim. Aqueles trabalhadores da obra, por exemplo, que provavelmente não seriam nem um pouco educados.

Me viro novamente para a porta pela qual acabei de sair... Merda. É claro. É uma saída de incêndio. Ela bateu atrás de mim.

Tudo bem, não há por que entrar em pânico. Posso simplesmente entrar pela porta da frente, não posso? Bom, não, não posso, afinal. Porque as portas da entrada principal acabam de ser escancaradas por ninguém menos que Pippa, a recepcionista que foi tão violenta comigo aquela manhã.

Ela está encaminhando inúmeros membros da academia do FitLondon pelas portas, como uma professora mandona instruindo seus aluninhos de seis anos de idade.

— Isso não é uma simulação de incêndio! — ela está gritando. — Por favor, deixem o prédio rapidamente, com calma, e não voltem para pegar seus pertences! Repito, *isso não é uma simulação de incêndio*!

Visto que, até onde todo aquele pessoal que puxa ferro sabe, eles estão fugindo para salvar suas vidas de um inferno aterrorizante, é de se pensar que eles não perderiam nem um segundo olhando para mim. O que é, constrangedoramente, exatamente o que eles estão fazendo agora.

— Oi — digo, despreocupadamente, para duas mulheres assustadas que estão passando por mim, ainda escorrendo de suor de seus exercícios interrompidos. — Tarde fria, né? — acrescento, por não ter nada melhor para dizer e porque parece importante, dadas as circunstâncias, ser britânica com relação a isso e falar do tempo.

Elas continuam olhando para mim.

Suponho que seja *possível* que elas só estejam interessadas em mim porque estou com um olho roxo... Não. Quase com certeza é a questão da toalha minúscula.

— Apesar de que acho — continuo — que temos sorte, pois parece que não vai chover.

Nenhuma delas diz nada.

— De qualquer forma, estão dizendo que deve esquentar de novo — continuo, um pouco desesperada — no começo da semana que vem. Períodos agradáveis de sol, brisa fresca...

— Desculpe, você, tipo, *apresenta* a previsão do tempo ou algo assim? — pergunta uma delas.

— Não, não, eu só... me interesso...

Sou interrompida por um tapinha no ombro dado por — vejo quando me viro — Pippa, a recepcionista.

— *Você* — diz ela.

Pigarreio.

— Algum problema?

— *Isso* foi você?

— Isso o quê?

— O alarme. Você usou uma das saídas de emergência ou algo assim?

— Não, não...

— Então como você foi a primeira a sair? Essas pessoas — ela aponta para as massas suadas que continuam a emergir das portas — estavam todas na aula de spinning mais perto da saída principal. Você também *estava*?

Visto que não sou nem membro da academia nem estou usando nada que poderia ser remotamente descrito como apropriado para uma aula de spinning, não acho que eu consiga disfarçar mais.

— Em minha defesa — começo —, é uma ideia muito, *muito* ruim colocar uma saída de emergência em uma sala que fica tão cheia de vapor que não dá nem para ver o seu...

Pippa revira os olhos.

— Bom, parabéns. Você acaba de arruinar os exercícios matinais de 189 pessoas e os tratamentos relaxantes no spa de mais 74.

— Olha, eu, obviamente, lamento muito, mas, agora que vocês sabem que não tem incêndio nenhum, não dá para você simplesmente pedir para alguém desligar o alarme e aí todos nós podemos voltar lá para dentro? E, — você sabe, — colocar umas roupas?

— Não, na verdade, não posso simplesmente *pedir para alguém desligar o alarme de incêndio*. Os bombeiros farão isso quando chegarem aqui.

— Os bombeiros estão vindo? — Fico olhando para ela, horrorizada. — Mas eles certamente têm emergências *reais* para resolver!

— Talvez você devesse ter pensado nisso — ralha ela — antes de bancar a engraçadinha e usar a saída de emergência. Vou ligar para o gerente — finaliza ela, pegando o celular no bolso da calça — e ver o que ele pode fazer.

Ela acabou de sair quando sinto outro tapinha no ombro. Quando me viro, é uma das duas mulheres assustadas para quem eu estava tagarelando sobre o tempo.

— Hum, não sei se você percebeu — diz ela, de um jeito brusco, mas não indelicado —, mas sua toalha está presa na calcinha.

— E tem um troço marrom escorrendo pelas suas pernas — complementa a amiga dela. — Parece meio que... Bom, que você teve... *um acidente.*

— E aquela lá que está filmando você com o celular é uma amiga sua? — continua a primeira mulher. — Porque se não for, talvez você queira pedir para ela parar.

Tenho três informações novinhas em folha: meu bumbum está à mostra para toda a rua Baker; algas marrons melequentas estão escorrendo do bumbum mencionado; e alguém está filmando a cena com o celular. Eu mal tenho tempo para digerir tudo isso antes de Cass, um redemoinho de apliques loiros, surgir aparentemente do nada para jogar um roupão nos meus ombros.

— E vá à merda, você! — grita ela na direção da pessoa que está filmando com o celular.

Agora vejo, em toda sua elegância de roupa minúscula de ioga, é ninguém menos que Rhea Haverstock-Harley.

— Libby, não é? — pergunta Rhea, com um sorriso maldosamente doce, abaixando o celular e me dando um aceno rápido. — Muito bom ver... Bom, *tanto* de você.

Cass está me arrastando pela calçada, para longe da Rhea e de toda a multidão, antes que eu possa responder qualquer coisa. Não que eu tenha a menor ideia do *que* eu responderia. Para falar a verdade, é perfeitamente possível que o choque tenha me deixado muda por toda a eternidade.

— Idiota — xinga Cass, abrindo um sorriso enorme, instantes depois, para o caminhão lotado de pedreiros que está passando por nós na rua Baker, buzinando e gritando animadamente.

Levo um tempinho para perceber que o motivo para isso — mais do que o interesse corriqueiro que Cass costuma receber de caminhões de pedreiros — é que o roupão que ela colocou em mim deve ser o que ela estava usando quando saiu do spa. Tudo que ela está usando agora é o maiô vermelho sexy que, — graças a Deus, — está ajudando mais do que qualquer outra coisa a desviar toda a atenção de mim.

Abro a boca para coaxar um "obrigada" quando o alarme de incêndio misericordiosamente para. É meio que como aquele momento em que o avião pousa: a comissária de bordo diz às pessoas para não usarem os celulares até os motores serem desligados e todo mundo ignora isso e liga os telefones em um frenesi desesperado. Apesar de Pippa ter gritado para todo mundo *não voltar para o prédio* até que o sinal de que tudo estava OK fosse dado, todos os membros associados do FitLondon estão se encaminhando para as portas de entrada de uma vez, desesperados para voltar aos seus exercícios e tratamentos estéticos interrompidos antes que qualquer um deles ganhe um milímetro de gordura ou desenvolva uma ruga errante.

— Céus, ela é uma vaca — diz Cass enquanto observamos a Rhea, encabeçando a multidão, empurrar uma grávida de muitos meses com o cotovelo para chegar à entrada primeiro. — Mas tem um cabelo maravilhoso. Você acha que eu poderia perguntar onde ela faz os apliques?

Ainda estou sem palavras para responder qualquer coisa. Então eu simplesmente coloco os dois braços em torno dos braços desnudos de Cass e a abraço apertado.

— Me largue — diz ela, porém sem ser indelicada, enquanto tenta me afastar. — Você vai estragar o meu cabelo.

Faço o que ela pede, apesar de eu saber que não se trata realmente do cabelo. A questão é que mesmo quando demonstra todo o amor que sente, a última coisa que Cass quer, quando faz algo assim, é qualquer tipo de reconhecimento. É exatamente como aconteceu na noite do meu décimo sexto aniversário, quando passei o dia todo esperando meu pai ligar e ele não se deu ao trabalho (mais um ponto negativo em uma longa lista de falhas relacionadas a aniversários, até mesmo para os padrões dele). Eu estava chorando silenciosamente debaixo do edredom quando ouvi a porta do quarto se abrir e se fechar e, um instante depois, senti Cass se enfiar na cama ao meu lado. Ela não disse nenhuma palavra, só me fez cafuné até eu pegar no sono e então, em algum momento, voltou para o quarto. Ela me mandou calar a boca quando tentei tocar no assunto no café da manhã, no dia seguinte, e nenhuma de nós falou mais disso desde então.

Espero que nenhuma de nós nunca mais mencione este momento horroroso de bumbum à mostra na vida. Do meu lado porque quero fingir que isso *nunca aconteceu* e do lado de Cass porque ela já está mandando beijos para os trabalhadores que estão mexendo na calçada do outro lado da rua e já superou tudo.

Na verdade, ela está gostando tanto de toda essa atenção que leva mais uns dois bons minutos antes de, — graças a Deus, — o vento frio finalmente a fazer tremer e ela, relutantemente, concordar em ser arrastada de volta para dentro.

— Cadê a nossa mãe? — pergunto, mal conseguindo falar com uma voz normal de novo, enquanto nos dirigimos à entrada do spa. Porque só agora eu percebi que ela não participou do êxodo como as outras pessoas fizeram.

— Ah, ela provavelmente ainda está na casa de sucos. Ela se recusou a sair. Disse que preferia ser queimada viva a pagar metade do dinheiro da casa ao seu pai, afinal.

Pode ser uma atitude absurda, narcisista e vexatória além da compreensão, mas, de repente, me sinto inundada por uma onda de afeição por minha mãe. Combinada com um dos momentos raros, porém lindos da fraternidade de Cass, é tudo um pouco avassalador demais.

Vou esquecer, ao menos por ora, que só saí para a rua para dar uma olhada melhor na foto do artigo de meu pai. A investigação do sofá (possivelmente) assombrado (possivelmente) dos Estúdios Pinewood vai ter que esperar.

Enfio a *InStyle*, — agora um tanto lamacenta, — embaixo do braço e seguro a porta do spa aberta para Cass.

— Vamos sair para almoçar depois do seu tratamento — sugiro. — Você, eu e a mãe. Alegrá-la um pouquinho no aniversário dela.

— Bom, está bem... — Cass já está apertando a gordura inexistente em sua barriga coberta pelo maiô. — Mas em um lugar onde não tenha batata frita. E você não pode me deixar comer pão ou sobremesa. Ou beber alguma coisa alcoólica. *Especialmente* champanhe, porque me deixa estufada...

Ela ainda está listando o longo catálogo de proibições pré-audição enquanto voltamos para a casa de sucos para encontrar a aniversariante.

13

Novamente, quando talvez você realmente *queira* uma visita de Audrey Hepburn, fantasmagórica ou não, ela não aparece.

Fiz várias tentativas de "convocá-la", se é assim que se pode chamar, quando voltei do almoço pós-spa ontem à noite e mais algumas tentativas hoje de manhã, mas nada. *Niente. Nothing.* Silêncio. Então eu não consegui conversar com ela sobre toda aquela questão do Chesterfield assombrado, o que é seriamente irritante. Quer dizer, se tem alguém que pode explicar isso tudo, é ela, a própria.

Mas como ela não deu o ar da sua graça, decidi conversar com outro entendido do assunto: Tio Brian, o segurança do almoxarifado que era responsável pela confusão dos móveis lá. Afinal, se tem alguém que deveria conhecer todas as histórias sobre aquelas coisas todas, é ele, com certeza. Ele trabalha lá desde que o mundo é mundo, e quando eu finalmente o conheci rapidamente no dia em que fui com Olly para escolher meus móveis, ele pareceu ser um senhorzinho sensível, paciente, com brilho nos olhos. Não vou entrar lá e perguntar na lata se ele já viu algum fantasma naquele depósito, obviamente, mas espero que ele possa dizer alguma coisa que vai esclarecer um pouquinho mais toda essa situação maluca. Então mandei uma mensagem para Olly ontem, tarde da noite, para perguntar se ele podia me encontrar em Pinewood hoje de manhã, porque eu realmente preciso dele lá para me dar apoio moral. Só para o caso de tudo dar errado e eu começar a parecer uma lunática incoerente, Olly vai me dar uma força.

Cheguei a Pinewood mais cedo do que tínhamos combinado, no entanto. São só oito da manhã e Olly só deve me encontrar nos portões principais às oito e meia, e o jovem aparentemente entediado que está de plantão na cabine de segurança esta manhã deve ter me reconhecido, pois eu estava perambulando do lado de fora só há uns quinze segundos antes de ele erguer os olhos do jornal e acenar para eu passar.

Passo pelos portões e caminho na direção da avenida Goldfinger (sim, o nome é esse mesmo), onde o almoxarifado se encontra. Eu posso muito bem ir direto para lá e mandar uma mensagem para Olly avisando onde estou. Afinal, talvez seja, na verdade, uma boa ideia trocar umas palavras com o Tio Brian sobre todas essas coisas sozinha, antes que Olly chegue. Porque há uma chance de que o Tio Brian saiba *exatamente* do que estou falando, certo? De que, quando eu começar a tagarelar sobre sofás assombrados, ele simplesmente concorde solenemente com a cabeça, coloque água para esquentar em seu pequeno escritório pré-fabricado e — em meio a uma ou duas xícaras aconchegantes — me garanta que não sou, nem de longe, a primeira pessoa a contar uma história desse tipo a ele; que ele mesmo, há muito tempo, suspeita que o espírito de Alec Guinness habita um pufe estofado de veludo bem nos fundos do almoxarifado.

É uma caminhadinha e tanto, passando por fileiras e fileiras de estúdios de pós-produção e o equivalente a um prédio inteiro de oficinas, mas, eventualmente, chego no depósito enorme de aço galvanizado no meio da avenida Goldfinger.

A porta do pequeno escritório pré-fabricado está aberta, então vou até lá e dou uma espiada... Mas não há ninguém. Existem evidências de atividades recentes praticadas pelo Tio Brian — uma xícara de chá pela metade em cima de uma cópia dobrada do *Mirror* de hoje —, mas nenhum sinal do homem em si.

— Ei! Lindona!

Quando me viro, vejo que a pessoa que acabou de gritar para mim é ninguém menos que Dillon O'Hara. Ele deve ter saído do Lexus preto que acabou de estacionar ao lado da calçada — um da frota de Lexus pretos que são usados para transportar astros para dentro e para fora de Pinewood, enquanto o restante de nós tem que se arrastar até aqui de ônibus da estação de Gerrard's Cross — e está vindo na minha direção.

Ele está usando Ray-Bans parecidos com os que eu peguei emprestado da mesa de cabeceira dele aquela manhã, jeans, camiseta e uma espécie de cardigã volumoso amarrado na cintura que deveria fazer parecer com que ele, ridiculamente, assaltou o guarda-roupa da vovó, mas, na verdade, só o deixa mais sexy (de um jeito questionável) do que nunca.

— Ah, você é um colírio para os olhos esta manhã — diz ele quando chega até mim, tirando os óculos. Os olhos dele estão mais animados e brilhantes do que eu já vi antes, como se ele tivesse tido uma noite de sono não alcoólica, para variar. — E por falar em olhos... — Ele ergue a mão até meu olho esquerdo, que, — graças à magia de umas oito camadas de corretivo, — parece, para falar a verdade, bem melhor esta manhã. — Parece que todo aquele gelo funcionou. Ou foi isso ou foram minhas mãos curadoras maravilhosas.

— O que... O que você está fazendo aqui?

— Ora, estou indo para o trabalho, minha cara. Precisam de mim no set às nove em ponto hoje. Preciso estar na maquiagem às 8h15, uma manhã inteira de gravações à minha frente. E as pessoas dizem que ser ator não é um trabalho de verdade.

Ele para, claramente captando que, pela expressão dura em meu rosto, não estou no clima para esse tipo de gracejo neste momento.

— Eu estava indo para lá — continua ele — quando vi você bisbilhotando esse escritório aqui, então pedi para o meu muito gentil motorista, Steve, parar e me deixar sair.

— Eu não estou bisbilhotando — retruco, em um tom gélido de que fico bastante orgulhosa. — Só estou aqui para encontrar meu amigo, Olly.

— Um encontro logo cedo com outro homem? — pergunta Dillon, deslizando os braços pelos meus ombros e me empurrando para trás, delicadamente, pela porta, entrando na privacidade do pequeno escritório de Brian. — Cuidado, Menina do Fogo. Você vai me deixar com ciúmes.

Eu o encaro.

— Está brincando?

— Quanto a eu ficar com ciúmes? Você me interpreta mal, Libby. Sou um tipo muito ciumento. Sim, pode parecer que nenhum homem do planeta é páreo para mim, mas ainda tenho minha...

— Não foi isso que eu quis dizer. — E, por sinal, ele obviamente *não* percebeu que eu não estou no clima para os gracejos dele agora. — Você simplesmente surgiu do nada e começou a... flertar de novo.

— E o que, exatamente, você esperava? — Ele parece, por um momento, genuinamente confuso. — No lugar do flerte, digo? Porque preciso alertá-la, Libby, de que se você está procurando por um homem com um estilo de conversa mais sério, vamos ter que levar alguém como Stephen

Hawking com a gente na próxima saída. Ele pode satisfazer seu desejo ardente por discussões aprofundadas sobre teoria das cordas e mecânica quântica, e eu posso servir a cerveja e preencher os silêncios constrangedores com piadas de baixo calão. E, se eu fizer tudo direitinho, satisfazer algumas das suas outras necessidades ardentes depois que Hawking for para casa...

— Simplesmente pare! — Tiro as mãos dele dos meus ombros e as empurro de volta na direção dele. — É sério, Dillon, pare. Não é justo. Na verdade, quer saber? É cruel. Falar assim. Como se você... me *quisesse*.

Ele pisca, mais confuso do que nunca; ou ele é um ator significativamente melhor do que suas últimas performances na TV sugeririam ou ele realmente não faz ideia do que estou falando.

— Mas eu *quero* você. Quer dizer, estou com um pouco de medo de dizer isso, caso eu seja acusado de flertar inapropriadamente de novo. Mas eu realmente gosto de você, Libby Lomax.

Acabo rindo alto.

— Claro. Então não quero nem pensar em como você trata as pessoas de que *não* gosta.

Ele ergue uma sobrancelha questionadora.

— Só pensando se você sempre abandona as pessoas de que você gosta pela manhã, depois de elas terem passado a noite com você, sem nem dar tchau. Ou deixar um bilhete. Ou ligar ou mandar uma mensagem...

Estou começando a falar — percebo, horrorizada — de um jeito muito parecido com o da minha mãe ontem, quando ela estava tentando fazer com que eu desse um jeito no problema dela com meu pai. Mas, por sorte, Dillon me interrompe antes que eu possa continuar.

— Caramba, sou imbecil pra caralho! Eu devia saber que era por isso que você estava chateada.

— Não estou chateada! — digo. O que seria bem mais convincente se eu não soasse tão, bom, chateada. — Teria sido apenas, você sabe, uma gentileza comum. Só isso. Um bilhete de uma linha: *Bom dia, Libby! Canecas e chá no armário em cima da pia. Pode fazer uma torrada, se estiver com fome.*

— Libby...

— Fora isso, não estou incomodada com nada! Digo, você, obviamente, é um cara livre e tem todo direito de sair por aí tocando o terror...

— Opa, opa, opa. — Ele ergue as duas mãos. — Quando foi que você me viu tocando o terror com qualquer outra pessoa?

Dou a ele uma olhada perspicaz.

— Desde que passei aquela noite com você, digo — acrescenta ele, com uma honestidade franca (e, suponho, tranquilizante, de certa forma). — Está bem, olha, não vou negar, nem por um minuto, que eu deveria ter deixado um bilhete para você. E se sou culpado de alguma coisa, é só pelas velhas péssimas maneiras. Mas juro para você, Libby, pela vida da minha mãe: não saí tocando nenhum terror. Saí com pressa de manhã porque eu tinha uma audição.

— Uma audição — repito, secamente — às seis e meia da manhã?

— Não. Às duas da tarde, em Nova York. Voltei ontem à noite.

Fico olhando para ele.

Estou dividida, agora, entre duas respostas incompatíveis: 1) bufar, alto e sarcasticamente, e dizer a ele que eu não nasci ontem; ou 2) me jogar nos braços dele, fraca de alívio e lamentando ter duvidado dele, e sugerir escapulirmos pela porta interna do escritório até o almoxarifado para fazermos as pazes adequadamente em um dos sofás (não assombrados, preferencialmente sem cheiro de cachorro) do Tio Brian.

— Não me lembrei de contar a você antes de irmos dormir — continua Dillon. — E você estava tão obviamente exausta, — pois nem acordou com o meu despertador, por sinal, — que eu não quis acordá-la.

Apesar da minha indecisão, eu devo ter dado a ele uma olhada bastante desconfiada de "não-nasci-ontem", porque ele começou a mexer no bolso da calça, tirando uma folha de papel A4 amassada, que ele entrega a mim.

É, de fato, uma passagem impressa, no nome dele, para um voo da Virgin Atlantic para o JFL, às 8h45 da manhã, de anteontem.

— Libby, olha, se você ainda não acredita em mim, eu posso mostrar o carimbo no meu passaporte...

— Não, não, Céus, não precisa disso! — respondo apressadamente, porque ele de repente fez eu me sentir como uma esposa monstruosa reclamando de ter ficado em casa com os filhos enquanto ele foi passear por aí. — Eu acredito em você, Dillon. Mesmo.

— Isso é gentil. E raro. — O rosto dele fica mais calmo e ele coloca uma mão na minha bochecha. — As mulheres não costumam acreditar em uma única palavra que sai da minha boca.

Fico tentada a sugerir que ajudaria se ele parasse com as gracinhas espertalhonas e cessasse com os flertes indiscriminados, mas não digo nada.

— Aliás — acrescenta ele, animado como um menininho agora —, foi a melhor audição que fiz em meses! E para um papel no próximo filme do Martin Scorsese, acredita? Não é um papel grande, — vou ser enxotado no meio do filme por Ciarán Hinds —, mas é o que minha agente Caroline chama de um papel *crucial*. E quem é que liga se o papel é importante ou não — é um *filme do Martin Scorsese*, caramba!

— Isso é fantástico, Dillon — digo, e estou falando de coração.

— Bom, é a primeira vez que uma audição de filme deu certo para o meu lado, na real. E com um *timing* perfeito pra caralho, preciso dizer, porque eu seria eviscerado se estragasse tudo dessa vez. E sabe a quem eu preciso agradecer?

Parece o início de um discurso de recebimento de prêmio.

— Ahn... Sua agente? Sua professora de teatro do colégio?

Ele olha para mim.

— Você.

Rio de novo. Mais alto ainda, dessa vez.

— Estou falando sério — diz ele. Ele coloca as mãos de volta nos meus ombros, repousa os polegares no meu pescoço e acaricia muito delicadamente. — Pensei muito nisso no avião, na volta para casa. Quer dizer, tenho feito audições para filmes nos últimos seis meses e todas foram desastres completos.

— Tenho certeza de que não foram tão ruins assim.

— Uma diretora de elenco disse à minha agente que eu era tão travado que ela não me escalaria nem para uma peça de Natal da pré-escola.

— Ah.

— Como porta do estábulo.

— Ah, certo, isso parece realmente ruim, para falar a verdade.

— E agora cá estou eu, fazendo teste para a grande chance da minha carreira, exatamente o tipo de coisa que eu costumava arruinar no último minuto e... Bom, alguma coisa *aconteceu* comigo naquela sala de audições, Libby. Não estou dizendo que me transformei no Daniel Day-Lewis nem nada assim. Eu só me senti... Sei lá... *Bem* com relação a mim mesmo, pela primeira vez.

— Pela primeira vez? — pergunto, sem nem me dar ao trabalho de não deixar o ceticismo transparecer na minha voz.

— Ah, vamos lá, não é só porque sou bonito, charmoso e bem-sucedido, sem contar incrivelmente talentoso na cama, que fico sentado o dia todo me sentindo como se eu pudesse caminhar sobre a água. — O tom dele é esquisito; é mais um de seus gracejos irrefreáveis, sim, mas, de repente, tem uma entonação séria. Mais que séria: amarga, na real. — Mas depois daquela noite com você... Daquela noite *incrível* com você... — acrescenta ele, com mais delicadeza. — Acordei sentindo que talvez eu conseguisse.

Isso é, bem de longe, a coisa mais incrível que qualquer pessoa já me disse na vida.

Apesar de que, para ser honesta, ele provavelmente nunca passou uma noite antes com alguém *tão* entusiástico quanto eu estava. Você poderia se sentir o cara mais inseguramente confuso de todo o planeta e provavelmente sairia daquela supercama king size sentindo não apenas que poderia caminhar sobre a água, mas também, como um próximo truque, curar os leprosos e transformar água em vinho.

Depois da Rhea e daquele tipo particular de indiferença mesquinha dela... Depois do tipo de mulheres com as quais ele estava acostumado... Bom, será que ele só está atraído por mim porque eu faço com que ele se sinta mais do que um rostinho bonito?

Acho que, talvez, essa questão possa ser mais bem analisada quando ele *não* estiver a poucos centímetros de mim, com a mão acariciando delicadamente minha bochecha e os olhos fixos nos meus, como se eu detivesse os conhecimentos das funcionalidades internas de todo o mundo.

— Sabe o que eu decidi, Menina do Fogo? — murmura ele. — Decidi que você deve ser meu amuleto da sorte.

Completamente envolvida no momento, murmuro, em uma voz sexy e gutural:

— Quer dizer como uma espécie de leprechaun?

Não. *Não!* Isso não foi sexy. E não foi sequer o que eu pretendia dizer. Na minha cabeça, eu ia falar alguma coisa sobre ele ser sortudo ou cuidar bem do amuleto... Não tenho certeza, agora, do que era, mas eu certamente não estava querendo formar uma ligação, na cabeça de Dillon, entre mim e um duende vestido de verde com um chapéu garboso.

Não era, obviamente, o que ele estava esperando também, porque ele se afasta por um instante, me dá uma olhada divertida e diz:

— Sim, Libby. É exatamente isso que penso de você. Porque, obviamente, nada me excita mais do que um belo e vivaz leprechaun.

Abro a boca para dizer alguma coisa que vai salvar o momento, mas não tenho tempo para proferir mais nenhuma palavra antes de ele pressionar os lábios nos meus e começar a me beijar.

Hummmmmmmmmmmm.

— Você iria lá em casa hoje à noite de novo? — sussurra ele entre beijos. — Eu cozinho. Bom, não sei cozinhar, mas posso pedir alguma coisa. E vou abrir uma ótima garrafa de vinho para nós, preparar um banho de banheira...

É, literalmente, a noite perfeita, não é? Então não sei ao certo o que me faz dizer, em vez de *sim, sim, mil vezes sim*:

— Dillon, olha, não sei...

— Por favor. Quero recompensar você.

— Isso é legal. — Assim como, por sinal, a sensação da mão dele deslizando pela minha cintura, por debaixo do suéter que eu esperava que fosse elegante, mas possivelmente tem cara de estudante de mímica, para brincar de passear com os dedos para cima e para baixo na minha lombar. — Mas não tenho certeza se...

— É por causa desse... Qual o nome dele? Olly?

Os dedos de Dillon pararam de passear.

Pisco para ele, confusa pela pergunta.

— Ele é o motivo pelo qual você não quer passar a noite comigo?

Eu teria rido alto e demoradamente, se ele não estivesse com uma cara tão tremendamente séria. Jesus, ele tinha razão quanto àquela coisa do ciúme, hein?

Mas antes que eu possa explicar que Olly é basicamente como meu irmão mais velho, que não há motivo absolutamente nenhum para ter ciúme e que só estou encontrando-o aqui tão cedo hoje porque preciso de respostas sobre meu sofá assombrado (na verdade talvez seja melhor não tocar nesse último assunto), Dillon se aproxima e começa a acarinhar meu pescoço com beijinhos suaves.

— Céus, você está me matando, Libby Lomax — grunhe ele entre beijos.

Acho que nunca estive tão excitada na minha vida. E deve estar acontecendo o mesmo com ele também, porque ele subitamente pressiona os lábios nos meus e começa a me beijar intensamente enquanto pressiona minhas costas na parede, assim como fez aquela noite na geladeira retrô do apartamento dele antes de toda aquela sacanagem na mesa de sinuca.

Só que isso não é uma parede, porque paredes — a não ser que sejam feitas de gesso e montadas por Bogdan, Filho de Bogdan — não cedem quando você se apoia nelas. Portas, por outro lado, sim. Porque isso em que estou me apoiando não é uma parede, é a porta interna que dá no depósito.

Não estou tendo muita sorte com portas esses dias, né?

Dillon, possivelmente porque é um cavalheiro (ou porque esse é o tipo de coisa que já aconteceu com ele antes, o que é igualmente possível), de alguma forma consegue girar quando estamos caindo e acaba caindo de costas, debaixo de mim, em vez de para frente e em cima de mim. O que significa que tive uma aterrissagem razoavelmente suave por ter sido amortecida por um metro e oitenta de músculos sólidos; é extremamente atencioso da parte dele e, — se fosse possível, — me faz gostar dele ainda mais.

— Jesus! Você está bem?

Mas isso não veio de Dillon, que, muito provavelmente, está sufocado demais pelo meu peso para dizer qualquer coisa. Veio de alguém que está parado em meio às montanhas de móveis, a apenas alguns metros dali.

Quando ergo os olhos de minha posição em cima do peito do Dillon, posso ver logo de cara que é o Olly. Saio de cima do Dillon, fechando os botões que não faço ideia de como ele conseguiu abrir.

— Não estávamos fazendo nada! — Visões apavorantes de um caos causado por Le Creusets estão inundando minha cabeça; Olly não costuma andar por aí com versões mini das panelas no bolso, costuma? — Digo, não íamos fazer nada...

— Fale por si mesma — diz Dillon. Ele está se levantando, um pouquinho desarrumado, mas, — graças a Deus, — não foi esmagado e ainda consegue ficar em pé. — Ei, você não é o cara da van do buffet da locação? O que faz uns sanduíches de bacon excelentes?

— Sim — responde Olly bruscamente. (Brusco é OK, contudo. Brusco é melhor do que eu estava esperando.) — Mas você está bem, Libby? Foi uma queda e tanto.

— Estou bem. — Tento dar a ele uma olhada *Deus, sinto muito por isso*, mas ele não está olhando para mim. — Eu queria mandar uma mensagem mais cedo, Olly, para dizer para você me encontrar aqui, e não nos portões, mas...

— Ahhhhhhh — diz Dillon. — *Você* é o Olly.

Ah, merda.

As sobrancelhas do Dillon se arqueiam, perigosamente, e de repente ele começa a dar um sorriso que não se reflete em seus olhos. Na verdade, tudo que ele precisa é de uma noite inteira de doses de vodca e estaria exatamente como naquela noite no Depot, pouco antes de começar a tentar arranjar briga com o namorado casado horroroso da Cass.

— Na verdade, o Olly deve estar bastante ocupado agora. — Tento dar outra olhada significativa para Olly, mas ele ainda não está olhando para mim, então pego a mão do Dillon e tento puxá-lo na direção da porta pela qual acabamos de cair. —Vamos deixar você aí um tempinho...

— Ocupado? — Dillon não se mexe nem um centímetro. — Um depósito de apetrechos não é um lugar bastante estranho para o cara do buffet estar passando um tempo?

— O Olly pega móveis antigos daqui quando ninguém mais quer — explico para Dillon, antes de perceber que isso faz com que Olly pareça um vendedor de artigos usados estranho. — Digo, para ajudar a mãe dele e o grupo de dramaturgia amador dela em Watford...

— Woking.

— Woking, é claro, desculpe.

— Ele faz isso, é? — Dillon assente sarcasticamente com a cabeça. — Então os atores amadores de Berkshire têm muita sorte de tê-lo.

— Woking não fica em Berkshire — diz Olly. — Fica em Surrey.

— Ah, bom, você deve saber melhor que eu, Olly, meu velho. Não posso dizer que já tive o prazer de pegar uma das melhores rodovias britânicas para ir até lá.

— Não vou pela rodovia. — Os olhos de Olly estão fixos em Dillon. — Pego a A3.

— Mesmo? Não seria mais rápido pegar a M4 e, depois, a M25?

— E sair na junção 10? — Olly bufa. — Passando o desvio para o Heathrow? Vou me lembrar do seu conselho na próxima vez que eu ficar preso em um congestionamento na M25, indo para lugar nenhum.

— Ah, se você não está indo a lugar algum, talvez não tenha nada a ver com o trânsito na M25...

Certo, preciso interromper essa... essa... Bom, essa discussão levemente bizarra sobre junções rodoviárias congestionadas.

Dillon está parecendo pronto para começar a distribuir socos e Olly parece preparado para arriscar um maxilar quebrado para defender sua posição convicta quanto às rotas mais otimizadas para Woking. O que é bizarro, porque eu não teria imaginado que Olly (que qualquer pessoa, para falar a verdade) poderia chegar a uma conclusão sobre a rota mais otimizada para Woking. O tipo certo de geleia de cebola para servir com um cheddar irlandês picante, sim. Os méritos do bom e velho stilton inglês em contrapartida ao roquefort francês, muito provavelmente. Opções de transporte para as cidades da região, não. Sei que ele pode estar nutrindo certa raiva remanescente pelo Dillon, por ter me deixado sozinha no apartamento depois da nossa noite juntos, mas eu não achava que ele poderia ficar *tão* puto assim com relação a isso.

Enfim, tudo que sei é que, sendo Olly meu melhor amigo e Dillon meu... Bom, seja lá o que for, parece ser minha responsabilidade dar fim a esse desentendimento peculiar entre eles antes que socos *sejam* dados ou mandíbulas sejam quebradas.

— Sabe, acho que ouvi alguém no escritório! — minto. — Deve ser o Brian!

— Ele saiu para pegar seu café da manhã na cantina — diz Olly sombriamente. — Vai levar um tempão para voltar.

— Não, não, tenho quase certeza de que o ouvi. E foi ótimo bater um papo com você, Olly, mas tenho certeza de que você precisa continuar escolhendo as coisas para o pessoal de Woking...

— Não era isso que eu estava fazendo, na verdade. — Os olhos do Olly deixam os do Dillon para encontrar os meus, pela primeira vez desde que caí pela porta, em flagrante com o Dillon, e aterrissei aos pés dele. — Supus que a gente fosse se encontrar aqui para encontrar um sofá novo para você, então eu cheguei cedo para começar a afastar as coisas, para você poder dar uma olhada melhor.

— Oh, Olly, isso é muito legal da sua parte. Mas, na verdade, não quero me desfazer do Chesterfield.

— Mesmo? Mas é uma monstruosidade, ocupando boa parte do seu apartamento...

— Não acho que a Libby precise dos seus conselhos quanto ao que fazer com o apartamento dela... — começa Dillon, mas é interrompido por Olly.

— É, bom, eu só estava tentando ser um bom amigo e animá-la um pouco — diz ele em um tom estranhamente duro que eu nunca tinha ouvido ele usar antes. — Cuidar dela. Algo que você falhou espetacularmente em fazer, graças a toda aquela merda no Twitter.

— Ah, sim. — Dillon faz uma careta, distraído da disputa com o Olly por um momento. — Me desculpe, querida. Me sinto, sim, um pouco responsável por aquilo. Mas você está numa boa com relação a isso, não está?

— Numa boa com relação a quê? — Isso está soando, — e tenho certeza de que você vai perdoar minha paranoia, — levemente preocupante. — Que merda no Twitter?

Olly pisca para mim.

— Você não viu?

— Não vi o *quê*?

— Sinceramente, Libby, eu não me preocuparia muito com isso — diz Dillon, passando o braço por meus ombros e dando um apertão reconfortante. — Mas eu sinto muito. Digo, a Rhea só fez aquele vídeo para se vingar de você. Isto é, por minha causa.

Ao ouvir falar no vídeo da Rhea, sinto de repente uma sensação horrível, gelada, no fundo do meu estômago.

— Ela... postou no *Twitter*?

— A Rhea? Sim. Eu sinto muito mesmo, querida. Obviamente, ela só postou porque sabe que dormimos juntos aquela noite. Bom, ela sabe que fomos embora da festa juntos, então estou imaginando que ela encaixou as peças e concluiu que... — O celular do Dillon vibra com uma mensagem; ele enfia a mão no bolso, dá uma olhada e faz uma careta. — Ah, merda. Eu preciso ir andando. Eles estão esperando por mim na maquiagem. Mas ouça, Libby, por que eu não te ligo depois para a gente combinar alguma coisa para esta noite?

Só fico olhando para ele, muda. Como é que eu posso ir curtir uma noite de vinho/ banheira/ depravação com o Dillon quando sei que aquele... *aquele* vídeo de mim está espalhado por toda a internet?

— Está bem, está bem… Bom, eu ligo para você mesmo assim. — Dillon se abaixa e dá um beijo suave, mais-que-um-pouco-territorialista, na minha boca antes de apontar uma mão na direção do Olly. — Prazer em conhecê-lo, parceiro — diz ele, em um tom que sugere exatamente o contrário. — Tenho certeza de que vou ver você por aí.

Olly só resmunga algum tipo de ruído vagamente afirmativo, enquanto Dillon se vira e sai do almoxarifado pela porta pela qual caímos e segue na direção do Steve, o motorista, que o espera no Lexus.

E assim que ele se vai, me abaixo para pegar minha bolsa, que caiu do ombro quando desabamos. Mas Olly, mais rápido do que eu podia ter pensado, chega nela antes de mim e a arranca da minha mão antes que eu possa procurar meu celular.

— Sei que você quer olhar o Twitter, Libby. Mas não acho que seja uma boa ideia.

É exatamente isso que os policiais dizem às pessoas em dramas policias quando elas querem entrar no necrotério e ver seus amados terrivelmente mutilados.

— Oh, Deus. É tão ruim assim?

— É… mais ou menos, para ser sincero, não é excelente…

— Preciso ver.

— Libby, amada, mais uma vez, não acho que seja…

— Olly, por favor. Me dê meu celular.

Estico a mão e, com um suspiro, ele coloca a bolsa nela.

Só levo alguns segundos para, depois de pegar o celular, encontrar a página da Rhea no Twitter. O tuíte mais recente dela, às 16h06 de ontem, diz simplesmente: *Deem só uma olhada nesse vídeo hilário da minha nova miga, Libby Lomax, gente*, uma breve sequência de carinhas felizes assim — ☺☺☺ — e um link para seu site no Instagram.

Clico no link e fico imóvel quando o vídeo começa a rodar. É pior, na verdade, do que eu poderia ter imaginado.

Os primeiros cinco ou seis segundos são de um plano estabelecedor nada lisonjeiro de mim com minha toalha minúscula, gesticulando um tanto selvagemente para a recepcionista mal-humorada, antes de Rhea mover a câmera do celular para focalizar meu traseiro. É aí que as coisas ficam realmente horríveis. Porque, sim, assim como aquelas duas mulheres tinham me alertado, minha toalha está enfiada dentro da parte de trás do fio-dental descartável, exibindo meu bumbum redondo, cheio de celulites e nem um pouco atraente para o mundo inteiro ver. Enquanto estou assistindo a esse horror, o pior acontece: um rastro de meleca marrom p-i-n-g-a, lentamente, da região do meu bumbum redondo, cheio de celulites, nem um pouco atraente, e escorre como um córrego pela parte de trás da minha coxa.

Mas para a máxima diversão do Twitter, talvez o momento mais memorável de todos seja quando, imediatamente após as duas mulheres no vídeo claramente terem me contado o que estava acontecendo na região abaixo da minha cintura, eu me viro para olhar para a câmera com uma expressão de horror completo. O vídeo congela ali, uma fração de segundo antes de Cass aparecer e jogar o roupão nos meus ombros. Aí a imagem desaparece em uma tela preta.

Me sento pesadamente no móvel mais próximo, que, por sorte, é um pufe robusto estofado de veludo. (Por mais sorte ainda, nenhuma figura espectral explode de dentro dele, como um gênio da lâmpada, quando me sento.)

— Eu avisei — diz Olly, delicadamente — para não assistir.

— Quantas pessoas viram isso?

Engulo em seco.

— Bom, é óbvio que essa Rhea parece ter... — Ele tira o celular da minha mão moribunda e redireciona de volta para a página da Rhea no Twitter. — Ahn... Seiscentos mil seguidores.

— Oh, meu Deus. — Escondo o rosto nas mãos antes de olhar para ele por entre os dedos. Agora sou eu que mal consigo encará-lo, porque o mero pensamento de que Olly viu tanto da minha bunda é simplesmente horrendo demais para processar agora. — Você é um deles?

— Um do quê?

— Dos seguidores dela. Como é que esse vídeo chegou até você?

— Ah, hum, é porque foi retuitado por alguém que eu sigo.

— Quem?

— Você não precisa saber disso...

— *Quem*?

— Só um jogador de futebol.

— Um jogador *famoso*?

— *Conhecido*, na verdade, é o que eu d...

— Com quantos seguidores no Twitter?

Olly faz uma cara relutante.

— Uns dois milhões — admite ele. — Mais ou menos.

— Entendo. — Dou uma respirada funda e calmante, mas que, na verdade, só faz eu me sentir tonta e levemente enjoada. — Então me tornei viral.

— Não, não *viral*, do tipo...

— É assim que funciona, realmente. Digo, se o seu jogador retuitar para mais alguns dos seguidores dele, alguns dos quais sem dúvida têm alguns milhões de seguidores também... Sem contar todas as outras celebridades que seguem a Rhea e devem estar retuitando alegremente para os milhões de seguidores *delas* também... Bom, não sou matemática, mas acho que podemos imaginar com segurança que *todo mundo no planeta inteiro* vai ter visto até, vejamos, às três da tarde de amanhã?

— Não todo mundo no planeta inteiro.

— Tem razão. Provavelmente existe uma tribo remota em Papua-Nova Guiné que não pode assistir porque ainda não tem banda larga.

— Ah, vamos lá, Libby. Não é tão ruim quanto você pensa. Quer dizer, não sei se isso ajuda, mas algumas pessoas foram bastante elogiosas com relação a você. E disseram coisas bem positivas sobre... ahn... — Ele está, de repente, com os olhos fixos no meu celular. — Sobre o seu bumbum.

Há um silêncio *extremamente* constrangedor.

— Bem — consigo dizer —, acho que é melhor do que pessoas dizendo coisas *horríveis* sobre meu bumbum.

— Esse é o espírito! — diz Olly, finalmente erguendo os olhos do celular. — E veja! Alguém comentando aqui disse que você é muito gostosa!

— Mesmo? — Pego o celular e navego no Twitter em busca do comentário. — Não diz *gostosa* — falo, um instante depois, entregando o celular de volta para ele. — Diz *gorda*.

— Ah. Bem, não dê atenção para esse tipo de coisa, Libby. Você não é gorda. E essas pessoas são idiotas. Eu não perderia nem um segundo da minha vida me preocupando com elas. Além do quê, nada disso fez o seu querido Dillon gostar menos de você, fez?

— Sim, mas ele só gosta de mim porque acha que sou responsável por ele talvez conseguir um papel em um filme do Martin Scorsese. Que sou o amuleto da sorte dele ou algo assim.

— Não pareceu ser assim quando vocês caíram pela porta alguns minutos atrás — diz Olly baixinho.

Visto que concordamos em nunca mais conversar sobre nada relacionado a Dillon e a sexo, não entendo por que ele trouxe tudo à tona de novo. E Olly claramente se lembra disso, mesmo que tarde demais, já que diz subitamente:

— Então! Para que você queria me encontrar aqui, afinal, Libby? Se não era para encontrar um outro sofá, digo.

Com todos os altos e baixos dos últimos minutos, eu tinha me esquecido completamente de que tinha ido ali para pedir ao Olly que me ajudasse a tocar no assunto dos móveis assombrados com o Tio Brian. E que, na verdade, para poder fazer isso, preciso tocar no assunto com o Olly primeiro.

Se eu não estava me sentindo tão vulnerável quanto a essa expectativa antes do Olly (e, convenhamos, provavelmente o Tio Brian também) ter visto o meu bumbum pingando meleca marrom no Twitter, eu certamente me sinto agora.

— Não sei. Quer dizer, não é nada. Vamos esquecer isso por ora.

— Mesmo? Porque, pela sua mensagem, parecia ser algo bem importante. E a Nora… — Ele limpa a garganta. — Bem, ela me ligou ontem e me disse que tinha dado um pulo aqui para ver você, que estava preocupada com você.

— Nora! — grito, o que é bastante idiota, visto que ela está lá em Glasgow agora e não pode me ouvir. — Vocês dois sempre me disseram que nunca falam sobre mim um com o outro!

— Não falamos. Juro, Libby, nunca falamos de você. Nunca. — Ele diz isso de uma forma bem enfática. — Ela só estava preocupada. Me pediu — não, na verdade, *mandou* — cuidar melhor de você.

— Oh, Deus, então ela te contou tudo sobre a questão do transtorno de múltiplas personalidades?

— Ahn… Não. — As sobrancelhas do Olly se erguem. — Libby, você não tem… transtorno de múltiplas personalidades. *Tem*?

— Não, tenho certeza disso agora. Na verdade, eu queria perguntar a você, Olly, se você… Bom… Você acredita em fantasmas? — solto de repente.

Ele não diz nada por um instante. Só fica olhando para mim.

— Caramba, Olly, é só uma *pergunta*.

— Certo, certo. Fantasmas. Tá. Você quer dizer coisas que flutuam por aí de lençol branco, com buracos no lugar dos olhos?

— Isso é uma fantasia de halloween. Estou falando de fantasmas de verdade. Seres espectrais. Pessoas mortas que voltam à vida, você sabe, para passar um tempo na sua sala de estar e tal.

— Certo. Entendi.

Ele não entende, na real. Isso fica claro pelo seu tom perplexo e ainda inquieto. E era por isso que eu não estava muito animada para contar para ele. Porque se o Olly, de todas as pessoas, não "entende", então ninguém mais na minha vida vai entender. Posso ter certeza disso. Ninguém vai ser o Bruce Willis do meu Haley Joel Osment. Bom, até que eu possa conversar sobre isso com a própria Audrey Hepburn, suponho.

— Enfim, Libby, eu não acredito em fantasmas. Nem um pouquinho.

— Não — digo. — Eu também não acreditava.

— Olha, se você anda ouvindo barulhos no apartamento ou algo assim…

— Não ando. O apartamento está bem. Está tudo bem. Bom, tão bem quanto possível, mesmo quando todos no mundo estão se reunindo na hora do cafezinho para tirar sarro da minha cara.

— Libby, não é o mundo inteiro.

— Verdade. Sempre me esqueço daquela tribo em Papua-Nova Guiné.

— Não só eles. Eu também.

Consigo dar um sorriso trêmulo.

— Além disso, ouvi dizer que Papua-Nova Guiné é um lugar espetacular. Isto é, se você acabar tendo que se mudar para lá permanentemente.

Eu o amo por tentar me animar, mas se ele se esforçar ainda mais, vou começar a chorar.

— Melhor eu ir andando — digo — e deixar você ir trabalhar. Você não precisa ir para a locação hoje?

— Sim, mas o Jesse consegue se virar até eu chegar. Se você quiser ficar aqui mais um pouquinho para conversar com o Tio Brian sobre… Sobre o que, exatamente, você queria conversar com ele?

— Uma questão histórica — respondo, pegando a bolsa e pendurando no ombro. — Faço isso outro dia.

— Bom, posso te dar uma carona? Vou trabalhar lá em Wapping hoje, mas posso deixar você em algum lugar, se isso for ajudar. — Ele inclina a cabeça na direção da van que, agora vejo, está estacionada atrás do almoxarifado, além dos portões de ferro. — Podemos conversar mais um pouco sobre essa… questão dos fantasmas no caminho, se você quiser.

— Eu adoraria pegar uma carona — digo, me sentindo mais exausta do que nunca —, por favor, Olly. Mas não vamos falar sobre fantasmas. Na real — e não existe ninguém no mundo inteiro, talvez nem mesmo Nora, para quem eu me sentiria confortável dizer isso: —, podemos não conversar sobre nada? Só sinto que preciso desligar tudo neste momento.

E Olly concorda com a cabeça e não diz uma palavra, só coloca o braço carinhosamente nos meus ombros enquanto caminhamos juntos para a van dele.

14

Pela baforada de L'Interdit que me recebe assim que abro a porta da frente, sei que Audrey voltou.

Ela está sentada no Chesterfield — de vestido preto e chapéu de abas largas, reparo, outro de seus looks icônicos de *Bonequinha de luxo* — e está segurando meu iPad com uma mão e uma xícara de expresso na outra.

— Oh, querida — diz ela, em um tom aflito, assim que me vê. — Sinto muito, muito mesmo.

Não tenho certeza de por que ela sente muito, muito mesmo até ela virar o iPad na minha direção e eu ver que ela está no Twitter.

— Mas estou mais é muito *zangada* por você! — acrescenta ela, largando a xícara de expresso, fazendo um barulho alto, no chão ao lado do sofá. — Essa tal de Rhea é obviamente muito desequilibrada! Apesar de que, com o histórico dela, você teve sorte, querida, por ela não atacá-la com celofane!

Desabo, cansada, em uma das almofadas ao lado dela, pego a xícara de café e viro o restante. Todas as perguntas que estão na minha cabeça desde ontem, meus planos de perguntar a ela se ela é realmente um fantasma e se ela realmente — o quê? — *desabrochou* do antigo Chesterfield... Eu simplesmente não estou com vontade de perguntar nada disso agora. Nem mesmo o silêncio abençoado que Olly respeitou na van dele no caminho até a estação foi suficiente para me reenergizar depois dos acontecimentos desta manhã.

— Quanta vulgaridade ao invadir a sua privacidade daquele jeito! E para quê? Simplesmente porque um homem voltou suas atenções para você, e não para ela?

— Bom, aparentemente, o fato de que ela é mais rica que eu, mais magra que eu e mais bonita que eu não é suficiente para ela. Ela quer destruir minha vida também.

— Ela não destruiu a sua vida.

— Você não sabe o que acontece — conto a ela — quando um vídeo como esse viraliza.

— Viraliza?

— Se espalha pelo mundo todo. E todo mundo vê. E as pessoas se reúnem em volta do computador de alguém no escritório para dar risada daquilo. Aqui, e nos Estados Unidos, e na Austrália, e na França, e na Alemanha... Vou ser motivo de piada pelo resto da minha vida.

— Querida, você não vai ser motivo de piada pelo resto da sua vida. Essas coisas passam. As fofocas de hoje viram papel de embrulho amanhã. E estou fazendo tudo que posso para ajudar, por sinal — complementa ela. — Defendendo o seu lado tanto quanto sou felizmente capaz.

— Defendendo o meu lado?

— No Twitter. Oh, Libby, se eu achava que o Gmail era divertido, ele nem se compara ao Twitter! E é tão fácil, depois que você pega o jeito. Acabei de criar uma conta para mim, — está vendo?

Audrey empurra o iPad na minha direção e aponta, animadamente, para o topo da página do Twitter na qual ela está.

@PretinhoBasicoePerolas, leio.

— É o meu nome de usuário — explica ela, dando uma piscadinha. — Bom, não é?

— É, sim, para falar a verdade.

— E já tenho 352 seguidores! Em apenas duas horas! Acredita? Infelizmente, vários deles são homens bastante desagradáveis que querem saber se estou usando roupas de baixo além do vestidinho preto e das pérolas... Mas a maioria parece ser extremamente gentil. E em total concordância com o que tenho falado de você, por sinal.

— O que você tem falado de mim?

Arranco o iPad da mão dela, uma sensação já muito familiar de pânico crescendo no meu estômago.

Mas, na verdade, quando leio os tuítes mais recentes dela, vejo que não são tão ruins assim.

@LibbyLomax é uma amiga muito, muito querida e posso dizer com total confiança que ela não está acima do peso, foi o que ela respondeu, um tanto prolixamente, a alguém chamado *@BiquiniCintilantedaRheaHaverstockHarley*. (Não preciso ler o tuíte original para saber que provavel-

mente não foi nada elogioso sobre a minha aparência.) *Na verdade, senhor, sugiro*

Aqui acabou o limite de caracteres e ela teve que continuar em um segundo tuíte:

que você se abstenha de proferir calúnias tão deselegantes sobre uma pessoa tão adorável quanto sei que @LibbyLomax é. O mundo seria um

Um terceiro tuíte:

lugar muito melhor se tivesse mais pessoas boas e decentes (e, de novo, nem de longe acima do peso) como @LibbyLomax. Se você não tem nada

Um quarto:

de bom para dizer sobre ela, por favor, não diga nada. Os amigos dela ficarão imensamente gratos. Cordialmente, @PretinhoBasicoePerolas.

Meus olhos se enchem de lágrimas repentinas.

— Isso foi muito legal da sua parte, Audrey.

— Querida. — Ela aperta minha mão. — Não foi nada.

— Mas não tenho uma conta no Twitter, por sinal, chamada @LibbyLomax nem nada assim.

— Ah, mas agora você tem! Eu criei uma para você!

Olho para ela.

— Como assim?

— Libby, estamos no século XXI. Além do quê, você é atriz, não é? Não acha que deveria ter algum tipo de perfil público?

— Bom, agora parece que eu tenho, não é? Gostando ou não? — digo, me referindo tanto à minha nova e indesejada conta no Twitter quanto ao fato de que milhões de pessoas ao redor do mundo estão tirando sarro da minha cara neste exato momento. — Você não pode simplesmente deletar de uma vez?

— Mas você já tem um monte de seguidores! Quinhentos ou seiscentos na última vez que eu olhei.

— Sim, um monte de pessoas como... Qual era o nome dele? A calcinha da Rhea Haverstock-Harley ou qualquer coisa assim... Sendo cruéis com relação à minha aparência! Por favor, Audrey. Delete. Não aguento mais nada disso agora.

— Tudo bem, se é isso que você prefere. Vou fazer login com o seu perfil e apagar a conta. — Audrey pega meu iPad de volta. — Você teve uma manhã *tão* ruim assim, querida?

— Sim. Bom, não. Não sei. Quer dizer, vi o Dillon outra vez.

As sobrancelhas dela se arqueiam de baixo da aba do enorme chapéu.

— O modelomaníaco?

— Aham. Ele só me abandonou aquela manhã porque tinha uma audição em Nova York — ao menos é o que ele diz — e agora ele está dizendo que quer me encontrar hoje à noite.

— Querida, você não pode!

— Eu sei, eu sei, ele é assustadoramente não confiável e, bom, acho que não posso deixar de suspeitar que ele tenha um probleminha de abuso de algumas substâncias.

— Você não tem nada para vestir! A não ser... — continua ela, esperançosa — que você tenha recuperado o juízo e ficado com aquelas coisas lindas da Net-a-Porter, no fim das contas?

Oh, Jesus, aquela maldita compra que eu ainda não devolvi. Mas não vou mencionar isso a Audrey.

— Você realmente acha que eu deveria continuar saindo com ele? — pergunto.

— Bom, mais um ou dois encontros não vão fazer mal a ninguém, querida. Com alguém que acha que você é espetacular. Quer dizer, obviamente, eu não poderia, em sã consciência, aconselhar que você tivesse algo *sério* com um homem desses, mas isso não significa... Minha nossa!

A mão dela congela na tela do iPad e seus lábios perfeitos estão abertos.

— O quê? Oh, Deus, não estou recebendo ameaças de morte pelo Twitter agora, estou?

— Não. Você só... Bem, você parece ter bem mais seguidores do que tinha quando eu olhei sua conta pela última vez uma hora atrás.

— Quantos mais?

— Onze mil.

— Audrey! Era exatamente por isso que eu queria que você deletasse! Não preciso de onze mil pessoas falando mal da minha bunda!

— Eu sei, eu sei, eu lamento muitíssimo, querida. — Ela está olhando atentamente para a tela. — Sabe, não vejo ninguém falando coisas ruins do seu bumbum, para falar a verdade. — Agora ela começa a rolar a barra do Twitter para baixo. — Todo mundo parece estar perguntando onde você comprou aquele colar.

— Meu *colar*?

Pela segunda vez desde que me sentei no sofá ao lado dela, ela empurra o iPad na minha direção.

Oi @LibbyLomax, leio o primeiro tuíte no qual bato os olhos, de alguém que se chama *@AGrandeFashionista. Amei d+ o colar q vc tah usando no vídeo!!!!!! Onde vc comprou??????????*

— Se ela não tivesse usado todos esses pontos de exclamação e de interrogação — observa Audrey, parecendo levemente incomodada —, ela poderia ter escrito as palavras direitinho, em vez de recorrer a todas essas abreviações horrorosas.

Oi @LibbyLomax, diz o tuíte logo abaixo, dessa vez de alguém chamado *@EmilyAPrincesaVintage. Lindos os brilhantes e as perolas, amiga. Por favor nao diga que eh uma reliquia vintage unica — PRECISO DESSE COLAR! Bjos*

Uma olhada rápida na dezena... nas duas dezenas... nas *três dezenas* de mensagens abaixo disso revela pedidos do mesmo estilo: *amei o colar... quero esse colar... pode nos contar onde você comprou esse colar?*

— Viu? — Audrey bate com a mão, com uma veemência surpreendente para um possível fantasma e, ainda por cima, da Audrey Hepburn, no sofá — com tanta força, aliás, que alguma coisa cai dele no chão. — *Aqui* estão meus óculos! — grita ela, abaixando-se para pegar a armação de tartaruga Oliver Goldsmith e colocando-a, mesmo estando dentro do apartamento. Ela fica ainda mais fabulosa do que nunca. — Eu *disse* a você — continua ela — que a maioria das pessoas estava sendo imensamente gentil. Elogiando suas joias, e não sendo desagradáveis quanto ao seu corpo.

— Sim... Só estou um pouco surpresa.

— Não fique, querida! Apenas desfrute da atenção. — Ela ergue o dedo acima da tela do iPad, pronta para entrar em ação. — Agora, precisamos postar um tuíte dizendo às pessoas de onde é o colar. Um lugar chamado Nora, pelo que me lembro de você ter falado? Isso é uma butique? Uma joalheria?

— Não, não é de um lugar chamado Nora. Não é *de* lugar nenhum. Eu que fiz.

— Minha nossa! — Audrey abaixa os óculos e os deixa empoleirados na ponta do nariz por um momento e fica olhando para mim. — Você *tem* talento, Libby.

— Sei lá... É só um passatempo, na verdade.

— Bom, não vamos dizer aos seus seguidores que é só um passatempo. Você precisa *assumir* isso, querida! — Ela toca as unhas na tela repetidamente. — *Eu que fiz...* Não, acho que vamos falar em *design*, soa muito melhor. É um design meu — diz ela enquanto digita.

— Audrey, não, não mande isso, vai fazer com que eu pareça...

— *Muito, muito obrigada por todos os elogios maravilhosos. Um grande beijo, Libby Lomax.* E... Postar.

Agora que tenho bastante certeza de que ela é um fantasma, e não uma alucinação — sem contar a compra bem real que ela conseguiu fazer em meu nome — acho que esse tuíte realmente foi postado. Meio que uma versão civilizada e moderna de um tipo de poltergeist aprisionado por correntes, escrevendo palavras com o próprio sangue na parede da casa que está assombrando.

— Audrey, por favor, quero deletar a conta mesmo assim. Responder qualquer coisa vai apenas jogar mais lenha na fogueira.

— O fogo nem sempre é uma coisa ruim. Na verdade, acho que você poderia se beneficiar de um pouquinho mais de fogo na sua vida.

— Você não diria isso se tivesse incendiado a própria cabeça com um cigarro alguma vez na vida. É sério, Audrey. Delete.

— Ooooh, veja, querida! — Ela vira o iPad para mim de novo. — Agora as pessoas estão perguntando quem vende você!

— Quem me *vende*?

— Quais as lojas que vendem as joias desenhadas por você.

@LibbyLomax, leio na tela, *onde você vende as suas coisas? ... @LibbyLomax, posso comprar um igualzinho a esse em uma das suas lojas e quanto custa? ... @LibbyLomax você tem um site e aceita PayPal?*

— O que devemos responder? — pergunta Audrey, sem fôlego. — Devemos dizer que o seu site vai estar no ar em breve?

— Por que é que nós diríamos isso? — Estou começando a me sentir um pouco enjoada, para falar a verdade. A adrenalina e o choque de tudo que aconteceu nas últimas horas, o gole do resto do espresso forte de Audrey no estômago vazio... — Não vou ter um site no ar. *Nunca*, na verdade.

— Bom, precisamos dizer *alguma coisa*, Libby. Os tuítes estão chegando aos montes e rápido...oh! — Ela tira os óculos completamente agora e se foca na tela. — Você acabou de receber uma mensagem privada... de alguém chamado Emma Watson. Ela é uma amiga sua?

O nome não me é estranho, mas não estou identificando.

— Ela está perguntando se você pode dar uma ligadinha para a *stylist* dela... — Audrey está lendo a mensagem. — Diz que adoraria ter um dos seus colares assim que possível... Ela parece ser uma moça adorável e gentil, preciso dizer. Frases escritas adequadamente; é um verdadeiro prazer de ler!

— Espere aí... — Acabo de perceber de onde conheço o nome. — *Emma Watson*? Tipo, a famosa atriz de Harry Potter?

— Harry quem?

— Me deixe ver.

Minhas mãos estão tremendo de leve quando pego o iPad e leio a mensagem.

Cara Libby, diz a mensagem direta (Na verdade, é uma série de mensagens diretas, mas estou juntando todas em uma.) *Sinto muito por mandar essa mensagem assim, do nada, mas acabo de ver no seu tuíte que você é a designer do colar que estou cobiçando desde que vi naquele vídeo viral ontem. Se você tiver um tempinho, será que pode dar uma ligadinha para minha* stylist *(mando os detalhes logo em seguida) e avisá-la se é possível enviar aquele colar (ou qualquer outro similar da sua coleção) para nós antes de eu ir para Los Angeles amanhã de manhã? Muito obrigada, Em*

Tem um número de telefone abaixo da última mensagem.

Estou prestes a declarar que aquilo tudo é uma pegadinha de mau gosto quando, — só para ter certeza, — clico no link *@EmWatson* no topo das mensagens dela.

Certo, ela tem mais de quinze milhões de seguidores. Isso faz com que a probabilidade de ela ser mesmo a verdadeira Emma Watson seja muito maior, certo?

— Que bela oportunidade! — Audrey está se levantando. — E essa Emma Watson é bem conhecida, você disse?

— Muito conhecida, sim... O que você está fazendo? — pergunto quando ela se abaixa para remexer na minha bolsa, perto da porta de entrada. — Não, espere — acrescento, percebendo que ela está pegando meu celular. — Não podemos simplesmente ligar para ela!

— Essa *stylist*? Claro que podemos! Temos o número dela, não temos?

— Sim, mas eu não faço ideia do que... — Paro, porque Audrey de repente me entrega o celular, e o número que ela deve ter acabado de digitar já está chamando. — Puta que pariu! Não posso ligar para essa *stylist* sem...

— Oi, aqui é Debbie Lederman.

Fico olhando, emudecida, para o iPhone, enquanto a voz agradável de uma mulher com sotaque escocês sai dele.

— Responda! — sussurra Audrey. — Vai!

— Alô? — diz a voz escocesa de novo. — Tem alguém aí?

— Hum, sim, desculpe... Debbie? Meu nome é Libby, não sei se você...

— Ah, Libby, oi! Você é a designer sobre a qual a Emma me mandou uma mensagem, certo?

— Sou... ahn...

— Obrigada por ligar! Só consegui ver agora aquele vídeo que tem rodado por aí...

— Sim, olha, quanto a isso...

— ... Mas concordo com a Em, seu trabalho é fabuloso! Aquele colar em particular ainda está disponível?

— Não é... Digo, não sou... — Respiro fundo. — Não está realmente disponível, afinal.

— Droga. Todos foram vendidos, é? Bom, não estou surpresa. Só estou irritada comigo mesma por não saber de você antes. Então, você tem alguma coisa parecida para nos mostrar? A Em está indo para Los Angeles amanhã para passar um mês e gostaria muito de poder levar algumas das suas peças para ela usar enquanto estiver lá.

— Caramba.

— Como?

— Nada. Eu só... Eu posso disponibilizar o colar se você — se a Emma — realmente quiser.

— Mas eu achei que você tinha dito que estava esgotado.

— Não, não, não está esgotado porque não tenho nenhum para vender.

Há uma pausa breve e confusa do outro lado da linha.

— Não entendo... — diz Debbie Lederman, após um instante.

— Diga a ela que você pode dar aquele para elas! — sibila Audrey, acenando com o iPad para mim porque — ah, pelo amor de Deus — ela estava lendo sobre a Emma Watson na Wikipédia. — Emma Watson é uma estrela *muito* famosa!

— Libby? Você ainda está aí?

— Sim, desculpe. Posso dar esse para você.

— Qual?

— O que estou usando.

— Então... Está disponível?

— Sim. Está disponível.

— Que ótimo, Libby, isso é fantástico! Posso perguntar quanto é? Emma costuma ganhar essas coisas, mas se você é uma designer nova e jovem, sei que ela vai preferir pagar.

— Não, não, é de graça. Digo, sem custo algum.

— Então você vai emprestar para nós?

— Não, ela pode ficar com ele. Não vou dá-lo à Nora mesmo, então... — Uma olhada supreendentemente severa de Audrey me silencia quanto à questão da Nora. — Olha, posso mandar por correio esta tarde, como entrega especial ou algo assim. É só você me dar o seu endereço.

— Céus, não precisa fazer isso! Vou mandar um motoboy para pegar no seu ateliê. A não ser... Escute, você por acaso teria um tempinho para dar um pulo no meu escritório, hoje à tarde, e me entregar pessoalmente? É só porque eu realmente gostaria de conhecer você e conversar um pouquinho. Sempre quero fechar parcerias com novos designers. Ou posso ir até você, se for mais fácil.

— Céus, não, não faça isso. Ahn... Sim, eu posso encontrar você hoje à tarde, sem problemas. Mas Debbie, não sou uma designer de verdade, só faço esses colares para amigas e parentes e...

— Libby, minha cara — diz Debbie, bruscamente, mas sem ser indelicada —, você pode me contar a sua história de vida mais tarde, desde que traga o colar que a Em pediu. Isso é tudo que importa agora, está bem?

— Está bem.

— Maravilha! Trabalho na Butterfly PR, rua Dover, número 22. Você pode vir lá pelas três?

— Sim. Claro.

— Ótimo! Bom, é só perguntar por mim na recepção quando chegar aqui que eu desço e nós vamos tomar um café juntas, tá? Aliás, muito obrigada, Libby. Vou ligar para Emma agora mesmo! Ela vai ficar superfeliz!

É só quando largo o celular que percebo que minhas mãos, que estavam tremendo um pouquinho, agora estão tremendo muito e que estou me sentindo mais enjoada do que nunca.

— Meu Deus — é tudo que consigo dizer.

— Oh, Libby! Isso é tão... — Audrey Hepburn joga os braços magros em torno de mim, me esmagando de leve com seu chapéu enorme. Para um abraço de um fantasma, é surpreendentemente forte. — Deve ser como um sonho se tornando realidade!

O que não é exatamente o caso. Porque eu nunca sonhei com isso antes. Desenhar joias para estrelas do cinema usarem. Desenhar joias para *qualquer* pessoa usar, isto é, além da minha irmã e das minhas amigas. Apesar de eu não ter certeza de *por que* eu nunca sonhei com isso, porque é, aparentemente, algo em que sou um pouquinho melhor do que eu jamais realmente pensei.

Uau.

É essa a sensação de ser realmente boa em alguma coisa, para variar? Porque (agora que o tremor e o enjoo estão lentamente passando) a sensação é ótima!

— E tem ainda mais tuítes chegando — diz Audrey, alegremente pegando o iPad de novo — de pessoas perguntando onde podem comprar os seus colares... E outra mensagem privada também. Deve ser a adorável Emma, eu suponho, agradecendo você por... — Ela para quando lê a nova mensagem. Então, ergue os olhos para mim. — Seu pai se chama Edward?

— Sim. Por quê?

— Ele acaba de mandar uma mensagem para você, querida.

Olho para a tela do iPad que ela está, — mais uma vez,— mostrando para mim.

É outra mensagem privada. Dessa vez, de *@EdwardLomaxBiografoeHistoriadordeCinema.*

Oi, Libby. Eu não sabia que você estava no Twitter. Me dá uma ligada um dia desses? Pai.

Tudo parece congelar ao meu redor.

Leio a mensagem de novo, todas as dezoito palavras dela.

Oi, Libby. Eu não sabia que você estava no Twitter. Me dá uma ligada um dia desses? Pai.

É o máximo de coisas que ele me disse em cinco anos.

— O que você vai responder? — pergunta Audrey, em um tom delicado, sentando-se no Chesterfield ao meu lado.

Meneio a cabeça.

— Você não pode simplesmente ignorá-lo, querida.

— Ah, posso, sim. — Assim que ela se senta, eu me levanto. — É um talento que eu devo ter herdado dele, para falar a verdade. Ignorar meus parentes mais próximos.

— Libby, você não acha...

— Não, não acho. Uma coisa incrivelmente fantástica acaba de acontecer comigo, uma mudança muito bem-vinda, por sinal, e eu não tenho intenção alguma de deixar que um tuíte aleatório do meu pai estrague esse momento.

— Foi uma mensagem privada, na verdade, querida, não um...

Silencio Audrey com um olhar.

— Então podemos simplesmente deletar? Ou ao menos parar de falar disso? Porque tenho uma reunião muito importante e preciso muito da sua ajuda para dar uma ajeitada no visual.

— É claro! — Ela tira o chapéu com um ar profissional e o coloca ao lado dos óculos no sofá. — Vai ser um prazer. Apesar de ser mesmo uma pena você não ter ficado com aquelas coisas da Net-a-Porter, porque havia várias peças ali que seriam perfeitas para essa ocasião. Uma saia lápis versátil, uma blusa listrada linda... Não eram só roupas sociais, sabe?

— Bom, não fiquei com elas — minto. — Então vamos ter que nos virar com o que temos.

— E você tem certeza absoluta — diz ela após um instante — de que não quer responder nada para o seu pai?

— Tenho, Audrey, obrigada.

Ela parece finalmente entender o recado, porque simplesmente assente com a cabeça, me dá um de seus sorrisos lindos, de derreter o coração, e volta para as minhas caixas sem dizer mais nenhuma palavra.

Visto que provavelmente vou me encontrar com o Dillon hoje à noite, não foi uma ideia nada, nada boa me empanturrar com sanduichinhos variados, dois bolinhos recheados com creme e geleia, um pedaço de bolo de cenoura com cobertura de cream cheese e uma minitortinha de limão quando fui tomar chá com a Debbie Lederman agora há pouco.

Mas ela foi *tããããããão* incrivelmente gente boa, me apresentando às outras meninas do seu escritório como "essa jovem designer de joias fabulosa que eu quero ter por perto" e nem de longe como aquelas *stylists* metidas, obcecadas com a aparência, que eu sempre pensei que as celebridades contratassem, que quando ela sugeriu que fôssemos até o Wolseley para tomar um chazinho da tarde enquanto conversávamos, eu não ia recusar, né?

E deixando meu lapso supercalórico de lado, foi um encontro basicamente fantástico. Se antes eu estava nervosa por entregar o colar da Nora para ela olhar de perto, eu não devia ter ficado, pois ela falou vários "ooooohs" e "aaaahs" e disse que amou ainda mais. Então, ela perguntou tudo sobre mim e não ficou nem um pouco incomodada pelo fato — explicado novamente a ela — de eu *não* ser uma designer de joias de verdade, fabulosa ou não. Ela só disse que eu estava perdendo tempo ao não seguir uma carreira nessa área e que adoraria ver mais exemplares de joias que eu tenha feito recentemente e que se eu fizer mais alguma coisa, ela adoraria ver também...

Como eu disse, basicamente fantástico.

E mesmo que eu provavelmente devesse atravessar correndo o Piccadilly, que está cheio de gente, na volta para o metrô, agora, com a cabeça abaixada, caso alguém me reconheça como a menina da bunda de fora do vídeo, não faço isso. Não ligo, de verdade, se alguém de fato me reconhecer. Porque sinto como se estivesse andando nas nuvens, a quatro metros do chão, sustentada pela coisa incrível que acabou de acontecer comigo.

Quer dizer, será que eu *conseguiria* fazer isso? Construir uma carreira com os penduricalhos que faço?

Potencialmente ter sucesso em algo no qual eu talvez seja realmente boa, em vez de fracassar em algo que eu nunca devia ter começado a fazer desde o princípio? Porque não estou dizendo que, se eu construísse uma carreira fazendo joias, eu *definitivamente não* iria botar fogo na minha própria cabeça ou me trancar para fora de spas seminua com a toalha presa na calcinha ou ter vídeos nada lisonjeiros meus postados no Instagram para todo o mundo ver (exceto, possivelmente, algumas dezenas de tribos em Papua-Nova Guiné). Obviamente, essas coisas *poderiam* acontecer, fosse eu uma atriz fracassada ou uma designer de joias bem-sucedida ou motorista de ônibus ou diretora do Banco da Inglaterra, até onde sei.

Mas a questão é que, mesmo que essas coisas realmente acontecessem, ao menos estariam acontecendo com uma pessoa que estava traçando algum caminho na vida. Uma pessoa que estava *fazendo alguma coisa*, em vez de só ficar sentada nos cantos assistindo a fantasias hollywoodianas em seu iPad e observando a vida real acontecer para todas as outras pessoas.

Estou morrendo de vontade de contar tudo isso para alguém, e a pessoa para quem estou morrendo de vontade de contar é o Olly.

Hoje em dia, me ocorre agora, desde que Nora está trabalhando na Escócia, ele é praticamente a primeira pessoa a ouvir todas as minhas novidades, boas e ruins, assim que as recebo. Ele foi a primeira pessoa para quem eu liguei depois que encontrei meu novo apartamento. A primeira pessoa para quem liguei depois que Daniel terminou comigo. E vice-versa: eu fui a primeira pessoa para quem Olly ligou quando conseguiu o empréstimo para abrir sua própria empresa de buffets dois anos atrás; a primeira pessoa para quem ele ligou quando ele e a Alison terminaram, apenas alguns meses depois de terem ido morar juntos. Ele vai dar um de seus gritos de alegria mais altos quando eu contar a ele, e eu vou insistir que a gente marque um bom jantar, assim que possível, para comemorar.

Mas quando pego o celular na bolsa para ligar para ele, vejo que tenho uma ligação perdida do Dillon — de quase uma hora atrás, quando eu estava me empanturrando de bolinhos com Debbie Lederman. Ele não deixou mensagem.

Bom, vou ligar de volta para ele e descobrir se ele estava mesmo falando sério, hoje cedo, com relação a passarmos a noite juntos. E *depois* vou ligar para o Olly e dar minhas boas novas.

(E então, depois disso, se eu realmente for me encontrar com Dillon hoje à noite, é melhor eu correr para alguma loja da rua Oxford e comprar a calcinha modeladora mais forte que encontrar. Preferencialmente uma que seja reforçada com titânio, para conter melhor o inchaço dos bolinhos com creme.)

Ligo para Dillon.

O celular dele toca e toca e tenho quase certeza de que vai cair na caixa postal quando ele atende.

— Oi.

— Oi! Só estou ligando para saber se sua proposta para esta noite ainda está de pé. — Aí, como percebo como isso soou, acrescento apressadamente: — O jantar, digo. Se ainda está de pé. Porque eu sei que não tinha certeza antes, mas se você ainda estiver livre, eu realmente adoraria...

— Jantar?

— É. Não sei se você já ouviu falar. É uma refeição que as pessoas frequentemente fazem entre seis e nove da noite. Se você for chique, pode chamar de jantar e, se não for tão chique, pode chamar de lanche... — Faço uma pausa, me sentindo bastante satisfeita comigo mesma por ter sido eu quem fez uma das piadas preferidas dele, para variar um pouco, e espero que ele ria. Mas só há silêncio. — Hum... Dillon?

O silêncio continua.

— Você ainda está aí?

— Sim, desculpe, eu só estava... — Ele deve ter se afastado do celular por um instante, porque sua voz fica distante brevemente antes de voltar ao normal. — Olha, não vou poder jantar esta noite, na verdade. Peço desculpas.

Apesar de, obviamente, ser um pouco preocupante o fato de ele ter mudado de ideia, o que é mais preocupante é o tom de voz contido e distante que ele está usando.

— Vou para Roma — acrescenta ele — daqui a seis horas.

— Roma?

Estou esperando que ele diga, É, é uma das maiores capitais da Europa, em um país chamado Itália. *Talvez você tenha ouvido falar...*

Ele não faz isso. Só diz:

— É, então é por isso que não posso jantar. Mas, como eu disse, peço desculpas.

— É só... Bom, é meio de última hora ter que... ir para Roma.

Mesmo enquanto eu digo isso, parece absurdo. Quer dizer, eu estava preparada para comprar toda aquela história de Nova York, mas uma viagem aleatória atrás da outra desse jeito, no intervalo de apenas alguns dias, está começando a parecer mais que um pouquinho suspeito.

— É por isso que estou ocupado. Estou fazendo as malas. Vou encontrar Martin Scorsese lá.

— Ah, caramba, Dillon, isso é...

— Enfim, ligo para você quando voltar, tá?

— Claro. — Tento (e basicamente fracasso) soar indiferente. — Quando você puder. Sem pressa.

— Ótimo.

— Quer dizer, tenho certeza de que você vai voltar em alguns dias...

— Certo, então, foi bom falar com você.

— *Gato* — chama uma voz ao fundo repentinamente. — *Com quem você está falando?*

É a voz da Rhea.

Congelo. E em um momento péssimo, visto que acabo de pisar no Piccadilly e quase sou atingida por uma moto em alta velocidade, que teve que desviar para o meio da pista para não me atropelar.

—Vaca idiota! — o motoqueiro grita para mim enquanto vai embora, e eu não posso realmente culpá-lo.

— Ninguém — ouço Dillon respondendo em uma voz abafada, como se estivesse cobrindo o microfone do celular com a mão.

— *Então volte pra cama...*

Afasto o celular da orelha e pressiono o ícone para encerrar a ligação.

— Você está bem, querida? — uma mulher com um carrinho de bebê e uma criança nos braços me pergunta, ao mesmo tempo em que, de alguma forma, consegue encontrar uma mão livre para me puxar de volta para a calçada ao lado dela. — Aquilo podia ter dado uma confusão!

— Já deu...

— Certo. Olha, é melhor você ir e tomar uma boa xícara de chá ou algo assim. Ou... Espere um minuto... Tome isso aqui. — Ela remexe na parte de trás do carrinho e tira, alguns segundos depois, um saquinho de suco de fruta para crianças. — Isso vai fazer seu nível de açúcar no sangue subir — acrescenta ela, colocando-o na minha mão.

— Obrigada... Só estou um pouco... Digo, ele estava com *ela*... Ela disse para ele voltar pra cama...

A mulher dá uma olhada para o bebê por um instante, presumivelmente se certificando de que ele não entendeu o que estou dizendo, e então se aproxima um pouco mais de mim.

— Homens... — diz ela baixinho. — São todos iguais.

Aí a luz verde se acende, o aviso sonoro começa a apitar e ela atravessa pela faixa com o carrinho e o bebê em segurança. Do outro lado da rua, ela se vira e faz um movimento como se estivesse tomando algo com outra de suas mãos extras, como se para me relembrar de tomar o suquinho ou ir encontrar a bebida alcoólica mais próxima possível, não sei dizer.

Não sei *o que* fazer comigo mesma, para ser sincera. Isso é tão, tão pior do que simplesmente acordar de manhã e perceber que o Dillon não está lá. Depois de tudo que a Rhea fez comigo... Depois de todas aquelas coisas que ele me disse ainda esta manhã... Ele estava na cama com ela?

Me sinto muito, muito, muito idiota. Estupidamente, humilhantemente e — o pior de tudo — *previsivelmente* idiota.

E eu genuinamente não entendo por que estou fazendo o que estou fazendo neste momento, que é procurar o iPhone no bolso da jaqueta e ligar para a última pessoa do mundo para a qual eu achava que ligaria em uma situação como essa. A última pessoa para a qual eu achava que ligaria em qualquer situação, em qualquer momento.

Estou ligando para meu pai.

15

Certo, bem, culpo Audrey por isso.

Maldita Audrey, com todo seu papinho sobre fazer as pazes com o pai e não esperar que ele fosse diferente e, — agora percebo, — plantando as sementes na minha cabeça de que talvez essa situação de "família feliz o suficiente" seja algo que eu possa conseguir também.

Se (*quando*) tudo der terrivelmente errado quando (*se*) meu pai chegar aqui em alguns minutos, vou dizer a Audrey tudo que eu penso quando voltar para o apartamento, prometo.

Aqui, aliás, é o The Jade Dragon, em Chinatown, o restaurante preferido do meu pai. É o lugar ao qual ele *não* me trouxe dezesseis anos atrás para comemorar meu aniversário de treze anos e foi o lugar que eu sugeri a ele quando, há uma hora, conversamos pelo telefone.

Conversamos muito rapidamente pelo telefone, por sinal; não foi tão promissor assim. Ele pareceu surpreso quando atendeu (pelo menos, ele atendeu) com um tom perplexo:

— *Libby*?

— Sim, sou eu.

— Certo. Por que você... está tudo bem? Aconteceu alguma coisa com a sua mãe?

(Não sei o que é mais deprimente: o fato de ele imediatamente supor que o único motivo pelo qual eu estaria ligando seria para dar notícias ruins sobre minha mãe ou o fato de que eu detectei mais que uma pequena pitada de esperança na voz dele quando ele fez aquela pergunta.)

— Não — respondo. — A minha mãe está bem. Só estou ligando porque... Bom, achei que talvez você fosse gostar de me encontrar.

— Encontrar?

— Sim. Para… comer alguma coisa.

Há um silêncio breve do outro lado da linha.

— Hum… Sim, claro. Comer alguma coisa. Por que não? Quando você pode?

— Agora? Hoje à noite? — solto, mal conseguindo me conter para não acrescentar, como eu faria se ainda fosse adolescente: *Na real, não se preocupe, tenho certeza de que você está trabalhando ou ocupado com alguma outra coisa, então, é sério, está tudo bem, vamos deixar para outro dia, sem problemas.*

— Ahn… Sim, acho que pode ser hoje à noite.

— Certo. Vamos ao…

Emudeci.

Porque esse encontro com meu pai, ao contrário dos muitos encontros que tive com Audrey nos últimos anos, não foi reprisado indefinidamente na minha cabeça, com roteiros diferentes e locações excitantes. Eu deliberadamente não pensei no meu pai nem um pouquinho durante boa parte da última década; certamente nunca parei um minuto para pensar onde poderíamos nos encontrar, se eu resolvesse vê-lo.

— … The Jade Dragon? — Foi o único lugar que veio à minha mente.

— Em Chinatown? Não vou lá há eras, mas… claro. The Jade Dragon. Se ainda existir. Por que não?

— Certo. Ótimo. Daqui a uma hora? Por volta das seis e meia?

— Claro. Por volta das seis e meia. Vejo você lá, Libby.

Apesar de a parte do "*por volta das*" ser bem mais demorada, na cabeça do meu pai, do que na minha. Porque estou aqui desde que o relógio marcou seis e meia, e agora já são 19h20.

Estou no segundo prato de fritada de lulas (me sinto encabulada de ficar simplesmente sentada aqui, sozinha, obviamente esperando por alguém, e os hashis me deram algo para fazer com as mãos) quando meu celular apita.

Não é meu pai mandando mensagem para cancelar. É o Olly.

Ele já apareceu?

Isso é porque eu mandei mensagem para ele quando estava vindo para o restaurante, cinquenta minutos atrás, para dizer que eu ia jantar com meu pai.

Ainda não, respondo.

Então, um instante depois, porque fico com receio de que ele fique preocupado por eu estar sentada aqui sozinha, mando um animado *Mas a lula está bem boa!*, seguido por uma carinha piscando ridícula.

— Oh, Libby.

Quase caio da cadeira quando, um nano-segundo depois de mandar essa mensagem, ergo os olhos e vejo o Olly parado ao lado da minha mesa.

— Isso foi… Como é que…?

— Peguei o metrô para vir para cá assim que você me mandou aquela primeira mensagem — explica ele, sentando-se de frente para mim. — Você sabe, só para garantir.

Meu coração, que estava em um processo de congelamento rápido nos últimos 45 minutos que passei aqui esperando pelo meu pai, se derrete, instantaneamente, formando uma poça de meleca.

Fico seriamente tentada a me levantar, passar por cima da mesa, sem ligar para o prato de lulas, sentar no colo do Olly, colocar os braços em torno do pescoço dele e lhe dar um beijo.

Espere aí, eu disse *lhe dar um beijo*?

Não, não, não. Eu quis dizer, obviamente, *lhe dar um abraço*.

— Você quis dizer — falo, com cuidado — só para garantir que eu não ficasse plantada aqui feito palhaça se ele não aparecesse.

— Bom, você sabe, é um trajeto longo de… Onde é que ele está morando mesmo?

— Rua Holloway. Quatro paradas da linha Piccadilly.

— Ah. Certo. — Olly parece um pouco derrotado. — Ele está atrasado quanto tempo?

— 45 minutos. Até agora.

— Sinto muito. — É tudo que ele diz.

— Está tudo bem. Foi muito legal você ter vindo!

— Você faria o mesmo por mim.

— O que, se o seu pai desse o bolo em você em cima da hora de novo? — pergunto, bufando, porque o pai de Olly e Nora, Archie, é o tipo de pai que eu um dia pensei que só existia em seriados infantis: um provedor de xícaras de chá e rodadas de torradas com coração de ouro, presente em cada um dos eventos importantes de seus (muitos) descendentes.

— Você esteve ao meu lado durante todos os *meus* momentos ruins, foi isso que eu quis dizer. Quando minha mãe estava superdoente antes das minhas provas. Quando eu não conseguia arranjar um empréstimo em lugar nenhum para abrir a empresa. Quando Tilly morreu. — Você lembra?

— Meu Deus, Olly. — Essa é a última coisa de que eu preciso agora: um lembrete da velha labradora de Olly, Tilly, ou de como ele ficou arrasado quando ela foi sacrificada. Posso sentir as lágrimas cutucando meus olhos. — Por favor, não vamos falar sobre isso agora!

— Está bem, mas só estou dizendo que sempre estarei aqui por você, Libby.

Consigo engolir um soluço indesejado.

— Como a Tilly?

— Sim… — Ele parece parar de repente, mesmo estando sentado. — Na verdade — diz ele —, não.

— Não?

— Não! Não como a Tilly! Não sou uma porcaria de um labrador!

— Bom, sim, eu sei disso, Olly, obviamente, eu só quis dizer…

E então *eu* paro. Porque meu pai acaba de entrar no The Jade Dragon e está atravessando o restaurante para se juntar a nós.

— Meu pai — coaxo para Olly. — Aqui. Agora.

Ele parece cinco anos mais velho, o que não é exatamente uma surpresa, porque já faz quase cinco anos desde a última vez que eu o vi, no velório da mãe dele. Ele está usando seu uniforme de costume: calça jeans justa, jaqueta de couro e uma camiseta do David Bowie (que ele provavelmente deveria começar a repensar, visto que deve ter feito 58 anos em seu último aniversário), e quando ele percebe que eu o vi, seus lábios se curvam naquele sorriso forçado esquisito que ele sempre dá quando me vê, como se eu fosse uma vizinha um tanto chata que vai fazê-lo conversar sobre o tempo por meia hora.

Me levanto quando ele chega na mesa, e Olly faz o mesmo, esticando a mão na direção do meu pai de um jeito perturbado. É um pouco estranho, mas ao menos resolve a questão complexa de se eu e meu pai íamos nos abraçar ou beijar para nos cumprimentarmos.

— Olly Walker — apresenta-se ele, antes de acrescentar: — Eu já estava de saída.

— Ah, certo… Você é namorado da Libby?

— Não, só um amigo — responde Olly. — Mas foi um prazer conhecê-lo, sr. Lomax.

Eu amo o Olly por ele conseguir ser mais que educado ao dizer isso e, ao mesmo tempo, ainda conseguir, de alguma forma, deixar claro que ele pensa que meu pai é um bosta.

— Me liga mais tarde, Libby? — pergunta ele. — Não importa o horário.

— Ligo, sim. Obrigada de novo, Olly.

Se não fosse pelo fato de que iria soar muito, muito estranho, eu iria gritar "*e eu realmente não acho que você é um labrador*" para ele.

— Rapaz bacana — diz meu pai enquanto Olly se afasta da nossa mesa e sai do restaurante.

— Ele é mesmo. — Volto a me sentar e pego meus hashis para ter algo para fazer com as mãos de novo. — O melhor, na verdade. A lula está boa. Lamento por não ter sobrado muito. Eu não sabia se você ia conseguir vir ou não.

— Pois é, tive umas coisas para resolver. — Há uma pausa breve que, com qualquer outra pessoa que não fosse meu pai, quase com certeza seria preenchida pelas palavras *me desculpe por ter feito você esperar*. Ele se senta de frente para mim e pega um pouco de lula. — Então. Faz um tempão.

— Cinco anos.

— Tudo isso?

— O velório da vó.

— *Isso* foi há cinco anos?

— Foi.

— Ah. Certo. Enfim.

Novamente, me relembro de falar tudo que penso a Audrey quando eu voltar para o apartamento. Porque isso está indo pior do que eu pensava. Eu tinha esquecido, de alguma forma, como meu pai pode ser indiferente e desanimado. Como não é apenas a maneira como ele sorri que faz com que eu me sinta como aquela vizinha chata: é a maneira como ele fala comigo também. A maneira como ele sempre falou comigo, na real. Como se eu fosse um mal necessário.

Bom, está bem, vou tentar fazer o que Audrey aconselhou para, no mínimo, poder ter ainda mais razão para discutir com ela quando eu a vir mais tarde. Não vou deixar que os velhos hábitos do meu pai me irritem. Afinal, não é como se fosse pessoal, esse ar de tédio indiferente, cansado do mundo. Ele faz isso, — sempre fez, — com todo mundo.

— Então — digo, com a voz trêmula. — Você entrou em contato comigo pelo Twitter.

— Sim. Eu vi aquele vídeo seu que está circulando por aí.

— Oh, Deus — resmungo, porque o pensamento de que *meu próprio pai distante* viu minha bunda pelada e escorrendo no Twitter é simplesmente... apavorante.

— Não se preocupe, eu só vi os primeiros poucos segundos. — Ele parece quase tão desconfortável quanto eu. — Mas me fez procurar você no Twitter e lá estava você.

— Sim. — Graças, novamente, a Audrey. — Lá estava eu.

— Você tem um número razoável de seguidores!

— Bem, você sabe...

— Eu também tenho uns dez ou onze mil.

Foi por *isso* que ele concordou em me ver? Para deixar claro que ele também tem muitos seguidores no Twitter?

— E espero conseguir cada vez mais, agora que o livro foi lançado.

— Ah, sim. Ouvi dizer.

— Ah, ouviu? — Isso, ao menos, o deixa consideravelmente mais animado. — É, chegou nas livrarias na última quinta. Então tenho estado bem ocupado com noites de autógrafos e tudo isso... Uma turnê do livro está a caminho. Vou gravar alguma coisa na BBC amanhã cedinho, na verdade, um pedacinho do *Woman's Hour*, na Radio Four, então é melhor eu não ficar na rua até tarde. Preciso estar descansado para isso.

Reparo, aborrecidamente, que esse velho motivo (certo, essa velha desculpa) para sempre estar ocupado demais para passar um tempo comigo mudou, fluidamente, de Ocupado Escrevendo o Livro para Ocupado Promovendo o Livro.

Sinceramente, neste momento, eu, na verdade, preferiria que ele imitasse o pai de Audrey Hepburn, tirasse uma pequena suástica de papel do bolso da jaqueta de couro e marchasse pelo The Jade Dragon, porque isso ao menos me deixaria decepcionada com ele de um jeito novo, original.

— ... E o *Newsnight Review* tem demonstrado muito interesse — continua ele —, e talvez eu ganhe uma coluna no *Mail on Sunday*, e estou escrevendo um artigo sobre Cary Grant para a revista *Sunday Times*...

— Você sabia — digo, casualmente — que Audrey Hepburn uma vez derramou vinho nele todo?

— Quem?

— Cary Grant. Vinho tinto. Em todo o terno de linho bege dele.

— *Não* — diz ele em um tom que demonstra mais interesse do que descrença.

— Sim.

— Onde você ouviu isso?

— Só… você sabe. Li em algum lugar.

Ele se inclina para frente.

— Quando eles estavam filmando *Charada*?

Não consigo ficar pensando, quando ele pergunta isso, se meu pai por acaso se lembra — como eu estou me lembrando neste exato momento — da ocasião em que assistimos a *Charada* juntos, quando eu tinha nove ou dez anos. Era uma época, uma época rara e breve, que eu gostaria de ter percebido na ocasião, em que ele estava fazendo progresso suficiente com o livro a ponto de não cancelar nossos fins de semana mensais de última hora e que ele estava relaxado quando eu ia ficar com ele. Aquela noite do *Charada* era uma sexta-feira, com um fim de semana de inverno inteiro de filmes à nossa frente, e meu pai comprou para mim uma garrafa de suco com gás e organizou um prato de frios e azeitonas em uma tábua de madeira para nós petiscarmos, que fez com que eu sentisse que tinha atingido um auge impossível de sofisticação adulta. Ele espalhou tudo na mesinha de centro surrada e bateu sua taça (de vinho de verdade) na minha e, antes de nos acomodarmos no sofá de couro surrado para assistir ao filme, ele me contou sobre como tinha assistido àquele filme pela primeira vez com o pai *dele*, em uma tarde chuvosa de domingo, trinta anos antes. O que fez eu me sentir ao mesmo tempo segura, reconfortada e estranhamente orgulhosa, como se eu fosse a mais nova em uma longa linhagem de Lomax a descobrir os trabalhos posteriores de Cary Grant e que meu pai estava… me passando a tocha, de certa forma. E eu acho que ele deve ter sentido a mesma coisa também, porque se aproximou, alguns instantes depois de Walter Matthau aparecer na tela, e repousou a mão na minha cabeça por meio minuto inteiro. Trinta e dois segundos. Eu sei, porque parei de prestar atenção no filme para poder contar.

Mas agora meu pai está sentado aqui de novo, meneando a cabeça brevemente.

— Na verdade, pensando bem, acho que isso nunca aconteceu.

— Aconteceu, pai. Tenho certeza.

— Bom, é uma bela historinha. Mas apócrifa, tenho certeza.

Quer saber? Acho que ele acabou de se lembrar *exatamente* daquela sexta à noite no prédio dele. E acho que ele estava curtindo a fofoca de Cary Grant/ Audrey Hepburn, sem conseguir se conter, até sentir a possibilidade perigosa de que isso talvez o reconectasse a mim de alguma forma. Ser forçado, contra sua vontade, a reconhecer que somos mais do que meros conhecidos educados. Que sou alguém com quem ele talvez devesse, afinal, se comprometer.

— Não acho — continua ele, arrogante de novo — que tenha muita coisa sobre Audrey Hepburn que eu já não saiba.

— Givenchy — murmuro. — Não Chanel.

— O quê?

— Nada — digo, porque estou me sentindo rabugenta, furiosa e irritadiça e com uma infelicidade aguda, exatamente da mesma maneira que me senti na última vez em que o vi, quando decidi que não suportava mais me sentir daquele jeito e praticamente o eliminei — sem nenhuma resistência da parte dele, preciso destacar — da minha vida.

Quer dizer, simplesmente não está dando certo, está? Mesmo com toda ladainha da Audrey, com todas as declarações de sucesso quanto a remediar relacionamentos com um pai péssimo, não estou tendo nem um pouquinho de sucesso. No máximo, estou me sentindo ainda pior com relação a isso do que antes de ele se sentar aqui, de frente para mim. É uma repulsa visceral, enterrada lá no fundo, e não acho que exista alguma coisa que eu possa fazer para melhorar a situação.

Audrey Hepburn obviamente era uma mulher muito mais forte do que eu. Como se eu já não soubesse disso.

— E você ainda está bancando a figurante, é?

— Como?

— Você ainda está bancando a figurante em programas de TV? Ao menos era isso que você estava fazendo na última vez que nos vimos.

— Ah... sim. Bom, na verdade, não. Estou parando de vez, eu acho.

— Ah?

— Bom, estou pensando em começar outra coisa... Design de joias, talvez.

— Ah, sim, eu vi aquelas pessoas mandando tuítes para você, perguntando sobre um colar ou algo assim. — Ele pega um pedaço de lula. — Então sua mãe finalmente está deixando uma das filhas descer do palco, é?

Não gosto, — nunca gostei, — do tom que ele usa quando fala da minha mãe.

— E ela ainda está bancando a agente, suponho? — acrescenta ele.

Bancando a figurante... Bancando a agente... Será que tinha como ele deixar mais óbvio ainda que ele encara esses trabalhos como uma espécie de piada em comparação com sua carreira acadêmica altamente decadente?

— Não exatamente. Ela está abrindo uma franquia de uma escola de dramaturgia, na verdade.

— Oh, Céus, ela finalmente conseguiu fazer isso com o mundo, então? — Ele revira os olhos. — Ela falava e falava sobre isso desde que eu era casado com ela. E foi aí que a minha parte dos lucros da casa foi, presumivelmente?

— Pai. — Não costumo chamá-lo assim, mesmo quando eu era bem mais nova, ele sempre preferiu que eu o chamasse de "Eddie", o que eu costumava enxergar como um sinal de como ele era legal e descolado, mas, por fim, percebi que era apenas mais uma maneira de ele evitar ser meu pai. Na verdade, há uma pequena chance de eu o estar chamando de "pai" agora só para me vingar por ele estar sendo rude com relação à minha mãe. — Você não está realmente pensando que deveria levar metade do dinheiro da casa, está?

— Isso é entre mim e sua mãe.

— Bom, não, não é, na verdade. Foi você que tocou nesse assunto agora. E foi você que meteu os advogados na história. Então, na verdade, isso é, no mínimo, entre a minha mãe, você e seus advogados.

Ele aperta os lábios com tanta força que eles se transformam em uma linha fina de desprazer, mas não diz nada.

Respiro fundo.

— Quer dizer, você não acha que é um pouco injusto, pai, depois de todos esses anos sem você pagar nem um único mês de...

— Então, joias, hein? — interrompe ele, em um tom de voz que deixa claro que ele não tem intenção absolutamente nenhuma de discutir sobre a casa; que ele vai abafar, como sempre fez, qualquer tentativa de discutir sobre qualquer coisa desconfortável. — Não é uma carreira difícil para arriscar? Difícil viver só disso, a não ser que você seja muito boa.

— Acabei de dar um colar a Emma Watson, para falar a verdade.

— Emma quem?

— *Watson*. Você sabe, a menininha dos filmes do Harry Potter. Superestrela internacional. *Quinze milhões de seguidores no Twitter.*

— Ah, ela. Certo. — Ele faz uma pausa, aparentemente sem saber como responder — ou, talvez, simplesmente incapaz de juntar as palavras *isso*, é e *incrível* em uma frase curta, como uma pessoa normal faria. — Bom. É um começo.

Bem nesse instante, algo estala.

Não. *Estala* é a palavra errada. Sinto algo *estalar*, como um elástico esticado demais, quando estou com minha mãe e ela está enchendo meu saco quanto à minha carreira ou tagarelando sobre eu sabotar todos os esforços dela para encontrar trabalho para mim ou enchendo a boca para falar do talento, da aparência e da ambição da minha irmã, em comparação a mim.

Isso é diferente. Não é um elástico estalando. É uma corda longa, grossa e pesada, que se enrolou em mim cada vez mais apertado ao longo dos anos, tão gradualmente que eu sequer reparei, — e que está se desenrolando. Porque, pela primeira vez na vida, eu consigo ver que babaca completo ele está sendo e *isso não está me afetando*. Consigo ver que ele está se sentindo péssimo com relação a alguma coisa — o que eu acabei de falar sobre o pagamento do financiamento? O fato de eu ter mais seguidores do Twitter do que ele? — e quer dar um jeito de fazer ele mesmo se sentir melhor.

Mas qualquer que seja o motivo que está fazendo ele se comportar de maneira tão desprezível e infantil, qualquer que seja o motivo que o torna incapaz de me dar um abraço ou um beijo quando ele me vê, qualquer que seja o motivo pelo qual ele quer me pôr para baixo, de repente eu me toco de que isso é problema dele. O fracasso é dele.

É triste. É terrivelmente triste. Mas não estou arrasada.

É essa a sensação, quero correr para casa, para meu Chesterfield assombrado, e perguntar a Audrey neste exato momento, *quando você final-*

mente chega lá? Quando você percebe que ele é simplesmente o que é e que esperar que ele seja melhor é como esperar que a maré recue só porque você quer?

— Ah, e já que estamos falando do Twitter...

— Estamos?

— Você acaba de mencionar que Emma Watson tem quinze milhões de seguidores, não foi?

— Sim, Eddie. Eu falei isso.

— Por que você, quem sabe, não tuíta um link para a página da minha editora, na próxima vez que você logar no Twitter? Só mencionando meu livro. Afinal, com todas aquelas pessoas perguntando sobre suas pulseiras ou o que quer que seja, tenho certeza de que algumas delas vão ficar interessadas em ler um livro que o seu pai escreveu.

Ele está falando sério?

Esse é, então, o verdadeiro motivo pelo qual ele se deu ao trabalho de entrar em contato comigo pela primeira vez em cinco anos? Para sugar minha fonte repentina de seguidores no Twitter?

Eu deveria ficar com raiva, mas tudo isso só está fazendo eu me sentir com mais e mais pena dele. Quero dizer, ele não me vê há cinco anos. Não tem uma conversa comigo, além de um papo rápido de dois minutos sobre velórios, há dez. Ele não sabe, pois — não me perguntou, — onde estou morando ou se ainda estou solteira ou se já tive uns dois filhos. A única coisa que ele quer, aparentemente, da única filha, é uma ajuda para alavancar as vendas. O que, assim, em um piscar de olhos, desenrola a última volta da corda.

— Claro — digo. — Farei isso.

Aí então começo a me levantar e sinalizo para o garçom trazer a conta.

Meu pai pisca para mim, surpreso, com os olhos quase tão arregalados quanto os de Ziggy Stardust na foto de sua camiseta. Porque, sejamos sinceros, é ele quem costuma ir embora. Todo o resto não faz sentido nenhum para ele.

— Bem, você disse que tem que levantar cedo amanhã — falo, como uma explicação, enquanto coloco o *trench coat* e amarro o cinto na cintura. — Mas foi bom ver você. Devíamos... — As palavras *fazer isso de novo qualquer dia desses* não conseguem sair dos meus lábios; não sou, e nunca vou ser, tão graciosa e ter um coração tão grande quanto Audrey Hepburn. — ... manter contato com mais frequência — termino, surpreendendo a mim mesma por descobrir que estou sendo sincera.

— Mas vou começar a fazer a turnê do lançamento do livro muito em breve; vou levar semanas para voltar a Londres e...

— Tudo bem — digo ao meu pai antes que ele sinta a necessidade de relatar todo seu itinerário dos próximos seis meses só para poder deixar claro que é ele quem é ocupado demais para manter contato comigo e não o contrário. — Só uma mensagem de texto de vez em quando seria bom.

— Ah. Certo.

— Conselhos sobre a que filme assistir ou algo assim — digo, porque acho que se existe algo que ele me deu — uma única coisa, apesar de tudo, pela qual eu sempre serei grata — foi meu amor pelos filmes. Talvez ele não seja um pai de verdade, mas é um crítico de cinema bastante razoável. E é uma sensação estranhamente satisfatória deixar que se exiba com o único talento que demonstrou na vida. — Digo, sem pressão alguma — finalizo.

E então, porque ele parece repentinamente muito velho, sentado ali com suas roupas de adolescente, eu me aproximo e dou um beijo na bochecha dele.

— Tchau, Eddie. Boa sorte com a turnê do livro.

Entrego duas notas de dez libras para o garçom no caminho para a saída e — como eu agora chamo, com uma pontada inevitável de dor, ao *estilo Dillon* — não espero pelo troco que ele deveria me dar.

Então pego meu celular na bolsa e mando uma mensagem rápida para o Olly.

Jantar terminou. Indo embora. Bjos

Uns quinze segundos depois, ele responde.

Você está bem? Foi horrível? Bjos

Paro do lado de fora do The Jade Dragon, só por um instante, e olho para trás por uma das janelas de vidro laminado.

Meu pai está pegando despreocupadamente um pedaço de lula fria com uma mão. Com a outra, ele está tirando um livro do bolso da jaqueta — algo sobre James Stewart, pelo que a capa indica — e começa a ler. Ele sequer notou o garçom pairando sobre o ombro dele, tentando entregar o troco das minhas vinte libras.

Nem um pouco horrível, na real, respondo para o Olly. *Apenas meu pai.*

E então, sem olhar para trás, começo a caminhar pela rua Gerrard na direção da estação de metrô da praça Leicester.

16

Fui estúpida de não esperar pelo troco no restaurante, agora que parei para pensar, já que fiquei quebrada demais para fazer o que eu realmente quero fazer agora, que é comprar uma garrafa de espumante (barato) na loja de bebidas perto da estação de Colliers Wood, voltar para o apartamento e dar o meu máximo para fazer Audrey Hepburn aparecer para eu poder agradecê-la pelos conselhos com relação ao meu pai.

Para falar a verdade, eu já me sinto como se tivesse tomado uma garrafa inteira de espumante — e um champanhe vintage de verdade, não algum similar barato. Me sinto livre. Leve. Como se eu pudesse começar a dançar a qualquer momento, caminhando por essa calçada toda manchada de gomas de mascar mastigadas da estação até meu apartamento, um pouco como a própria Audrey naquela boate *beatnik* em *Cinderela em Paris*.

Eu nem ligo mais para a ainda recente ferida causada pela traição do Dillon. Porque, pela primeira vez na vida, com 29 anos na cara, eu me sinto, de fato, como uma adulta. Como uma *mulher* de verdade, não uma menininha confusa. E apesar de eu perceber que provavelmente já devia ter chegado a esse ponto há um tempão — colocando meu pai, mentalmente, em uma caixa com os dizeres "Simplesmente incapaz", em vez de permitir que aquela corda velha e pesada se enrolasse em torno de mim e da minha vida —, é uma ocasião bastante memorável para mim.

Ah, eu provavelmente tenho uma garrafa de vinho tinto escondida no fundo de alguma das minhas caixas da mudança que vai servir perfeitamente bem para brindar à incrível Audrey. Sem esquecer, é claro, que assim que eu a deixar a par do que acaba de acontecer com meu pai, eu realmente preciso, agora, confrontá-la frente a frente sobre toda aquela questão de fantasmas.

Está aí uma conversa que não posso dizer que vou curtir. Quer dizer, como é que você toca num assunto desses? Bem diante do rosto de alguém, especialmente de um rosto lindo, sensível e *vivo* como o de Audrey? Você opta por ser superformal: *Desculpe trazer isso à tona, mas eu só queria dizer que não tenho certeza de que você é fruto da minha imaginação, no fim das contas, e estava me perguntando se você se importaria em discutir a possibilidade de você, talvez, ser algum tipo de fantasma? Ou, quem sabe, um poltergeist?* Não sei ao certo qual a terminologia correta. Ou seguir o caminho oposto e tocar no assunto casualmente em meio a uma conversa sobre outra coisa: *Mais uma taça de vinho, Audrey, ou devemos abrir algo mais forte? Ah, e por falar em espíritos...*

Talvez seja melhor simplesmente não tocar no assunto. Porque não é como se realmente importasse, suponho, se ela é oriunda da minha cabeça ou do velho sofá Chesterfield. A única coisa que importa é que, juntamente com meu corte de cabelo maluco, a fixação pelo Nespresso e a compra gigantesca na Net-a-Porter... *Merda... Ainda* tenho que ligar para eles virem pegar de volta... O aparecimento de Audrey mudou minha vida em mais de um sentido. Afinal, se não fosse por ela, essa coisa da Emma Watson nunca teria acontecido. E, tudo bem, a ferida do Dillon ainda é terrivelmente recente, mas, graças a Audrey, eu ainda tenho aquela noite maravilhosa com ele que, — assim que a ferida cicatrizar, — tenho certeza que poderei relembrar com mais que um mero apreço.

O estranho é que consigo ouvir a voz do Dillon agora. Quer dizer, não na minha cabeça, falando todas aquelas coisas insanamente sexies que ele me disse em meio aos lençóis amarrotados da cama dele, mas *aqui*, no topo da escada, enquanto subo os degraus até meu apartamento neste exato momento.

— ... Então você sugere que eu tire um pouquinho da frente? Não acha que essa franja molenga fica bem em mim?

Meu Jesus. Ele não está... não *pode estar*... conversando com a *Audrey*?

— É o que estou sugerindo, sim. Menos molenga, mais repicada.

Oh, graças a Deus! Não é Audrey. É Bogdan, Filho de Bogdan.

Apesar de meu alívio (pelo Dillon não ter conhecido o fantasma da minha casa) ser rapidamente substituído por inquietação (pelo Dillon estar papeando com Bogdan) e confusão (pelo Dillon sequer *estar* aqui).

Subo o último lance da escada três degraus por vez e entro correndo pela porta do apartamento, que está aberta.

Dillon e Bogdan estão sentados no Chesterfield, passando a garrafa térmica de chá preto de Bogdan um para o outro.

— Posso estar fazendo para você agora, se você está querendo — Bogdan está dizendo —, enquanto matamos tempo antes de Libby chegar.

— Libby chegou agora — digo, e ao menos tenho a satisfação de ver os dois pularem antes de se virarem para olhar para mim. — Dillon — continuo quando ele se levanta —, o que você está fazendo aqui? Como é que você sequer sabe onde eu moro?

— Trabalho de detetive. Bom, algumas ligações chatas para a Vanessa Assustadora, na real. Ela tinha o seu endereço no cadastro. E eu liguei quando estava vindo para cá, aliás, mas só caiu na caixa postal.

— Eu estava no metrô.

— Bom, felizmente, seu amigo Bogdan me deixou entrar.

— Estou aqui para estar colocando divisória de gesso de volta — conta Bogdan, tristemente, apontando com a cabeça para o buraco na divisória pelo qual ele deve ter passado para abrir a minha porta para Dillon. — Pai é um chilique quando estou dizendo a ele que estou derrubando divisória.

— Teve um chilique — corrijo. — Sinto muito por isso, Bogdan. Mas talvez seja melhor você simplesmente recolocar a divisória, por ora, e daí tentar pensar em outro jeito de confrontá-lo em breve. Algo que faça menos... bagunça.

— Concordo com a Libby, parceiro — diz Dillon, dando um tapinha no ombro enorme de Bogdan. — Se eu fosse você, me focaria, sem falar nada, no negócio de cabeleireiro. Planeje a longo prazo. Talvez você possa guardar um dinheirinho e pensar em abrir seu próprio salão. Aí simplesmente convide seu pai para a grande inauguração — preferencialmente quando houver várias testemunhas por perto — e isso vai significar mais para a sua independência do que derrubar as paredes dele.

Irritantemente, esse é um bom conselho. Mas não vou deixar isso influenciar a péssima reputação que Dillon tem comigo. Nem um pouquinho.

— Você é incrível — Bogdan diz a ele. — Libby — acrescenta ele, olhando para mim. — Este é homem incrível. Primeiro estou achando que ele só é bonito, mas estamos conversando por meia hora e ele é muito gentil, também. Atencioso e amável. Você tem sorte de estar conhecendo ele, Libby. Você tem sorte de...

— Sim, já entendi o recado, Bogdan, obrigada.

Dou a ele uma olhada que claramente quer dizer *você pode dar uma saidinha para que eu possa descobrir exatamente o que o sr. Maravilha está fazendo aqui?*, mas é possível que a tradução disso para moldavo não dê muito certo, porque Bogdan simplesmente fica parado ali, sorrindo feliz para nós dois, como um vigário em um casamento, e não move um músculo.

— Bogdan, parceiro, eu estava pensando se você podia descer e oferecer um pouco de chá para o motorista do táxi... Só enquanto dou uma palavrinha com a Libby aqui?

Bogdan, ávido em satisfazer o pedido de Dillon, sai com a garrafa térmica tão rapidamente que nem tem tempo de parar e me falar mais um pouco sobre como Dillon é incrível antes de ir.

— Ele é um querido — diz Dillon, enquanto nós dois ficamos ouvindo Bogdan descer correndo as escadas. — Mas parece que tem um pai complicado.

Não posso fazer isso de novo. Ficar parada aqui ouvindo o papinho encantador de Dillon até que ele perceba que estou chateada com alguma coisa e invente uma história de conto de fadas sobre Nova York e audições para Martin Scorsese. Um conto de fadas que eu vou estupidamente engolir porque ele é sexy e maravilhoso demais e porque (na maior parte do tempo) faz eu me sentir como se o sol estivesse brilhando diretamente sobre mim só porque ele pediu.

— Algo daquilo era verdade? — me ouço perguntar. — Digo, você realmente foi a Nova York aquele dia? Ou foi à casa da Rhea?

— Sim, eu fui a Nova York aquele dia. Não, não fui à casa da Rhea. Não estou com ela.

— Entendo. Então aquilo que eu ouvi no telefone mais cedo era só uma gravação da voz dela.

— Não. Era ela. Zoando com você.

Não reajo a isso instantaneamente. Em vez disso, coloco a bolsa no Chesterfield. Depois, lenta e calmamente, tiro o *trench coat* e o penduro no braço do sofá. Só então olho diretamente para ele — e falo:

— Zoando comigo?

— Fui até o apartamento dela, depois da gravação ontem de manhã, para pedir que ela tirasse aquele vídeo idiota do Instagram. Quer dizer, tudo bem, provavelmente não vai ajudar muito, visto que ele já foi retuitado meio milhão de vezes…

Bom, suponho que ser popular seja uma coisa boa.

— … Mas, como gesto, acho que é o mínimo que ela podia fazer. Apesar de que você provavelmente não vai ficar tão surpresa por saber que ela se recusou.

— E aí você foi em frente e dormiu com ela mesmo assim?

— Não! Jesus, Libby, quer parar de pensar o pior de mim a cada cinco minutos? É claro que eu não dormi com ela, caramba! Nós só brigamos, como sempre fazemos. E aí você ligou, ela me ouviu falando com você e obviamente decidiu se divertir, fingindo me chamar de volta para a cama. Porque ela não é muito fã de você, Libby, odeio ter que contar isso. Ela está com ciúmes, o que é um sentimento bastante novo para ela.

— Com ciúmes? De mim?

— Sim. Porque eu contei a ela como me sinto com relação a você. E mesmo que ela não queira estar comigo o suficiente para *não* dar para um cara qualquer na academia — o que ela muito encantadoramente me contou, com alguns detalhes bem anatômicos, devo destacar, esta tarde —, ela também não quer que eu goste de mais ninguém. Especialmente sendo que ela sabe que eu nunca gostei dela do mesmo jeito. Que eu nunca, na verdade, gostei de ninguém do mesmo jeito, para ser sincero com você.

A serenidade da qual eu estava tão orgulhosa desde que começamos essa conversa desapareceu. Não consigo falar. Quer dizer, não consigo nem coaxar uma única e solitária palavra.

— Menina do Fogo. — Ele se aproxima de mim e segura meu rosto com as mãos. — Olha, não sei o que isso é. Nada faz muito sentido para mim. Não estou acostumado a me sentir assim. Mas sei que eu realmente gostaria que você estivesse ao meu lado enquanto eu descubro.

Certo, e isso também não me ajudou muito a recuperar a habilidade de falar. Porque — e, por favor, me corrija se eu estiver completamente errada — acho que o Dillon está me dizendo que me quer. E não só na cama também, pelo meu entusiasmo massageador de ego entre os lençóis, mas para algo mais.

— E você rejeitaria — digo — uma supermodelo para ficar comigo?

— Eu recusaria cinco supermodelos, ao mesmo tempo, para ficar com você. — Ele sorri, de um jeito safado, mas doce. — E eu já *tive* cinco modelos, ao mesmo tempo, e fica um pouco confuso demais, vou te contar. Cabelo demais. Membros demais. E não fez eu me sentir menos bosta quando me olhei no espelho na manhã seguinte.

Bom, é preciso admirar a sinceridade dele, apesar de que — se eu for conseguir fazer isso com Dillon — eu vou ter que trabalhar triplicado para tirar da cabeça a imagem dele com cinco modelos perfeitas.

Espere aí, ele está colocando a mão no bolso agora e tirando uma folha de papel dobrada, que entrega a mim.

— O que é isto? — pergunto, antes de abrir.

— Um cartão de embarque. Quero que você venha passar o fim de semana comigo, Libby. Vamos para Roma.

— *Roma*?

— É, é uma das maiores capitais da Europa — diz ele —, em um país chamado Itália. Talvez você já tenha ouvido falar, Eles comem pizza, massas e andam por aí de Vespa...

— Dillon. Por que você quer que eu vá para Roma com você?

— Porque você me faz rir. Porque você me deixa confortável. Porque eu gosto de tirar a sua roupa e porque eles vão me colocar em um belo hotel com vista para a cidade e porque eu quero levar você para a cama e fazer coisas extremamente depravadas com você enquanto assistimos ao sol se pôr atrás da Basílica de São Pedro. Porque você é meu amuleto da sorte, então preciso de você por perto quando for encontrar Martin Scorsese. E porque não importa o que aconteça nesse encontro, eu quero voltar ao quarto de hotel com você depois e pedir vinho e sorvete e ficar acordado até tão tarde conversando que vamos dormir demais e perder nosso voo para casa na manhã seguinte.

Maldito seja ele e seu dom para as palavras. E a maneira que ele tem de me olhar me dá a certeza de que, apesar de tudo, não são apenas palavras e que ele está realmente falando sério.

— Eu precisaria... Digo, tenho que fazer as malas... E que horas é o voo?

— Quinze para as onze. É por isso que tenho um táxi nos esperando lá embaixo. Se sairmos logo, chegamos lá a tempo. Supondo que não esteja congestionado perto da junção 10 a essa hora da noite, é claro.

Fico me perguntando por que o tom de voz subidamente severo com relação a isso, aí me lembro daquela discussão peculiar com Olly.

— Libby? Vamos lá, meu bem. Qual é a sua decisão?

Qual é a minha decisão?

Por um instante, quase consigo ouvir a voz de Audrey na minha cabeça, me dizendo que preciso de um pouco mais de fogo na minha vida. Mas, como eu digo, não é Audrey que está sempre correndo o risco de se queimar. E isso não é apenas ficar perto do fogo, é *brincar com fogo*. Ele é modelomaníaco. E bebe. E aquele pozinho branco suspeito na pia de mármore... Mas é *Dillon*. E é *Roma*. E ele quer fazer coisas incríveis comigo enquanto observamos o sol se pôr atrás da Basílica de São Paulo... desculpe, São Pedro... e o mero pensamento daquelas coisas incríveis está fazendo com que seja difícil pensar direito.

— Eu vou.

O rosto dele se ilumina com um sorriso largo, ele se aproxima e me beija.

Se não fosse pelo fato de eu ter que arrumar a mala correndo para passar o fim de semana com ele em Roma, eu nunca iria querer que esse beijo acabasse. Mas eu preciso mesmo fazer a mala e encontrar meu passaporte em uma daquelas caixas fechadas e tenho bastante certeza de que haverá mais alguns desses beijos para esperar ansiosa, assim que chegarmos ao Heathrow, então me afasto.

— Preciso colocar algumas roupas na mala.

— Claro. Mas não muitas — diz ele, dando uma piscadinha safada. — Vou avisar ao taxista que vamos levar mais alguns minutos. Sabe, este lugar é bem bonitinho, Libby — acrescenta ele enquanto se dirige à porta. — Aconchegante. E esse é um baita de um sofá.

O Chesterfield. Audrey.

Se eu já queria conversar com ela antes desse acontecimento surpreendente com Dillon, agora quero mais do que nunca falar com ela.

Bom, vou tentar fazer contato com ela enquanto faço a mala, porque não há realmente tempo para fazer isso de outro jeito.

Assim que o Dillon fecha a porta, eu desabo no sofá. Porque o Chesterfield, até onde sei, é de onde tudo isso surgiu desde o princípio.

Fecho os olhos, caso isso possa ajudar.

— Audrey, preciso conversar com você! As coisas mais incríveis do mundo estão acontecendo. Você está aí?

Abro os olhos, esperando ver uma figura vestida de Givenchy no sofá ao meu lado. Mas ainda não há nada.

Certo, bom, qual o plano B?

Vou começar a fazer a mala, porque realmente preciso me apressar e porque, — pensando bem, — Audrey sempre apareceu, até hoje, quando eu, na verdade, não a estava esperando.

Com as pernas levemente trêmulas (ainda não consigo acreditar que o Dillon disse todas aquelas coisas adoráveis para mim agora há pouco; que ele *pensa* aquilo, de verdade), corro até as caixas e começo a procurar pela mala que eu sei que vai estar aqui em algum lugar.

— Estou morrendo de inveja — diz uma voz atrás de mim.

Não, não é Audrey. É Bogdan, Filho de Bogdan. Não que eu não esteja feliz por vê-lo, é só que não há chance alguma de Audrey aparecer se ele estiver aqui.

— Você está concordando em ir para Roma?

— Sim, estou concordando — respondo, finalmente encontrando a mala e sacodindo a poeira dela. — Me ajude, Bogdan! Não sei o que pôr na mala.

— Para fim de semana com ator bad boy Dillon O'Hara? Que, por sinal, Libby, estou tirando o chapéu por você ter pescado.

— Acho que você quis dizer "fisgado". Mas obrigada, de qualquer forma, Bogdan.

— Para fim de semana com esse homem, estou pensando calcinhas sensuais e não muito mais.

— Sim, claro. — Minhas bochechas estão ficando vermelhas e meu coração está disparando só com a mera expectativa disso. — Mas eu preciso de *algumas* coisinhas, Bogdan. Para passear, comer e essas coisas...

— Por que não estar levando coisas da compra da Net-a-Porter?

Oh, Jesus, essa *maldita* compra!

— Não, Bogdan, não posso fazer isso. Na verdade, preciso mandar tudo de volta...

— Oh, Libby, por favor não fazer isso. — Ele desaparece pelo buraco na parede por um instante e ressurge com várias peças de roupas em suas mãos enormes. — Estou adorando saia lápis. Perfeita com blusa listrada. E vestido de Victoria Beckham quase tão lindo quanto marido...

— Bogdan! Você não devia ter aberto tudo! Ó Céus, você não tirou as etiquetas, tirou?

— Não preocupe, Libby, não estou fazendo isso. Você pode estar usando roupas no fim de semana em Roma e estar devolvendo quando voltar.

— Não! Não vou fazer isso! (Não que eu não esteja tentada, mas dado o histórico dos últimos dias, eu acidentalmente botaria fogo na saia lápis e, de alguma forma, conseguiria me meter em uma batalha de paintball ao ar livre assim que saísse do hotel com aquele vestido — confesso, absolutamente deslumbrante — da Victoria Beckham. — Olha, tenho coisas razoáveis o suficiente para conseguir montar uma mala para o fim de semana. Só preciso de um vestido, uma boa calça jeans... Deve ter um jeans skinny dobrado em uma das caixas.

— Está bem. Estou colocando algumas coisas na mala para você enquanto você arruma maquiagem.

— Não preciso arrumar a maquiagem.

— Sim, está precisando — diz ele com firmeza — arrumar maquiagem.

Visto que eram sete da manhã quando me arrumei hoje, ele provavelmente tem razão. E, de qualquer forma, não tenho tempo para fazer os dois — arrumar a mala *e* me arrumar — por conta própria. Então trabalhamos em conjunto, em silêncio, por dois ou três minutos: Bogdan pegando algumas peças de roupas minhas, observando-as com pesar e descartando ou colocando na mala, e eu retocando o blush e o rímel, além de passar mais uma camada de corretivo em volta do olho, depois correndo para o banheiro do outro lado do corredor para escovar os dentes e pegar minha nécessaire.

— Estou pondo na mala vestido preto, jeans skinny cinza, várias blusas e bons sapatos. *Não* estou pondo na mala moletons cinza diabólicos. E estou imaginando — entoa Bogdan, segurando a mala cheia-quase-explodindo quando volto a entrar no apartamento — que você está preferindo colocar calcinhas sensuais você mesma. Em mala de mão, talvez.

— Sim, tem razão. Obrigada, Bogdan. — Enfio a nécessaire com itens de higiene pessoal e maquiagem na mala e fecho o zíper. — Na verdade... — Vejo uma última oportunidade de ter um momento sozinha. — Enquanto eu faço isso, será que você pode dar um pulo lá embaixo e dizer a Dillon que vou levar mais dois minutinhos?

— Claro! Estou levando mala e casaco para você — diz ele, pegando a mala de volta, o *trench coat* do braço do sofá e saindo pela porta para descer até a rua.

Certo, esta é realmente a última chance antes de eu ir.

— Audrey? — sibilo, ao mesmo tempo em que remexo uma das minhas caixas de roupas procurando por... um conjunto de calcinha e sutiã de renda preta, isso... e essa espécie de camisolinha transparente soltinha, perfeito... Enfio os dois na minha mala de mão antes de correr até o Chesterfield e me sentar. — Por favor, apareça, só por um minuto. Vou viajar para Roma para passar o fim de semana — com o Dillon, acredita? — e eu quero muito, muito mesmo te contar uma coisa antes de ir.

De novo, nada acontece.

— Ao menos você consegue me ouvir?

Não há resposta para essa pergunta, nem de um jeito nem de outro.

— A questão é, eu só queria agradecer, Audrey. Do fundo do meu coração. Porque eu fui encontrar meu pai hoje à noite e, apesar de ter sido horrível no começo, acabou sendo exatamente como você disse. Como se uma corda estivesse se desenrolando em volta de mim... Bom, eu provavelmente não preciso explicar para você, né? O fato é que, está simplesmente... *melhor*.

Mas ainda o único som que consigo ouvir é o ruído distante do trânsito na avenida Colliers Wood lá embaixo.

— Enfim, estou indo passar o fim de semana fora com Dillon agora, acima de tudo. Não sei o que você diria sobre isso se estivesse aqui. Espero que você ache insanamente romântico. Talvez você simplesmente achasse maluco. Mas esse tipo de coisa nunca aconteceu comigo antes — ser levada de surpresa para o aeroporto por um modelomaníaco maravilhoso —, então estou aproveitando a chance pela primeira vez na vida. E é *Roma*, Audrey! Você, de todas as pessoas, deve entender por que estou indo.

Dessa vez, como não há resposta, decido que está na hora de me dar por contente. Não sei bem ao certo por que, mas estou com a sensação de que não verei Audrey Hepburn de novo. Nem no Chesterfield assombrado nem em nenhum outro lugar. Eu só tenho essa sensação de que ela sabe que eu vou ficar bem. Ou talvez seja simplesmente o fato de *eu* saber que vou ficar bem.

Encontro meu passaporte rapidamente. Ele estava, milagrosamente, exatamente no lugar onde eu esperava que estivesse, uma caixa grande escrito *COISAS IMPORTANTES*, e enfio na bolsa com as calcinhas sensuais, que vou ter que esconder melhor em um bolso interno antes de passarmos pela segurança no Heathrow. Pego as chaves e vou até a porta.

— Foi maravilhoso passar um tempo com você, Audrey — digo para o Chesterfield de rosas alaranjadas. — Passe aqui para tomar um Nespresso quando quiser.

E, então, fecho a porta.

O táxi parado do Dillon está contribuindo para uma espécie de obstrução do tráfego da avenida Colliers Wood. Uma van parou do outro lado e está começando a descarregar engradados enormes de galinhas (meu Jesus amado, assim espero) mortas para entregar no Frango & Costelaz do Bogdan, o que significa que veículos mais largos, como ônibus e caminhões, estão tendo dificuldades em passar pela brecha estreita. Então aumento a velocidade e corro na direção dele.

Dillon e Bogdan estão parados na calçada, conversando ("Você realmente está pensando que devo abrir próprio salão? Você está pensando que tenho talento?"), e o rosto lindo de Dillon se ilumina com um sorriso quando ele me vê chegando.

— *Timing* perfeito — diz ele enquanto abre a porta do táxi para mim e, antes de eu entrar, coloca o *trench coat* solicitamente nos meus ombros. — Lindos óculos, por sinal — acrescenta ele. — Perfeitos para Roma.

— Óculos?

— Caíram do bolso do seu casaco quando Bogdan o entregou a mim. Espero que não tenham danificado nem nada assim.

— É claro, mas eu, na verdade, não...

Enfio a mão no bolso do casaco e tiro um par de óculos de sol. Óculos Oliver Goldsmith. Com armação de tartaruga.

Dou uma olhada para Bogdan.

— Bogdan, você... — Tento soar mais casual, já que Dillon está bem ali, afinal. — Achei que eu tivesse dito que eu não queria levar nada daquela compra da Net-a-Porter.

Porque isso só deve ter vindo de lá, certamente.

— Você está dizendo isso, Libby, sim.

— Mas esses óculos...

— Não são de compra. Não estou vendo eles antes de agora.

— São fabulosos — diz Dillon, pressionando, do jeito mais sexy do mundo, minha lombar para eu entrar no táxi. — Bem parecidos com aqueles que Audrey Hepburn usa em *Bonequinha de luxo.*

Isso é porque — quanto mais eu olho para eles, mais certeza eu tenho — eles *são* os que Audrey Hepburn usou em *Bonequinha de luxo*. Aqueles que ela perdeu e depois encontrou no sofá.

Mas eles com certeza não estavam no bolso do meu casaco até agora. Definitivamente não estavam lá quando eu estava voltando para casa do The Jade Dragon antes. Eu fiquei com as mãos nos bolsos na maior parte do caminho para casa, por causa do ventinho fresco, então acho que teria notado.

Eu acho — na verdade, de alguma forma, não me pergunte como, eu *sei* — que Audrey os deixou para trás para mim. Deliberadamente, antes de seguir seu rumo, como uma espécie de lembrança de sua existência. Um souvenir do nosso tempo juntas.

E se os óculos que estão na minha mão agora são tão reais, aqui fora no mundo, para Dillon e Bogdan verem, além de mim mesma... Bom, então isso significa que Audrey também era, de alguma forma, *real*, no fim das contas?

— Libby? — Dillon desliza o braço em torno de mim enquanto o táxi arranca; eu sequer tinha notado que ele tinha sentado ao meu lado. — Está tudo bem?

— Está tudo bem. Melhor que bem. Perfeito.

— Era exatamente isso que eu esperava que você dissesse. — Ele chega mais perto e, delicadamente, fazendo minha espinha arrepiar, acarinha meu pescoço. — Estou muito feliz por ter conhecido você, Menina do Fogo — murmura ele.

— E eu estou feliz por...

Meu iPhone emite um ruído silencioso.

— ... ter conhecido você — termino.

— O trânsito parece complicado na A3, parceiro — o taxista abre repentinamente a janelinha para avisar. — Você se importa se eu pegar o contorno sul?

Enquanto Dillon se inclina para frente para discutir isso com ele, pego a bolsa e tiro meu iPhone.

É o Olly, uma resposta à minha última mensagem sobre meu pai.

Estou orgulhoso de você, Libby. Nos falamos de manhã. Durma bem. Bjos

Eu ia responder que dormir talvez fosse um pouquinho complicado esta noite, visto que estou indo pegar um voo tarde da noite para Roma com Dillon O'Hara, mas como Olly parece detestar Dillon — e para não correr o risco de incitar outra ameaça Le Creuset —, eu, obviamente, não faço isso.

Obrigada, Olly, respondo. *E se eu não deixei isso claro o suficiente antes, você definitivamente não é um labrador. Te adoro muito. Bjos*

— Ele vai pegar o contorno sul — avisa Dillon, se recostando novamente no banco e colocando aquele braço em torno dos meus ombros. — Mas não se preocupe, vamos chegar a Roma esta noite, mesmo que eu tenha que desenvolver asas. Ou contratar um jatinho particular e pilotar até lá eu mesmo. Isso teria soado mais legal se eu tivesse dito primeiro, né?

— Ah, Dillon... — Eu o puxo mais perto. — Quando é que você um dia precisou se preocupar em não soar legal?

Ele ri, se aproxima e começa a me beijar enquanto nosso táxi segue seu caminho pela escuridão na direção do contorno sul e de Heathrow, fazendo eu me sentir uma bonequinha de luxo.

Continue lendo para conferir um pedacinho
do próximo romance hilário de Lucy Holliday,

Uma Noite com
Marilyn Monroe

Quando abro a porta do meu prédio, sou assolada pelo cheiro mais arrebatador do mundo vindo do corredor. Eu gostaria de dizer que isso é novidade.

Infelizmente, desde que o último empreendimento do império de restaurantes de *fast food* em constante expansão do meu locador, o Noodlez do Bogdan, abriu, há dois meses, sou atacada por esse cheiro diariamente. É um aroma meio de sopa, meio de cebola, com (*hummmm*) pitadas de molho de peixe e repolho, que ainda não me convenceu a dar um pulo lá embaixo para pegar comida, não importa quantas vezes eles me garantam dez por cento de desconto em qualquer prato com macarrão tipo *noodles* da minha escolha (apenas para meu primeiro pedido).

Mesmo assim, suponho que o cheiro ao menos me deixa feliz por ter que subir quatro longos lances de escadas para chegar até a porta do meu apartamento. Aqui em cima, graças a Deus, o cheiro é apenas um bafejo remanescente, em vez de um fedor pungente. É meio esquisito, contudo, porque *há* um cheiro forte aqui no quarto andar esta noite. Não é, nem de longe, parecido com sopa ou repolho — na verdade, é um aroma floral almiscarado intenso, como o de um jardim de rosas à meia-noite —, mas é bastante avassalador mesmo assim.

Remexo minha bolsa apressadamente para procurar a chave porque fico repentinamente preocupada que eu possa ter derramado hidratante no chão quando estava me arrumando pela manhã. Apesar de que teria que ter sido uma quantidade considerável de hidratante — tipo, o equivalente a uma dúzia de frascos — para causar um cheiro tão forte assim. Coloco a chave na fechadura e entro no apartamentinho minúsculo que estou começando a enxergar como minha casa.

E, de qualquer forma, o hidratante que estou usando no momento é aquele da Kiehl's de cor creme, com quase nenhum cheiro. Dillon comprou um pote enorme para mim em Nova York, então eu passo uma camada bem grossa por todo o corpo, presumindo que ele goste, principalmente porque todas as ex-namoradas dele usavam. E como as ex dele eram, praticamente todas, modelos de lingerie de pernas e braços longos, acho que me encher de hidratante como se ele fosse sair de linha é perfeitamente...

Ah, não. Não isso. Não de novo.

É Marilyn Monroe. Sentada no meu sofá Chesterfield. Não, *relaxando* no meu sofá Chesterfield, com os pés de um lado e sua cabeça platinada pendendo do outro — com seus olhos pesados de rímel semifechados e a boca cheia de gloss entreaberta. Os olhos dela se arregalam quando ela me vê entrar e ela se ergue um pouco.

— Ah, oi! — diz ela com um sorriso gentil, levemente confuso. — Você se importa se eu não levantar? É que este sofá é *divino*!

A voz dela é sussurrada, meio infantil, exatamente como você sempre ouviu nos filmes. E ela é *exatamente* como você sempre a viu nos filmes: não apenas a auréola platinada de cabelos e a boca cheia de gloss, mas todo o resto também. Ela está vestida — *mal* está vestida — com aquele traje nude brilhante que usou em *Quanto mais quente melhor*, aquele vestido ousado que mais que acentua o formato de seus seios, o tamanho e a localização exatos de seus mamilos, e a pele dela está brilhando como se estivesse sendo iluminada pelos holofotes de um estádio de futebol com capacidade para sessenta mil pessoas. É essa luminosidade que as pessoas sempre mencionam quando falam sobre Marilyn, a maneira surpreendente como a luz refletia no cabelo e na pele dela, e bem aqui, diante dos meus próprios olhos, na minha salinha de estar suja, é absolutamente deslumbrante.

E se você está se perguntando por que não estou fugindo correndo gritando porque uma sósia assustadora (e assustadoramente *convincente*) de Marilyn Monroe invadiu meu apartamento ou ligando para uma ambulância para me levar urgentemente para a clínica psiquiátrica mais próxima ou mesmo, quem sabe, cair desmaiada bem aqui onde estou, é porque isso já aconteceu antes. Só que, da vez passada, era Audrey Hepburn. E tenho bastante certeza, depois de pensar muito, *muito* no assunto, de que Audrey, de alguma forma, se materializou no meu apartamento através do meu Chesterfield estampado de flores.

Essa visão cintilante, quase cristalina, de Marilyn surgiu, eu acho, exatamente do mesmo jeito.

— Oh, meu bem... — Meu silêncio claramente alarmou Marilyn, porque ela está se levantando, ajustando o vestido quase transparente com um breve movimento dos ombros. Em pé, ela é mais delicada do que eu pensava: totalmente cheia de curvas, sim, mas com uma cintura fininha e esguia. — Você está bem, querida? Você parece completamente acabada!

— Estou bem — coaxo.

— Você não parece bem! — Ela se abaixa para pegar uma estola de pele branca como a neve, que, agora reparo, está pendurada no braço do Chesterfield onde a cabeça dela estava repousando e desfila até mim. Quando ela me oferece a estola, sinto uma nova onda daquele aroma de jardim de rosas à meia-noite que — é *claro* — reconheço subitamente como o Chanel nº 5. — Coloque isto aqui — vai deixar você toda quentinha e agasalhada! — enquanto eu preparo um bom drink para você.

Recuso a estola com um gesto.

— Mas, meu bem, é marta de verdade!

— Não uso peles — consigo dizer.

— Você não tem peles? — Ela arfa. — Então, meu bem, fique com essa! Tenho dezenas e dezenas, a maioria eu sequer tive que comprar por conta, foram só presentes de homens gentis e generosos. — Ela coloca uma mão no rosto por um momento e franze a testa, quase comicamente, enquanto pensa nisso. — Bom, homens certamente *generosos*. Acho que nem todos eram tão gentis assim...

— Não, olha, não é que eu não tenha nada de pele, é que...

Sabe, de alguma forma me cai a ficha de que este não é o lugar e nem o momento para uma conversa antipele. E que, convenhamos, Marilyn, eternamente acompanhada de sua estola de marta, não é a melhor pessoa para discutir isso, em nenhum local, em nenhum momento.

— Drink — falo. — Você mencionou um drink.

— Ah, agora, sim, meu bem! — Ela fica visivelmente mais radiante com isso — como se, em seu estado lustroso, ela pudesse ficar ainda *mais* radiante — e se vira para ir até a cozinha. — O que vai ser? Um Manhattan?

Não respondo — não *consigo* responder — porque fico literalmente atônita ao vê-la caminhar para longe de mim. A parte de trás do corpo dela, com todas aquelas pedrarias cor de pele, é ainda mais impossível de não ficar olhando do que quando você vê na tela. E se não há um saxofonista de verdade tocando, de repente, um jazz provocante em algum lugar do meu apartamento, então estou fazendo um belo trabalho imaginando um.

— Meu bem? Você gostaria de beber um Manhattan? — repete Marilyn, enquanto — meu Senhor — se curva para fuçar meu frigobar em busca, imagino, de algo alcoólico. — E onde você guarda a coqueteleira?

— Não tenho uma coqueteleira.

A cabeça dela se vira para olhar para mim; a boca aberta, em choque.

— Você *não tem uma coqueteleira*?

— Não. Nem… Bom, nenhum ingrediente que vai no Manhattan.

— Oh, meu bem, não é nada luxuoso, apenas um pouquinho de uísque e vermute…

— Não tenho uísque — digo, me desculpando. — Nem vermute.

— … e uma cereja marrasquino para decorar.

— Não tenho isso também.

Ela ri, um tilintar musical.

— Mas todo mundo tem cerejas marrasquino!

— Desculpe. Acho que não são tão populares aqui, hoje em dia, como costumavam ser.

— Aqui? — repete ela, antes de continuar. — É isso mesmo, quase me esqueci de perguntar! *Onde* estamos?

— Londres.

— *Londres*? — O queixo dela cai. — Oh, meu bem. Não me diga que vamos ter que passar a noite com aquele cretino pomposo, Sir Olivier!

— *Laurence* Olivier? Não, não. Ao menos eu certamente *espero* que não.

Porque, falando sério, se o fantasma de Laurence Olivier surgisse do meu Chesterfield, dando uma de Hamlet por todos os lados, isso seria mais do que eu conseguiria suportar agora.

— Porque eu fiz um filme com aquele homem uma vez e se eu um dia tiver de vê-lo de novo, mesmo cem anos seriam um intervalo muito curto de tempo. Ei, vamos celebrar com Manhattans!

— Sim, mas, hum, você ouviu o que eu falei sobre não ter uísque nem vermute?

— Ora, é claro que ouvi, meu bem, mas eu imaginei — outra risada musical, mas menos segura dessa vez — que você estivesse brincando.

Meneio a cabeça.

— Mas o que você faz se um homem vier visitar? — Ela parece realmente horrorizada agora. — Oferece a ele água com gás? *Suco de laranja*? Uma *lata* de Coca-Cola?

— Não recebo homens aqui.

A expressão no rosto duvidoso de Marilyn diz, sem que ela precise proferir nem uma palavra, *bem, se você não usa peles e não faz coquetéis, não é de se espantar que os homens não venham visitá-la.*

— Digo — explico, um pouco ressabiada agora —, tenho namorado.

— Aaaaaaah! Você tem um namorado! — Os olhos dela de repente começaram a brilhar de novo e ela fecha o frigobar, desfila de volta até mim, então pega no meu braço e me leva de volta ao sofá. — Ele é bonitão? Ele a trata bem? Eu não tive muita sorte com homens — acrescenta ela, melancolicamente, enquanto passa a mão na almofada para que eu me sente ao seu lado —, então eu sempre quero conhecer os segredos das outras meninas.

Talvez essa seja a experiência mais surreal que eu tive desde... Bom, desde que Audrey Hepburn surgiu na minha sala, mas não estou chocada a ponto de não conseguir formular este pensamento: se Marilyn um dia conhecesse Dillon, ela não precisaria conhecer os meus "segredos". Convenhamos, ela é loira o suficiente, curvilínea o suficiente e linda o suficiente para ser, bem literalmente, a mulher ideal para ele. Ele estaria saltando por cima do Chesterfield — e de mim — para chegar até ela.

— Ah, eu sei que todo mundo pensa que os homens saltam por cima dos móveis para chegar até mim — diz Marilyn, como se tivesse acabado de ler minha mente. (O que eu acho que não seria a coisa mais improvável a acontecer desde que entrei no apartamento esta noite.) — O problema é: o que acontece *depois* desse salto? Quando eles saltaram para a sua cama e já saltaram para sair dela de novo?

Ela mexe a cabeça toda vez que diz a palavra "salta", fazendo seus cachos de platina balançarem com o movimento, e solta mais uma daquelas risadinhas ao mesmo tempo.

É uma risada vazia, contudo. Terrivelmente vazia.

E tudo que quero fazer, apesar de ter acabado de conhecê-la e de ela ser um ser espectral que talvez possa desaparecer em uma nuvem de fumaça com cheiro de Chanel nº 5 se eu tocar nela, é colocar os braços em torno dela e lhe dar um abraço forte e caloroso. Mas, em vez disso, eu me levanto, pego a sua estola de marta (com as pontas dos dedos e — muito bem, Libby — sem fazer careta) do braço do Chesterfield e entrego de volta a ela para que possa se enrolar nela, como se fosse um abraço. Então, volto até o frigobar com uma nova missão.

— Quer saber? — digo a ela. — Tenho quase certeza de que meu namorado deve ter deixado um pouco de vodca no freezer na última vez em que veio aqui. Não vai render um coquetel daqueles, mas vai bastar, não acha?

— Perfeitamente, meu bem!

Com a perspectiva da vodca, o rosto de Marilyn está novamente radiante com um sorriso, e ela se recosta no Chesterfield, enrolando-se na marta branca, na mesma posição sensual em que a encontrei cinco minutos atrás.

— Então! — suspira ela. — Uma noite das meninas! E você estava prestes a me contar sobre esse seu homem…

Publisher
Kaíke Nanne

Editora de aquisição
Renata Sturm

Editora executiva
Carolina Chagas

Coordenação de produção
Thalita Aragão Ramalho

Produção editorial
Jaciara Lima

Copidesque
Marcela Isensee

Revisão
Maria Julia Calsavara
Thamiris Leiroza

Diagramação
Abreu's System

Adaptação de capa
Lúcio Nöthlich Pimentel

Este livro foi impresso no Rio de Janeiro,
pela UmLivro, para a HarperCollins Brasil.
A fonte usada no miolo é Minion Pro, corpo 11,5/15.
O papel do miolo é Pólen Natural 80g/m^2, e o da capa é cartão 250g/m^2.